村上春樹とスペイン

小阪知弘 Tomohiro KOSAKA

国書刊行会

目次

人名索引

凡例

○書名、新聞・雑誌名、絵画名には『　』を、短編小説、論文名には「　」を用い、双方とも原則として初出の直後に（　）を付記して、作品の完成あるいは初版出版年を示した。
○外国の作家及び批評家の名前はカタカナで表記した。その際、名前と苗字の間に〈・〉を配置した。また、複合名の場合は〈＝〉で表記した。(例) マリオ・バルガス＝リョサ
○欧米語の著作で日本語の翻訳がないものは、筆者が直接日本語に翻訳して表記した。とくに、ガルシア・ロルカの著作に関しては、全て本書の筆者がスペイン語から直接訳出した。その際、論文名と詩名は「　」に、書名は『　』にくくって表記した。
○村上春樹の著作に関しては、講談社、新潮社、文藝春秋等から出版されている作品から各々引用した。
○註は各章ごとに通し番号をつけ、巻末に配置した。

序章　スペインに想いをはせる村上春樹

「スペインに行かれたことは？」と彼は訊ねた。「いや、残念ながら。」と僕は言った(1)。ここに引用した会話は村上春樹（一九四九―）の二作目の小説『一九七三年のピンボール』（一九八〇）における主人公「僕」とスペイン語講師の間で交わされた発話である。この発話場面を一瞥すれば、村上春樹が小説家になりたての若い頃から、スペインに興味を抱いていたことが窺える。実際、スペイン語を含む五十カ国語以上の言語に作品が翻訳され世界中の人々に読み継がれている日本人小説家、村上春樹が長年にわたってスペイン文化に惹かれ、スペイン語とスペイン文化の諸相を自ら紡《つむ》ぎ出す作品世界内に投影してきたことは研究者以外にはあまり知られていない。事実として、村上春樹は二〇〇九年と二〇一一年に二度にわたってスペインを訪問している。初めてのスペイン訪問（二〇〇九年三月十二日）で、村上春樹はファン・デ・サン・クレメンテ大司教賞（Premio Arcebispo Juan de San Clemente）というスペイン・ガリシア地方の国際文学賞の授与式に出席するためサンティアゴ・デ・コンポステーラを訪れ(2)、二度目の訪問（二〇一一年六月九日）では、カタルーニャ自治州政府が主催する第二十三回カタルーニャ国際賞（Premi Internacional Catalunya）の授与式に参加するため、バルセロナに赴いた(3)。

また、春樹文学の欧米諸国における受容に関しては研究が進められている。文芸雑誌『國文學』（一九九五年三月号）は、「村上春樹――予知する文学」と題して、世界各国、とくに欧米諸国における春樹文学の受容を詳しく報告している。具体的には、ホセア・ヒラタによる「アメリカで読まれる村上春樹――「ＦＵＮ」な経験」

（一九九五）、ユルゲン・シュタルフによる「ドイツの村上春樹」（一九九五）、アンナ・ジェリンスカ・エリオットによる「ポーランドの村上春樹――出版社をめぐる冒険」（一九九五）そして、岡本太郎による「村上春樹とイタリア――『トウキョウ・ブルース』と化した『ノルウェイの森』」（一九九五）である(4)。だが、この特集ではスペインにおける春樹文学の受容は扱われていない。同様に、『村上春樹　作品研究事典』（二〇〇一）では、アメリカ、イタリア、ドイツ、ポーランドにおける春樹文学の受容が紹介されているが、同事典においてもスペインにおける春樹文学の受容は取り上げられていない(5)。また、フランス文学者、菅野昭正は「フランスで村上春樹はどのように読まれているか」（二〇一二）と題した小論において、フランスにおける『海辺のカフカ』（一九九九）や『1Q84』（二〇〇九―二〇一〇）の受容を詳述している(6)。同様に、フランス語版春樹作品の翻訳を多く手掛けているフランス人翻訳家、コリーヌ・アトランも「地方性から普遍性へ／普遍性から地方性へ　村上春樹の二面性」（二〇一五）と題した論文において、フランスにおける春樹作品の受容と村上春樹のイメージの変遷を詳細にわたって論じている(7)。

そして、村上春樹による欧米文学の受容とその影響関係、とくに春樹文学と英語圏文学との関係性についてはまとまった研究の成果が報告されている。例えば、千石英世は「村上春樹とアメリカ――レイモンド・カーヴァーをとおして」（一九八九）と題した論文において、翻訳家としての村上春樹とアメリカ文学との関係性に言及している(8)。また、吉田春生は『村上春樹とアメリカ』（二〇〇一）と題した研究書を出版し、吉岡栄一も『村上春樹とイギリス』（二〇一三）という研究書を上梓している(9)。このように、欧米語圏における春樹文学の受容に関する研究は着実に進められている。

包括的にスペイン語圏の視座から、春樹文学に注目する研究者もいる。スペイン語文学研究者、柳原孝敦は二〇一三年十二月十四日に東京外国語大学でおこなわれた「座談会　世界のなかで村上春樹を読む」において、『羊をめぐる冒険』（一九八〇）から『1Q84』に至るまでの春樹文学のスペインにおける翻訳状況を説明している(10)。また、柳原は春樹文学とコロンビア出身のノーベル文学賞作家（一九八二年受賞）、ガブリエル・ガルシア＝マルケス（一九二八―二〇一四）が著した小説『百年の孤独』（一九六七）との類似点に注目した論文「羊男は豚のしっぽの夢を見るか？」（二〇一五）において、「何しろ村上春樹は現在では、スペイン語圏でも新刊が出ればそれがニュースになるという、日本での場合と大差ない扱われ方をしている特別な作家のひとりなのだから(11)」とスペイン語圏における春樹文学の人気を強調している。また、久野量一は「メキシコ若手作家の戦略と村上春樹」（二〇一五）の中で、春樹作品が二〇一〇年代におけるメキシコの若手作家に与えた影響を指摘している(12)。このように、春樹文学はスペイン語圏において常に注目を集めているのである。

村上春樹とスペイン文学および文化との関係に限定して論考を展開させた研究は現時点で、二つの論文が存在している。ひとつ目はスペイン文学研究者、森直香の論文「スペインにおける村上春樹の受容に関する予備的考察――『ノルウェイの森』を中心に」（二〇一二）(13)であり、もう一つは本書の筆者による論考「春樹文学におけるスペイン語とスペイン文化の呪術的機能」（二〇一四）である。森はスペイン人読者の視点から、春樹文学の魅力を以下のように説明している。「スペインの読者たちは欧米作家の作品と言われても違和感のない「西洋的な」村上の都市小説に自分たちと似た登場人物たちが自分たちと同じ孤独を抱いている姿を見出して共感を抱く一方で、伝統とテクノロジーが共存するエキゾチックな街「トウキョウ」や自殺のテーマ、独特の死生観に日本らしさを見出し、魅力を感じるのである(14)。」

本書の筆者は二〇一四年に春樹作品に登場するスペイン語とスペイン文化の位相に着目した論考を学術論文として発表した。この論文において、筆者は最終的にスペイン語とスペイン文化が、〈呪術的機能〉を有しており、村上春樹の紡ぎ出す作品世界内においてスペイン語という言語に内在する音楽的リズムが〈おまじない〉として作用していると結論づけたのである(15)。

同様に、坂東省次と椎名浩の二者は共著『日本とスペイン　文化交流の歴史　南蛮・キリシタン時代から現代まで』(二〇一五)の中の断章「スペインにおける日本ブーム」において、日本とスペインの文化交流という巨視的な視点から、春樹文学がスペインで人気を博すようになった理由を、以下四点挙げている。「村上春樹がスペインで成功を収めた理由はなんであろうか。次の四点が考えられる。第一に、現代のスペインでは、二、三〇年前と違って、典型的な資本主義の消費社会になっており、競争社会のなかで、大都会では人と人との絆が希薄になり、そんな社会に生きる人が村上の作品を読んでいる。第二に、村上文学の主人公の自己認識の問題と社会のなかでの孤独の問題は、近年のスペイン人にとって非常に近いテーマである。第三に、作品が生きにくさや喪失感を感じながらも生に立ち向かう若者の成長小説として書かれている。このような形で青春という普遍性のあるテーマを扱ったことで、村上文学はスペインでも多くの読者の共感を得ている。第四に、伝統とテクノロジーが共存するエキゾチックな街「トウキョウ」、自殺のテーマ、独特の死生観に日本らしさを見出し、村上文学に魅力を感じている(16)。」

また、スペインにおいても春樹文学の人気に言及した批評的エッセイや研究書が発表されている。スペインの雑誌『読書』(*Leer*)二〇一二年二月号では日本文学特集号が組まれ、同特集号にはマイカ・リベーラの著した「日本文学の〈ブーム〉遠い世界からの曖昧な誘惑」(二〇一二)と題された批評的エッセイが掲載されている。同批評的エッセイにおいて、マイカ・リベーラは「村上春樹は西洋における日本文学ブームをもっとも代表する作家である(17)」と春樹文学を高く評価している。そして、日本文学研究者で『青の時代』(一九五〇)等、三島由紀夫文学の翻訳家としても知られる、マドリード・コンプルテンセ大学教授、カルロス・ルビオは『村上の日本』(二〇一二)と題した研究書を刊行し、同書において村上春樹の諸作品を介して日本文化を詳述している(18)。また、フスト・ソテーロは『ハルキ・ムラカミの諸世界』(二〇一三)と題した研究書を上梓している。ソテーロは同書において、必然性や可能性を扱う可能世界論の観点から村上春樹の諸作品の分析を試みている(19)。同様に、ベニート・エリアス・ガルシア゠バレーロは『ハルキ・ムラカミの量子論的魔術』(二〇一五)と題した研究書を出版し、同書において物理学の一領域である量子理論の視座から春樹作品を分析している(20)。

ここまで紹介してきた欧米諸国における村上春樹の受容、より正確にはスペインにおける春樹文学の受容に関する研究を参照すれば、村上春樹とスペインの関係性を研究することは大いに意義あることであると判断できる。従って、本書において、村上春樹とスペインに関する双方向的な省察を展開させることにする。

本書では、以下二つの視座から村上春樹とスペイン語及びスペイン文化との関連性を究明していくことにする。まず第一に、村上春樹の視座から、春樹文学におけるスペイン語とスペイン文化の担う文学的機能に焦点をあてて分析を進めていく。第二に、スペイン人読者の視座に立脚して春樹文学のスペインにおける受容を考察していくことにする。本書の構成は以下のとおりである。第一章では、村上春樹による二度にわたるスペイン訪問に言及しながら、彼が抱いているスペイン文化への憧憬の念に注目して論述する。第二章では、スペインにおける春樹文学の受容に注目した後、本書の目的である村上春樹の紡ぎ出す作品世界内におけるスペイン語とスペイン文化が担う呪術的機能を中心とする諸機能の分析を試み、最終的になぜ彼がスペイン語とスペイン文化をしばしば自作に取り入れるのかを明らかにする。第三章では、春樹文学におけるスペイン現代絵画が担う視覚的機能と作品世界内で論究されるスペイン内戦（一九三六―一九三九）の役割に留意して論述を展開させる。第四章では、春樹文学の影響を受けて創作されたスペイン人女流映画監督、イサベル・コイシェ（一九六二―）の映画『ナイト・トーキョー・デイ』（二〇〇九）を分析対象に選定し、春樹文学を中心とする日本現代文学が同映画に与えた影響を分析する。第五章では、村上春樹の知られざる側面をさらに探求していくため、村上春樹同様、世界中の様々な言語で読まれている三島由紀夫と村上春樹、二者によるスペイン文化への憧れに焦点をあてながら、両者が各々抱くスペイン文化観の共通点と相違点を比較文学の観点から考察する。最終章では、春樹文学とスペイン文化に看取される死者と交感し繋がっていく精神的姿勢に着目しながら、春樹文学とスペイン文化が共通して有する死者を内包した世界観に着目し、村上春樹の諸作品が本質的に備える祈りの文学としての側面に光をあてる。

第一章　スペインへの憧れ　村上春樹によるスペイン訪問

1　スペイン文化に惹かれる若き日の村上春樹

青年時代の村上春樹は密かにスペイン文化に惹かれていた。関西出身の村上青年は小説家になる以前、東京で「ピーター・キャット」というジャズ喫茶を妻の洋子夫人と経営していたが、「ピーター・キャット」の内装にはスペイン的な様相が見受けられた。ジャズ批評家の小野好恵は村上春樹のジャズ喫茶に見られるスペイン的な様相を『ジャズ最終章』（一九九八）の中で以下のように評している。

二〇人も客が入れば満杯といった広さで、スペイン風の白い壁と手造りの木製テーブルとイスが品よくレイアウトされた店内は、『風の歌を聴け』の〝ジェイズ・バー〟をホーフツとさせるたたずまいで、彼の趣味と美意識が隅々にまで行き届いていた(1)。

同様に、英語版春樹作品の翻訳家として知られるアメリカ人日本文学研究者、ジェイ・ルービンも「ピーター・キャット」の内装を以下のように描写している。

ジャズ喫茶「ピーター・キャット」の店内は、スペイン風の白壁に木製のテーブルと椅子が置かれ、『羊をめぐる冒険』と初期作品に出てくるジェイズ・バーとは大違いだった(2)。

小野とジェイ・ルービンは春樹作品に登場するジェイズ・バーと「ピーター・キャット」との関係について各々、異なる意見を提起しているが、両者はこのジャズ喫茶の内装が「スペイン風の白壁」で視覚的に構成されている点に関しては、同様の見解を表明している。このように、兵庫県芦屋市出身の村上青年はジャズ喫茶を運営していた一九七四年から一九八〇年までの七年間、「スペイン風の白壁」に囲まれて過ごした。

村上春樹が小説家として初めてスペインに言及したのは、『一九七三年のピンボール』においてである。この小説には大学で教鞭をとっているスペイン語教師が登場する。主人公「ぼく」とスペイン語教師はスペインをめぐって次のような会話を繰り広げる。

「スペインに行かれたことは?」と彼は訊ねた。
「いや、残念ながら。」と僕は言った(3)。

ジャズ喫茶をたたんで執筆活動に専念して書き上げた『羊をめぐる冒険』(一九八二)においても、村上春樹は以下のように十六世紀のスペインに言及している。

「十六世紀のスペインでは羊追いしか使えない道が国中にはりめぐらされていて、王様もそこには入れなかったんだ(4)。」

引用した場面において、村上春樹は十六世紀のスペインにおける羊追いが用いた道に関する知識を披瀝し、「スペイン製の」ピンボール・マシーンを作品世界内に登場させている。このように、若き日の村上春樹はスペイン文化に惹かれ、その憧れを自ら経営していたジャズ喫茶の内装と初期の作品群において表現したのである。

2　村上春樹によるスペイン訪問(二〇〇九／二〇一一)

村上春樹は二〇〇九年と二〇一一年に二度にわたってスペインを訪問した。村上春樹によるスペイン訪問に言及する前に、スペイン訪問と関連のある彼の言動に注目してみる。村上春樹は短編「氷男」(一九九一)の女性主人公「私」の言説を媒介にして、スペインを訪問したい意思を以下のように吐露している。

ヨーロッパがいいんじゃないかしら、スペインあたりでのんびりしましょうよ。ワインを飲んだり、パエリアを食べたり闘牛を見たりして(5)。

このように、村上春樹は同短編においてスペインを訪問する望みを露《あら》わにしている。同様に、村上春樹は自分がスペイン第二の都市、バルセロナを訪問することを予見しているかのように、阪神・淡路大震災(一九九五年一月十七日)を題材にした短編集『神の子どもたちはみな踊る』(二〇〇〇)の最後を飾る短編「蜜蜂パイ」(二〇〇〇)において、作品の主人公で短編小説家の淳平が阪神・淡路大震災が起こった一九九五年に、取材のためスペインに滞在している場面を以下のように描写している。

地震が起こったとき、淳平はスペインにいた。航空会社の機内誌のためにバルセロナの取材をしていたのだ(6)。(傍点—引用者)

同短編におけるスペイン訪問を示唆する場面を記してから九年後に、村上春樹はバルセロナを訪問することになるのである。

また、村上春樹は『海辺のカフカ』においても二人の登場人物の発話を介してスペイン訪問への願望を仄《ほの》めかしている。パエリヤを食べるというスペイン文化的な設定のもと、甲村記念図書館司書の大島さんと十五歳の主人公カフカ少年の発話場面は以下のように進展する。

僕らは大盛りのサラダを食べ、パエリヤを注文して二人で分ける。
「いつかスペインに行きたい」と大島さんは言う(7)。

続けて、主人公カフカ少年も女性登場人物の佐伯さんに「今何を考えているの」と訊かれ、「スペインに行くこと」と返答している(8)。『海辺のカフカ』出版後に、電子メールを媒介にして同小説に関する読者との質疑応答をまとめて新潮社から出版した『少年カフカ』（二〇〇三）において、村上春樹はスペイン在住の女性読者からの電子メール（二〇〇二年十一月十六日付）に対して、「スペインでの生活はいかがでしょう?(9)」と、スペイン生活に興味を示している。『少年カフカ』の出版から五年後にあたる二〇〇八年、村上春樹はスペイン語版『アフターダーク』（二〇〇四）の出版を目前にしてスペインの雑誌『何を読む』(*Qué Leer*) の記者アントニオ・ロサーノとのインタビューに応じ、このインタビューの場において二〇〇九年春にスペインを訪問することを公言した(10)。そして二〇〇九年三月、村上春樹はついにスペインの地に初めて足を踏み入れることになる。

二〇〇九年三月十二日、村上春樹はファン・デ・サン・クレメンテ大司教賞というスペイン・ガリシア地方の国際文学賞の授与式に出席するため、同地方の首市、サンティアゴ・デ・コンポステーラにあるロサリア・デ・

（図1）村上春樹が訪問したロサリア・デ・カストロ高等学校／撮影　筆者（2012年3月）

カストロ高等学校（Instituto Rosalía de Castro）を訪問した(11)。春樹作品『海辺のカフカ』のスペイン語版が地元の高校生たちによって二〇〇七年度第十三回最優秀外国語文学賞に選ばれたからである（図1参照）。一九九五年に創設された同賞は毎年三人の作家が受賞し賞与として三千ユーロを獲得する制度になっている。同賞は、過去の受賞者からマリオ・バルガス＝リョサ（一九三六―：一九九五年度第一回受賞）とジョゼ・サラマーゴ（一九二二―二〇一〇：一九九八年度第四回受賞）という二人のノーベル文学賞作家を輩出している権威のある国際文学賞である。村上春樹はこの文学賞を受賞することになった経緯を以下のように説明している。

スペインのガリシア地方にサンティアゴ・デ・コンポステーラという都市があり、ここの高校生たちが「今年読んだいちばん面白かった本」を選び、その作家を学校に招待する。数年前に『海辺のカフカ』が選ばれ、僕が海を越えて表彰式に出向くことになった(12)。

同賞を学校の講堂にて受賞した後、村上春樹は洋子夫人とパラドール・レイエス・カトリコス（Parador Hostal Reyes Católicos）という国営ホテルに赴き、パラドールの中庭にてスペイン語版春樹作品の翻訳家、ガブリエル・アルバレス・マルティネスと知己を得て、このスペイン人翻訳家と散歩をしながらしばしの間、談笑した(13)。その後、村上春樹は自分の作品を選んでくれたガリシアの高校生たち十人と夕食を共にしたのである。

村上春樹はその時の高校生たちの様子を以下のように述懐している。

高校の講堂で表彰式があり、そのあとみんなでテーブルを囲んで食事をする。で、高校生たちといろんな話をしたのだけれど、みんな小説の話をすると目がきらきらする。でも男女の別はなくほとんどの学生は、大学に進むと文学ではなく、医学や工学を専攻するという。「ガリシアは豊かな土地ではなく、産業もあまりありません。外に出て仕事をみつけなくてはならず、そのためには実際的で専門的な技術を身につける必要があるのです」と一人が僕に教えてくれた。ずいぶんしっかりしている。

そういう若い人たちが、こんな遠くに離れたところで熱心に、あるいはときには貪《むさぼ》るように、僕の小説を読んでくれているのだと思うと、とても嬉しかった(14)。

サンティアゴ・デ・コンポステーラを訪れた後、村上春樹はバルセロナへ移動し、二〇〇一年に創設された「アジアの家」を意味する文化機関、カサ・アシア（Casa Asia）を三月十六日に訪問した。村上春樹による同文化機関の表敬訪問は意味ある出来事である。なぜならカサ・アシアはスペインと東洋を繋ぐ文化的な架け橋と言える存在だからである。翌日の三月十七日、村上春樹は自作のスペイン語版を多く出版しているトゥスケッツ社の四十周年記念行事の一環としてジャウメ・フステール図書館（Biblioteca Jaume Fuster）において十九時からサイン会をおこない、バルセロナ出身の女流映画監督、イサベル・コイシェと雑誌『何を読む』の記者、アントニオ・ロサーノの三者で「言葉の価値」（El valor de la paraula）と題された座談会を行った(15)。こうして、村上春樹は初めてのスペイン訪問を成功させたのである。

村上春樹は二〇一一年六月九日にバルセロナを再訪した。村上春樹が再びバルセロナに赴いた理由はカタルーニャ自治州政府が主催する第二十三回カタルーニャ国際賞の授与式に参加するためであった（図2参照）。一九八九年に創設された同賞は人文科学の分野で功績のある人物に贈られる国際賞で、二〇一一年度の受賞者に日本人として初めて村上春樹が選出された。村上春樹は同月九日に、バルセロナのカタルーニャ自治州政府庁舎（Palau de la Generalitat）において催された授与式において「非現実的な夢想家として」（二〇一一）と題したスピーチを堂々と行い、このスピーチの冒頭部分の発話において、二〇〇九年のバルセロナ初訪問に言及しながら、バルセロナという街とバルセロナの女性たちのすばらしさを以下のように称えている。

（図２）村上春樹が演説を行ったカタルーニャ自治州政府庁舎／撮影　筆者（2012年３月）

　僕がこの前バルセロナを訪れたのは二年前の春のことです。サイン会を開いたとき、驚くほどたくさんの読者が集まってくれました。長い列ができて、一時間半かけてもサインしきれないくらいでした。どうしてそんなに時間がかかったかというと、たくさんの女性読者たちが僕にキスを求めたからです。それで手間取ってしまった。
　僕はこれまで世界のいろんな都市でサイン会を開きましたが、女性読者にキスを求められたのは、世界でこのバルセロナだけです。それひとつをとっても、バルセロナがどれほど素晴らしい都市であるかがわかります。この長い歴史と高い文化を持つ美しい街に、もう一度戻ってくることができて、とても幸福に思います(16)。

このスピーチにおいて、村上春樹は「バルセロナがどれほど素晴らしい都市であるかがわかります」と絶賛し、「この長い歴史と高い文化を持つ美しい街に、もう一度戻ってくることができて、とても幸福に思います」とバルセロナを再訪した幸福感を露わにしている。このように、村上春樹は至福の時を感じながら二度目のスペイン訪問を滞りなく終了させたのである(17)。

二度にわたるスペイン訪問によって村上春樹はさらにスペインの魅惑に取りつかれ、自らがこの地中海都市に対して抱く憧憬の念を作品世界内に投影していくことになる。具体的に、『色彩を持たない多崎つくると、彼の巡礼の年』（二〇一三）において、主人公多崎つくるがかつての親友でフィンランドに在住しているクロさんを訪問する計画を恋人の沙羅と話し合っている場面で、沙羅はスペインの一部を成す地中海の有名な島に言及している。多崎つくると沙羅の発話場面は以下のように進展していく。

「いや、このあいだ名古屋でもそうしたように、予告なしで直接会いに行こうと思う」
「フィンランドは名古屋よりずっと遠くにある。往復の時間もかかる。行ってみたらクロさんは三日前から夏休みをとってマジョルカ島に出かけていた、みたいなことになるかもしれないわよ(18)」（傍点―引用者）

引用した発話場面において沙羅が言及している「マジョルカ島」はバルセロナ南方の地中海に位置しており、メノルカ島、イビサ島と共にバレアレス諸島の一角を成す島で有名なリゾート地である。自らもバルセロナを二度訪れたことがある村上春樹は同小説において以下のようにマジョルカ島に再度、言及している。

沙羅が言ったように、夏の休暇をとって一家全員でマジョルカ島に遊びに行ってしまったのかもしれない(19)。

二度にわたるバルセロナ訪問は村上春樹に強烈な印象を与えた。その証左として、短編集『女のいない男たち』

（二〇一四）に収録されている短編「シェエラザード」において再び、村上春樹はバルセロナに言及している。同短編小説において、村上春樹はバルセロナという都市とスペインサッカーとの関連性に着目して次のように記述している。

壁にはバルセロナのサッカー・チームのカレンダーがあり、チーム・ペナントのようなものがかかっているが、他には装飾らしいものは何ひとつない(20)。

このように、村上春樹は青年時代からスペインとスペイン文化に魅了され続け、実際に二度にわたってスペインを訪問し、その憧憬の念を自ら創出する作品世界内に投影させていったのである。

第二章　春樹文学におけるスペイン語とスペイン文化の呪術的機能

1　理論的前提

第二章における分析を展開させるにあたり、研究の方法論を提示した上で、論証の足場となる仮説を提起することにする。本章では、春樹文学におけるスペイン語とスペイン文化の諸機能に論究するため、言語学的観点及び呪術的観点から考察を進めていくことにする。呪術的観点に準拠した分析方法に関しては後述する。言語学的観点に基づく考察に関しては、スペイン語教授法とスペイン語音韻論という二視点から春樹文学におけるスペイン語の諸機能を分析する。スペイン語教授法的視座からの考察には、江澤照美の論文「ヨーロッパ共通参照枠とセルバンテス協会のカリキュラムプラン——日本のスペイン語教育への応用」（二〇一〇）とアベル・アルバレス・ペレイラの著した『日本におけるスペイン語教師のための手引書』（二〇一二）を参照しながら、論述する。スペイン語音韻論的視座からの考察には、ナバロ・トマスの『スペイン語韻律教本』（一九四七）とエセル・ワリスの論文「現代スペイン語のイントネーション的な強勢パターン」（一九五一）を理論的枠組みとして用いながら論考を進めることにする。

同様に、第二章では春樹文学におけるスペイン文化の諸機能にも言及するため、スペイン文化の知見に基づいた論考も敷衍されることになる。日本人作家によるスペイン文化を題材にした著作の中には、五木寛之（一九三二—）が著した「わが心のスペイン」（一九七二）や逢坂剛（一九四三—）の『逢坂剛のスペイン讃歌』（一九九一）のような、スペイン文化への精通ぶりを披瀝しながら、同文化の壮麗さを称えた著作が存在することも確かだが、本書ではこういった知識披瀝型の文化論を進展させるのではなく、村上春樹が構築する作品世界内に組み込まれたスペイン文化が遂行する諸機能の分析を試みる(1)。筆者は拙著『ガルシア・ロルカと三島由紀夫　二十世紀　二つの伝説』（二〇一三）において、三島由紀夫の創造する作品世界内におけるスペイン文化の機能分析をおこなった。同書において筆者は、スペイン建築が三島の創出する作品世界内に〈スペイン的な高貴さ〉を付与する視覚的要素として組み込まれていると結論づけた(2)。本書では三島作品の考察で試みた分析方法をさらに発展させて、春樹作品におけるスペイン文化の機能分析に適用する。作品分析のための学術的姿勢を明らかにできたので、続けて第二章における研究展開の論理的起点となる仮説を提起しておくことにする。

第二章では二つの仮説に基づいて春樹作品の分析を進めていくことにする。第一に、スペイン語とスペイン文化が春樹作品における物語の局面を好転させる転回点として作用しているという仮説を提起する。第二に、同言語と文化が村上春樹の創出する作品世界内において呪術的機能を遂行するという仮説に基づいて論述していく。本章では、呪術的見地からおこなう機能考察の理論的枠組みとしてJ・G・フレイザーの『金枝篇――呪術と宗教の研究』（一八九〇）の第一巻である『呪術と王の起源（上）』を用いることにする。フレイザーは呪術とは全て「共感の法則」に依拠した〈共感呪術〉であるとし、「どのように事物が相互に作用しあうのか(3)」という、事物間における相互作用の探求が〈共感呪術〉の基底にあると説いている。同書において、フレイザーは〈共感呪術〉とその位相を以下のように大別している。

（一）理論的呪術（疑似科学としての呪術）
（二）実践的呪術（疑似技術としての呪術）
①類感呪術あるいは模倣呪術（類似の法則）

②感染呪術（接触の法則）

（三）公的呪術

（四）私的呪術(4)

〈理論的呪術〉は疑似科学としての呪術であり、理論として体系化されているが、机上の空論としての呪術であり、本書における分析には適用できない呪術である。〈実践的呪術〉は実践を伴うものであり、一般的に呪術とはこの〈実践的呪術〉のことを指す。〈実践的呪術〉は〈類感呪術あるいは模倣呪術〉と〈感染呪術〉の二つに峻別され、〈類感呪術あるいは模倣呪術〉に関してフレイザーは「呪術師はただ真似るだけで自分の望み通りの結果を生み出すことができると判断する(5)」と説明している。本書では、この種の呪術に関して〈類感呪術〉という術語を採用する。〈感染呪術〉に関して、フレイザーは「物体に働きかけた行為はすべて、それが身体の一部であるか否かに拘らず、その物体と一度接触した相手に同じ効果を及ぼすと判断する(6)」と記述している。〈公的呪術〉とは例えば、古代社会における祭司としての王が執りおこなう呪術のことであり、「共同体全体の利益を目的として行われる呪術(7)」のことである。〈公的呪術〉の対極に位置する〈私的呪術〉は、「個人の利益を目的として行われる秘術儀礼や呪文(8)」のことを指している。ここではフレイザーが提起した呪術に関するこれらの理論的枠組みを作品分析に用いることにする。上述した呪術とその位相と共に、〈共感呪術〉で用いられる呪術的行為としての〈祈願〉と〈悪魔祓いの護符〉にも注目する。また、呪術と音韻論的リズムとの関係にも着目するため、オクタビオ・パスが著した『弓と竪琴』（一九五六）も参照することにする。また、フレイザーは「北欧神話のオーディンは、自然に対するその優位と支配力をルーン文字の知識、すなわち森羅万象に関する呪術的名辞から得たものとされている(9)」と、呪術的名辞としてのルーン文字の作用を指摘している。この言説を考慮に入れて、春樹作品の中でルーン文字のように強力に作用するスペイン語の呪術的名辞を特定することにする。言語学的観点及び呪術的観点に準拠した作品分析に移行する前に、スペインにおける春樹文学の受容に言及しておくことにする。

2　スペインにおける春樹文学の受容

春樹作品の中で、初めてスペイン語に翻訳されたのは『羊をめぐる冒険』（一九八二）である。この小説は当時、スペイン国立セビーリャ大学教授で、日本文学研究者のフェルナンド・ロドリーゲス＝イスキエルドによって日本語から直接スペイン語に翻訳されて一九九二年にバルセロナのアナグラマ社から出版された。フェルナンド・ロドリーゲス＝イスキエルドは『日本の俳句　その歴史と翻訳』（一九七二）と題された俳句の研究書の著者としても有名で[10]、安部公房の『他人の顔』（一九六四）の翻訳によって野間文芸翻訳賞を一九九六年に受賞した優れた翻訳家であるが、春樹作品が『羊をめぐる冒険』によってスペインで人気を博することはなく、九年間の空白を経て、第二作目が出版されることになる[11]。

スペイン語に翻訳された春樹作品の第二作目は『ねじまき鳥クロニクル』（一九九四―一九九五）で、バルセロナ出身のルルデス・ポルタ・フエンテスと松浦惇一の二者によって共訳されたこの長編小説はバルセロナのトゥスケッツ社から二〇〇一年に出版され、以後この出版社がほぼ独占的に春樹作品のスペイン語版を出版していくことになる。『ねじまき鳥クロニクル』はスペインで好評を得た。バルセロナの新聞『前衛』（*La Vanguardia*）の文化担当記者、ロベルト・サラドリガスは『ねじまき鳥クロニクル』を取り上げた文化記事「翼を広げた紳士」（二〇〇一年六月十五日付）において、「村上は教養作家として、三島由紀夫、谷崎潤一郎そして大江健三郎の後継者の地位を確立したように思える[12]」と好意的に村上春樹を評価している。

以後、春樹作品はたて続けにスペイン語へと訳出されていくことになる。『スプートニクの恋人』（一九九九）

が二〇〇二年、『ノルウェイの森』（一九八七）が『トウキョウ・ブルース』と改題されて二〇〇五年に出版された。スペインにおいて『ノルウェイの森』が『トウキョウ・ブルース』と題名が変更されて出版された点に関しては、イタリアで同小説が『トウキョウ・ブルース』と題されて出版された経緯と類似している(13)。『ノルウェイの森』のスペイン語版によって村上春樹はスペインにおいてベストセラー作家の仲間入りを果たしたのである。この点に関しては、後述することにする。

このように、春樹作品は次々とスペイン語に翻訳されていき、二〇一一年には、『1Q84　BOOK3』（二〇一〇）の出版に引き続き同年十月に『ダンス・ダンス・ダンス』（一九八八）が、『1Q84』（二〇〇九―二〇一〇）全三巻をスペイン語に訳出したガブリエル・アルバレス・マルティネスによる翻訳を通してトゥスケッツ社から出版された。続けて、二〇一三年には短編集『神の子供たちはみな踊る』（二〇〇〇）と『ねむり』（二〇一〇）及び『図書館奇譚』（二〇一四）がルルデス・ポルタによって訳され、『色彩を持たない多崎つくると、彼の巡礼の年』（二〇一三）と短編集『女のいない男たち』（二〇一四）もガブリエル・アルバレスによって二〇一四年に翻訳された。さらに二〇一五年には、村上春樹の処女作『風の歌を聴け』（一九七九）と第二作目にあたる『一九七三年のピンボール』がルルデス・ポルタによって一冊にまとめられて訳出され、トゥスケッツ社から上梓された。そして二〇一六年には、短編集『象の消滅』（二〇〇五）がフェルナンド・コルドベスと荻原陽子によって共訳されてトゥスケッツ社から出版され、『パン屋を襲う』（二〇一三）がルルデス・ポルタによって訳出されてリブロス・デル・ソロ・ロッホ社から刊行された。また、フェルナンド・イスキエルドによって翻訳され、アナグラマ社から一九九二年に出版されていた『羊をめぐる冒険』が絶版になったため、ガブリエル・アルバレスによって同小説は再び日本語からスペイン語に訳出され、二〇一六年十月にトゥスケッツ社から出版された。スペイン語の題名は、アナグラマ版と同様、*La caza del carnero salvaje* である。絶版になったとはいえ、村上春樹が創造した一作品に対して二つの翻訳が存在することは意義のあることである。村上春樹自身、

「僕の中のキャッチャー」（二〇〇六）と題した翻訳をめぐるエッセイの中で、優れた古典的名作に複数の異なった翻訳が共在することの意義を以下のように強調している。

優れた古典的名作には、いくつかの異なった翻訳があっていいというのが僕の基本的な考え方だ。翻訳というのは創作作業ではなく、技術的な対応のひとつのかたちに過ぎないわけだから、さまざまな異なったかたちのアプローチが並列的に存在して当然である。人々はよく「名訳」という言葉を使うけれど、それは言い換えれば「とてもすぐれたひとつの対応」というだけのことだ(14)。

引用した村上春樹の見解を考慮すれば、古典的名作となった『羊をめぐる冒険』にフェルナンド・イスキエルドによる翻訳とガブリエル・アルバレスによる翻訳という、異なる二つの翻訳が共在することは意義のあることであり、村上春樹の視座に立脚すれば、フェルナンド・イスキエルドの翻訳は「とてもすぐれたひとつの対応」であり、ガブリエル・アルバレスによる翻訳は「とてもすぐれたもうひとつの対応」と捉えることができる。

ここまで見てきたことから明らかなように、二〇一七年時点において春樹作品は合計二十四作品がスペイン語に翻訳されているのである(15)。新聞『エル・ムンド』(*El Mundo*) は、二〇〇八年一月三十一日付の記事において世界小説の視座から村上春樹を以下のように評価している。

夢と確実性の狭間で、村上春樹（一九四九年京都生まれ）はカフカと死とジャズを用いて、世界小説の中の最も偉大な作家の一人へと変貌を遂げた(16)。

スペインにおける春樹作品の人気に関して、新聞『前衛』の文化担当記者、ハビ・アイェンが「ついに日本人作家、村上春樹は『ノルウェイの森』でもってスペイン人読者たちを魅了することに成功した(17)」と評しているように、『ノルウェイの森』は二〇〇五年度スペインにおける大ベストセラー小説となった。事実として、同小説はアメリカ人小説家フィリップ・ロス（一九三三―）の『プロット・アゲンスト・アメリカ　もしもアメリカが…』（二〇〇四）とフランス人作家フィリップ・クローデル（一九六二―）の『灰色の魂』（二〇〇三）と共に二〇〇五年度スペインにおける翻訳小説三大ベストセラーの一角を成すに至ったのである(18)。

また『ノルウェイの森』と同様、二〇〇七年にガリシアの国際文学賞を受賞した作品『海辺のカフカ』も人気があり、新聞『前衛』の二〇〇一年六月十五日付の書評で取り上げられた『ねじまき鳥クロニクル』も広く読まれている(19)。『前衛』の調査に依ると、『1Q84　BOOK3』は「ベストセラー本」のスペイン語フィクション部門第二位を二〇一一年十月十九日と同年十一月二日に獲得している(20)。そして『色彩を持たない多崎つくると、彼の巡礼の年』も『前衛』の二〇一三年十一月十三日のベストセラー・ランキングでスペイン語フィクション部門第三位を獲得し、続けて同年十二月四日のランキングでは第一位を獲得していることから、この作品もスペインで高い人気を博していることがわかる(21)。

同時に、スペインでは春樹文学の研究も進められている。序章で先述したように、三島由紀夫が執筆した『青の時代』（一九五〇）の翻訳等、三島文学の翻訳家として著名で、一九八〇年代に東京大学で教鞭をとり、二〇一七年現在、マドリードのスペイン国立コンプルテンセ大学教授である日本文学研究者カルロス・ルビオは『村上の日本』（二〇一二）において社会学的観点から春樹文学に見受けられる日本文化の諸相をスペイン人読者たちに詳しく解説している。とくに、ルビオは春樹作品における東京の描写に注目し、この大都市が内包するハイテクノロジーに代表される超現代的側面と神社・仏閣に表象される伝統的側面の混在を的確に説明している(22)。また前述したように、フスト・ソテーロは『ハルキ・ムラカミの諸世界』（二〇一三）と題した研究書を上梓しており、ソテーロは同書において、必然性や可能性そして、反実仮想の発想に着目して物語を洞察する可能世界論の観点から村上春樹の諸作品の分析を試みている(23)。同様に、ベニート・エリアス・ガルシア＝バレーロは『ハルキ・ムラカミの量子論的魔術』(二〇一五)と題した研究書を出版し、同書において物理学の一領域である量子理論の視座から村上春樹の紡ぎ出す諸作品に発現する魔術を分析している(24)。以上の事実から明らかなように、村上春樹の作品群は二〇一〇年代のスペインにおいて広く浸透している。

スペインにおける春樹文学の普及に貢献しているのは、二人の優れたスペイン人翻訳家である。ひとりはバルセロナ出身の女性翻訳家、ルルデス・ポルタ・フエンテスであり、もう一人はガリシア出身の男性翻訳家、ガブリエル・アルバレス・マルティネスである。二者は春樹文学の傑作二作品の翻訳も各々、手がけている。ルルデス・ポルタ・フエンテスが『ノルウェイの森』を翻訳している一方で、ガブリエル・アルバレス・マルティネスは『1Q84』全三巻を訳出している。確かに、上述した二者以外にも春樹文学をスペイン語に翻訳した翻訳家は存在している。前述した『羊をめぐる冒険』を訳した、フェルナンド・ロドリーゲス＝イスキエルド、『走ることについて語るときに僕の語ること』(二〇〇七)を二〇一〇年にスペイン語に訳出した、フランシスコ・バルベラン、ルルデス・ポルタと『スプートニクの恋人』及び『ねじまき鳥クロニクル』全三巻を共訳した松浦惇一、そして『アンダーグラウンド』(一九九七)を二〇一四年に、短編集『象の消滅』を二〇一六年に共訳したフェルナンド・コルドベスと荻原陽子である。だが、主要な春樹作品を翻訳しているのは、ルルデス・ポルタとガブリエル・アルバレスであり、二人の仕事を通して、春樹文学がスペイン及びスペイン語圏に広まっていったことは疑いようのない事実である。そこで、ここでは二人に焦点をあてて論述してみる。では、スペイン人翻訳家二人の経歴を手短に見ておくことにする。

ルルデス・ポルタ・フエンテスはスペイン国立バルセロナ自治大学歴史学科を卒業しており、二〇一七年現在、日本文学の翻訳の仕事をおこないながら、バルセロナ市公認語学学校で日本語教師として日本語を教授している。ガブリエル・アルバレス・マルティネスはスペイン国立ビーゴ大学通訳翻訳学科を修了した後、日本政府の奨学金を得て、二〇一〇年十月から二〇一二年三月まで神戸大学に研究生として所属し続けて、二〇一二年四月から二〇一四年三月まで同大学大学院修士課程にて研究に勤《いそ》しみ、修士号を取得した。そしてガブリエル・アルバレスは二〇一六年一月にビーゴ大学大学院において、日本の漫画の翻訳におけるオノマトペの訳出をめぐる研究で翻訳理論に関する博士号を取得したのである(25)。以後、ガブリエル・アルバレスは日本文学の翻訳の仕事に従事しながら、日本の漫画の翻訳も手がけている。

二人の優れた翻訳家が春樹文学を訳出し、普及させているスペインにおける春樹文学の翻訳状況は英語圏、とくにアメリカ合衆国における同文学の翻訳事情を想起させる。ホセア・ヒラタは「実際、村上春樹は翻訳者に恵まれた。主な翻訳者であるジェイ・ルービンにしてもアルフレッド・バーンバウムにしても全く対照的な人柄ではあるが、非常に才能のある翻訳者である(26)」とアメリカ合衆国における春樹文学の翻訳状況を説明している。そして村上春樹自身、柴田元幸との共著である『翻訳夜話』(二〇〇〇)においてアメリカ合衆国における自作の翻訳状況を以下のように述べている。

「僕のを英語に訳している人は三人いるんだけど、おもだった人は二人で、一人はアルフレッド・バーンバウムというアメリカ人、もう一人はジェイ・ルービンという人で、バーンバウムは一種のボヘミアンなんです(27)。」

アメリカ合衆国における春樹作品の翻訳状況とスペインのそれとは類似している。スペインにおいて、日本語教師でスペイン人女性のルルデス・ポルタと日本の漫画に関する翻訳理論の研究者であるスペイン人男性のガブリエル・アルバレスという非常に才能のある二人の翻訳家によって春樹作品は次々にスペイン語に翻訳されていったのである。

3　スペイン語の諸機能

村上春樹はスペイン語を熱心に学習したことがあり、自ら創造する作品世界内にも日本人スペイン語学習者、日本人スペイン語熟達話者そしてスペイン語母語話者を登場させている。従って、まず村上春樹がスペイン語を学習する姿に着目した後、春樹文学に登場する日本人スペイン語学習者とスペイン語話者が遂行する諸機能の解明を試みる。

4　村上春樹とスペイン語学習の関連性

村上春樹はアメリカ合衆国のプリンストンに居住していた一九九二年に集中してスペイン語学習に取り組んだ。すなわち、村上春樹はアメリカ合衆国において日本人スペイン語学習者として過ごしていた時期があったのである。村上春樹はスペイン語を学び始めた理由を『やがて哀しき外国語』（一九九四）の中で以下のように詳しく説明している。

　一年半くらい前のことになるけれど、うちの近くの語学学校に二ヵ月ばかりスペイン語を習いにいった。アメリカに来てスペイン語の勉強をするというのもなんだか変なものだけれど、メキシコを一ヵ月くらいかけて旅行しようと思っていたし、それに英語の小説の翻訳をするときにはスペイン語の基礎的な知識が必要とされることが多いので、ちょうど良い機会だと思ってきちんと勉強してみることにした(28)。

具体的に、村上春樹は語学学校のベルリッツ（Berliz）で四人のアメリカ人と一緒にグループレッスンでスペイン語を集中して二カ月間学びその後、個人教授をみつけて少しずつスペイン語学習を続けた。そして、村上春樹はスペイン語学習とメキシコ滞在の経験を翻訳の仕事で結実させている。村上春樹はレイモンド・カーヴァー（一九三三―一九八八）の短編集『象』（一九八八）の一角を成す「メヌード」という短編を訳出しているが、「メヌード」（menudo）とはメキシコ料理の一種である各種臓物の煮込み料理を指すスペイン語男性形単数名詞である。村上春樹は同翻訳作品の「解題」において以下のようにメキシコ旅行と「メヌード」に言及している。

メキシコを旅行したときにこのメヌードという料理を食べる機会は何度かあったのだが、訳者は（村上春樹のこと―引用者註）残念ながら内臓料理が苦手なのでパスすることになった(29)。

また、村上春樹は『おおきなかぶ、むずかしいアボカド　村上ラヂオ2』（二〇一一）においても以下のように自らのスペイン語学習体験を披露している。

僕は学校で英語とドイツ語を学び、個人的に先生についてフランス語とスペイン語とトルコ語とギリシャ語を勉強したけど、なんとか身についているのは英語だけ(30)。

こうして、プリンストンでスペイン語を学びながら、村上春樹はヒスパニックの人々の存在に注目し、アメリカ合衆国におけるスペイン語話者の多さに関して以下のように記している。

アメリカではスペイン語を話せる人がちまたに満ち満ちていて、教師を探すのが簡単だからというのも、その理由のひとつだろう。僕の住んでいる地域のすぐ裏にもヒスパニックの人々が住む一角があって、ここを歩くとほとんどスペイン語しか話されていない(31)。

そして、村上春樹はベルリッツでスペイン語を学んだ後も、個人教授についてスペイン語学習を続け、メキシコ旅行から帰ってきた後、スペイン語学習が役に立ったことを以下のように吐露している。

そのあと個人教授をみつけてぼちぼちと一人でスペイン語の勉強は続けていたのだけれど、やがて小説を書き始めると時間が絶対的に足りなくなってきて、そのまましり切れトンボになってしまった。それでもリュックをかついでメキシコをひとりで旅行したときには、ほんの基礎的なスペイン語の知識だけでもけっこう役には立った(32)。

そして、メキシコ旅行から帰ってきた後、村上春樹は「メキシコ大旅行」(一九九二—一九九三)と題したエッセイを書いた。村上春樹はこのエッセイの中で気になるスペイン語の単語を書き留め、スペイン語に関する知識も披露している。村上春樹はメキシコ人のバスの車掌との間で交わしたスペイン語による会話を同旅行記の中で再現しながら、自らが備えるスペイン語運用能力を以下のように提示している。

車掌が僕のところにやってきて、「ひょっとして撃ち合いになるかもしれんから、もしそうなったらばたっと床に伏せるんだよ」と教えてくれた。僕のスペイン語はでたらめだけど、こういうことになると不思議に明確に理解できる。「強盗か(バンディドス)?」と尋ねると、車掌は小さな声で「シ(そうだ)」と言った(33)。

引用した記述から、村上春樹のスペイン語運用能力がかなりのレベルに達していることが窺える。村上春樹は「盗賊」や「強盗」を意味するスペイン語男性名詞の複数形、「バンディドス」(bandidos) を使いこなしている。村上春樹はつばのある帽子「ソンブレロ」(sombrero) や片刃で幅の広い山刀「マチェテ」(machete)(34)、車のスピードを落とすために道路に設けられている隆起物「トペ」(tope)(35)そして、一八六九年にメキシコのツォツル族の村で発見された「ピエドラス・アブランテス〈喋る石〉」(piedras hablantes)(36)及び、地方のボスや有力者を意味する「カシーケ」(cacique)(37)などを同旅行記に書き留めている。また、村上春樹は"SOCIEDAD COOPERATIVA DE ARTESANIA UNION DE MUJERES EN LUCHA S.L.C."という長いスペイン語名詞句をメキシコ旅行記に掲載し、この名詞句を「戦う女性たちの協同組合・民芸の店(38)」と日本語に訳出している。村上春樹はメキシコでバスに揺られながらスペイン語のメキシコ音楽がバス内に流れている情景を次のように描写している。

でも、バスでメキシコを旅しながら音楽を聴くのはそれほど簡単なことではない。メキシコのバスには静寂というものが存在しないからだ。そこにはまず間違いなくメキシコ音楽がかかっている。それも生半可な音量ではない。大音量で鳴り響いているのだ。だからウォークマンのイヤフォンをどれだけしっかりと耳の中にもぐり込ませても、僕が聴こうとする音楽の中に、メキシコ音楽が否応なく混じってくることになる。（中略）五時間だか六時間のあいだに僕の耳に入ってくるのは、ちゃんちゃかちゃんちゃかちゃんちゃかちゃんちゃか、テキエーロ、ミアモール、ちゃんちゃかちゃんちゃか、というあの果てしなきメキシコ歌謡曲ということにあいなったのだ(39)。

この記述の中で注目に値するのは、「テキエーロ、ミアモール」という言説である。この言説は「あなたのことを愛している、我が愛しい人よ」(Te quiero, mi amor) という意味のスペイン語による言説であり、村上春樹は騒音のように反響するメキシコ音楽の中からスペイン語による言説をしっかりと聞き取って、旅行記に記しているのである。同様に、村上春樹は同旅行記の中でスペイン人の征服者たち、コンキスタドール (conquistador) がチアパスに侵略してきた事実を歴史的知見に基づいて以下のように記述している。

この土地にスペインのコンキスタドール（侵略者）がやってきたのは一五二三年のことだが、彼らはあっという間に先住民＝インディオを武力征服し、その土地を取り上げて、報奨として兵士たちに与えた。そして、その土地を耕すためにインディオたちを奴隷として文字通り酷使した(40)。

引用した記述から明らかなように、村上春樹はスペインとの関係に着目しながら、メキシコの大地を歩んでいったのである。続けて、村上春樹は中南米の原住民の解放に従事したスペイン人宣教師、バルトロメ・デ・ラス・カサス（一四八四―一五六六）のメキシコにおける行動に着目しながら、同旅行記を以下のように書き進めている。

インディオたちの味方として立ち上がったのは、バルトロメ・デ・ラス・カサスを中心とするキリスト教の宣教師たちだった。彼らはインディオたちを保護し、スペイン本国に彼らのおかれている窮状を訴え、なんとか奴隷制度の廃止を実現するまでにこぎつけた。これが一五五〇年のことである。サン・クリストバル・デ・ラス・カサス（長い名前なのでラス・カサスと省略して呼ばれることが多い）は彼の名前に因んでつけられた(41)。

続けて、村上春樹はメキシコの一部を形成するシナカンタンの土地に及ぼしたスペイン人の影響力を以下のように記述している。

スペイン人の登場によって社会状況が大きく変化し、そんな変更過程の中でシナカンタンの土地とそこに住む人々はその声を失い、歴史の中にすっかり埋没してしまったわけである(42)。

このように、村上春樹は歴史的文脈も踏まえて、スペインとメキシコの関係性に留意しながら、メキシコを旅し、旅行記を綴ったのである。以上の分析から明らかなように、村上春樹はスペイン語を熱心に学習し、その成果をメキシコ旅行において結実させたのである。

5　転回点としてのスペイン語学習

春樹作品においてスペイン語学習という知的行為は停滞している物語内容の局面を好転させるいわゆる、転回点として作用する。具体的に、春樹作品においてスペイン語を学ぶ登場人物は、『ノルウェイの森』に登場する永沢さんと『1Q84』の女性主人公青豆の二者である。『ノルウェイの森』の主人公ワタナベトオルの先輩で諸外国語に通じている永沢さんはテレビでスペイン語を学び始める。永沢さんがテレビの「スペイン語講座」を通じてスペイン語を学習する姿を村上春樹は以下のように叙述している。

彼は部屋にいて、スペイン語講座を見ながら缶ビールを飲んでいた。（中略）

「これもうすぐ終るから待ってろよ」と永沢さんは言って、スペイン語の発音の練習をした。僕は自分で湯をわかし、ティーバッグで紅茶を作って飲んだ。スペイン人の女性が例文を読み上げた。「こんなひどい雨ははじめてですわ。バルセロナでは橋がいくつも流されました」。永沢さんは自分でもその例文を読んで発音してから「ひどい例文だよな」と言った。「外国語講座の例文っていうのはこういうのばっかりなんだからまったく」

スペイン語講座が終ると永沢さんはＴＶを消し、小型の冷蔵庫からもう一本ビールを出して飲んだ(43)。

村上春樹が自作の中で言及しているテレビの「スペイン語講座」は実際にＮＨＫ教育放送に存在した語学講座「スペイン語会話」のことを指している。「スペイン語会話」は一九六七年にスタートした番組で第一回目の講師はスペイン語学研究者である山田善朗が務め、二〇〇七年まで続いた。同語学講座は二〇〇八年四月三日から「テレビでスペイン語」と名前を変えて放映され続けている。自身も、二〇〇八年、二〇一二年、二〇一三年そして二〇一四年と長年にわたってテレビのスペイン語講座を担当したスペイン語学研究者、福嶋教隆は引用した村上春樹の記述に関して、「ご存じでしたか？　なんと村上作品に、「テレビでスペイン語」の前身のスペイン語講座が登場していたんですね(44)」と指摘し、福嶋は村上春樹が自ら創造する作品世界内に登場させたこの語学教育番組のことを『『ノルウェイの森』版スペイン語講座」と高く評価している(45)。論点を春樹作品におけるスペイン語学習の機能に戻すことにする。スペイン語学習をめぐって主人公ワタナベトオルと永沢さんとの会話は以下のように進展していく。

「まあなんでもいいですけどね」と僕は言った。そして机の上のスペイン語のテキスト・ブックを手にとって眺めた。「スペイン語始めたんですか？」

「うん。語学はひとつでも沢山できた方が役に立つし、だいたい生来俺はそういうの得意なんだ(46)。」

そして、永沢さんはワタナベに「俺は春までにスペイン語を完全にマスターする(47)」と豪語するのである。永沢さんはスペイン語学習をきっかけにして、それまで停滞していた大学生活を好転させ、人生を進展させていくことになる。具体的に、この男性登場人物はうまくいっていなかったハツミさんと別れ、外務省の試験に合格することになる。

『1Q84』の女性主人公青豆は『BOOK3』第八章において柳屋敷に住む老婦人の護衛をしている用心棒、タマルから補給してもらった語学テープでスペイン語を学び始める。村上春樹は女性主人公がスペイン語会話を学ぶ姿を次のように記述している。

　スペイン語の語学テープを使い（タマルに頼んで補給品の中に入れてもらった）、声を出して会話の練習をする。（中略）

　スペイン語会話を練習しながら、コスタリカの海岸での静かで安らかな生活を青豆は想像する(48)。

宗教団体「さきがけ」のリーダーを暗殺した後、青豆はマンションの一室に隠れ住んでおり、停滞している人生の局面を打開するためにスペイン語学習を始めたのである。結果として、スペイン語学習を始めてから青豆はそれまで八方ふさがりに陥っていた人生の流れを好転させ、幼馴染の天吾と再会して、二人で月が二つ存在する並行世界を脱出して、元の月が一つだけある現実世界に帰還することになる。また、『色彩を持たない多崎つくると、彼の巡礼の年』においても、最終章である第十九章において、村上春樹は新宿駅の人の流れを俯瞰しながら以下のようにスペイン語学習に言及している。

満員電車の中では、うまくいけば新聞や文庫本くらいは読めるかもしれない。ｉＰｏｄでハイドンの交響曲を聴いたり、スペイン語会話の勉強をしたりすることも、あるいは可能かもしれない(49)。（傍点―引用者）

以上の考察から明らかなように、スペイン語学習は村上春樹が構築する作品世界内において停滞している物語内容の局面を好転させる転回点として機能する。また、呪術的観点からすれば、スペイン語学習が雨乞い祈願のように人生好転祈願の〈おまじない〉として作品世界内で呪術的に作用するのである。

6　スペイン語話者と二つの位相

村上春樹の作品世界内には二種類のスペイン語話者が登場する。第一の種類は日本語母語話者でありながら高いスペイン語運用能力を有するいわゆる、日本人スペイン語熟達話者（hablante japonés que domina el español）である。第二のそれは、スペイン出身の登場人物、すなわちスペイン語母語話者（hablante nativo de español）である。村上春樹は自ら創出する作品世界内において、これら二種類のスペイン語話者を機能的に二つの位相に峻別しながら各々に異なる呪術的機能を付与している。従って、スペイン語をめぐる〈母語話者〉、〈非母語話者〉という二つの位相に基づく言語学的立場から、これら二種類の登場人物が備える呪術的機能の分析を試みる。

7　呪術的仲介者としての日本人スペイン語熟達話者

『一九七三年のピンボール』に登場するスペイン語教師と『スプートニクの恋人』のヒロイン、すみれは、各々の主人公による「こちら側」から「あちら側」への〈移行〉を誘導するための呪術的仲介者として作品世界内で機能する。スペイン語教授法の観点から見れば、二者は共通して日本語を母語とするスペイン語非母語話者(hablante no-nativo de español)で、高いスペイン語運用能力を備える日本人スペイン語熟達話者と見做すことができる。『一九七三年のピンボール』に登場するスペイン語教師は、主人公「僕」が消えたピンボール・マシーン「スペースシップ」を探索する手助けをするために作品世界内に登場する。ピンボール・マシーンに通暁しているこの人物は、「外国語としてのスペイン語教育」(La enseñanza del español como lengua extranjera)、いわゆる「ELE 教育」(50)に従事する日本人スペイン語非母語話者教師である。村上春樹は翻訳事務所で働く主人公「僕」とスペイン語講師の出会い直後の発話場面を以下のように綴っている。


「大学でスペイン語を教えています。」と彼は言った。「砂漠に水を撒くような仕事です。」

僕は感心して肯いた。

「あなたの翻訳事務所ではスペイン語はやらんのですか?」

「僕が英語をやり、もう一人がフランス語をやります。もうそれで手いっぱいなもので。」

「それは残念。」と彼は腕組みしたまま言った。でもそれほど残念ではなさそうだった。彼はしばらくネクタイの結びめをいじりまわしていた。

「スペインに行かれたことは?」と彼は訊ねた。

「いや、残念ながら。」と僕は言った(51)。

このように、スペイン語教師は主人公「僕」に対して、「大学でスペイン語を教えています」と自己紹介した後、大学でスペイン語を教えることを「砂漠に水を撒くような仕事です」と開陳している。スペイン語教師は「僕」をタクシーに乗せて、「象の墓場」のような冷え切った倉庫へと導き入れ、主人公は七十八台のピンボール・マシーンが並ぶ「あちら側」の世界で、「スペースシップ」と邂逅し、二者は詩的な対話を交わすことになる。英語版春樹作品の翻訳者であるジェイ・ルービンは『ハルキ・ムラカミと言葉の音楽』（二〇〇二）において、主人公がピンボール・マシーンと再会する時空間を「静かな、時を超越した、記憶からなるもう一つの世界」と捉え、「もう一つの世界」へと〈移行〉する際に用いられる道路を「過去への通路」と見做している(52)。ルービンの見解を考慮すれば、スペイン語教師は主人公が「こちら側」の世界から「あちら側」の「もう一つの世界」へと〈移行〉するために、「過去への通路」を開示したことが露呈する。主人公が〈移行〉を実現するために、なぜスペイン語教師の助力を必要としたのかを明らかにするためには、言語運用の知見から「僕」の発話環境を把握することが要請される。主人公「僕」は英語の翻訳を手掛けることを仕事としており、日本語と英語という二言語発話環境に身を置きながら日々生活する人物である。その彼が、失われたピンボール・マシーンを見つけ出すために、「過去への通路」を切り拓き、非日常的な「あちら側」の世界へと〈移行〉するためには、日本語と英語という日常言語による発話環境を超越する必要があったのであり、それ故、主人公にとって馴染みのない、非日常的言語であるスペイン語に通暁したスペイン語教師の助力を得たことで、「あちら側」の「もう一つの世界」へと〈移行〉することに成功したのである。また、スペイン語と同様にスペイン文化全般も春樹作品においては、呪術的仲介物として機能する。具体的に、村上春樹は『羊をめぐる冒険』において、十六世紀スペインの羊追いの道の逸話をこの小説の作品世界内に「こちら側」から「あちら側」への〈移行〉を促す呪術的仲介物として投入している。親友の鼠を探して、北海道の牧場を訪問した「僕」はそこで働く男と以下のような対話を展開させる。

「羊を連れて歩くのはむずかしいんですか？」
「簡単さ。人間は昔からずっとそうしてきたんだ。羊飼いが放牧場に定着したのはつい最近のことでね、その前は年じゅう羊を連れて旅してたんだ。十六世紀のスペインでは羊追いしか使えない道が国中にはりめぐらされていて、王様もそこには入れなかったんだ(53)」

（傍点―引用者）

（図3）スペイン・バルセロナ郊外を歩く羊の群れ／撮影筆者（2015年2月）

十六世紀スペインの羊追いしか使えなかった道の逸話は主人公による「こちら側」から「あちら側」へと〈移行〉を誘導するある種の呪術的仲介物として作品世界内で機能している（図3参照）。なぜならこの逸話を聞いた後、主人公「僕」は「こちら側」から時空を異にする「あちら側」へと移行して、そこで地縛霊のような存在である羊男と邂逅し、羊男の身体に憑依した死人の「鼠」と語らうことになるからである。十六世紀スペインの羊追いが使う道以外にも、村上春樹はスペイン製のピンボール・マシーンを同小説の作品世界内に組み込んでいる。北海道のある旅館に設置されているという設定のもと、村上春樹は次のようにスペイン製のピンボール・マシーンを素描している。

部屋にはテレビ・ゲームが四台とピンボールが二台あったが、ピンボールはもう手のつけようもないくらい古い安物のスペイン製だった(54)。（傍点―引用者）

スペイン製の二台のピンボール・マシーンも主人公「僕」による「こちら側」から「あちら側」への〈移行〉を誘導する呪術的仲介物として作品世界内で作動し、これら二台のスペイン製ピンボール・マシーンとの出会いの後に、主人公は次元を異にする「あちら側」の世界へと移行し、そこで羊男と羊男に憑依した死者、鼠との出会いを実現させるのである。このようにスペイン語と同様、スペイン文化は村上春樹の創造する作品世界内において、主人公による「こちら側」から「あちら側」への〈移行〉を誘導する呪術的仲介物として作用する。では論点を日本人スペイン語熟達話者に戻そう。

『スプートニクの恋人』のすみれも、主人公「僕」による「こちら側」から「あちら側」への〈移行〉を誘導するための呪術的仲介者として作品世界内で作動する。村上春樹はすみれのスペイン語学習歴を以下のように詳述している。

　すみれは高校生のときに、メキシコ・シティーに商社員として駐在している叔父の家に一ヵ月滞在した。よい機会だと思ってスペイン語を集中的に勉強して身につけた。大学でもスペイン語のクラスをとった(55)。

高校時代におけるメキシコ滞在及び大学におけるスペイン語学習の継続といった語学経験を通じて高いスペイン語運用能力を獲得しているが故に、すみれは自ら「スペイン語がけっこう話せる(56)」と明言するのである。すみれは主人公「僕」に商談で滞在しているヨーロッパから手紙を出すが、その文面の中で、自らが備えるスペイン語運用能力の高さを以下のように強調している。

　商談はいつも英語かフランス語で行われたので、わたしの出る幕はありませんでしたが、旅行の日常ではわたしのイタリア語はけっこう役に立っています。スペインに行ければ（今回は残念ながらいけません）、もっと彼女（雇い主ミュウのこと―引用者註）を手伝えると思うのですが(57)。

同小説の中の女性登場人物、ミュウはすみれのスペイン語運用能力の高さを証明する逸話を主人公「僕」に以下のように語っている。

フランス語ができないすみれは車を借りて、近辺をドライブしてまわっていたの。そしてある町で、ふとしたことでスペイン人のお金持ちの老婦人と知り合って、スペイン語で世間話をしているうちにすっかり仲良くなってしまったの(58)。

「スペイン語で世間話をしている」というミュウの証言から、すみれがスペイン語熟達話者であることを容易に理解できる。そして、すみれは彼女の雇い主であるミュウとスペイン人男性フェルディナンドとの間に生じた夢幻的な体験を転記してその文書をパソコン内に保存し、主人公「僕」がその文書を読了することになる。主人公はすみれが転記した文書を読み解く行為を通じて、ミュウとスペイン人男性との間に起こったことを追体験し、結果的に「こちら側」から「あちら側」へと移行することになる。このように、村上春樹が織りなす作品世界内において、日本人スペイン語熟達話者は主人公による「こちら側」から「あちら側」への〈移行〉を誘導するための呪術的仲介者として物語世界内で機能するのである。

8　スペイン語母語話者の呪術的機能

『スプートニクの恋人』に登場するスペイン人男性、フェルディナンドは、女性登場人物、ミュウのために「こちら側」と「あちら側」を結び合わせた主客合一の世界を現出させるための呪術的機能を遂行する人物である。村上春樹は短編「一九六三／一九八二年のイパネマの娘」（一九八二）において、主体と客体が完全に融合した主客合一の世界について以下のように論述している。

きっといつか、僕は遠い世界にある奇妙な場所で僕自身に出会うだろう、という気がする。（中略）そこでは僕は僕自身であり、僕自身は僕である。主体は客体であり、客体は主体である。そのふたつのあいだにはどのような種類のすきまもない。ぴたっと見事にくっついている。そういう奇妙な場所が世界のどこかにあるはずなのだ(59)。

村上春樹は「一九六三年／一九八二年のイパネマの娘」で予告した主客合一の世界を『スプートニクの恋人』の作品世界内において、スペイン語母語話者フェルディナンドの存在を介して現前化させる。村上春樹は同小説において、「あちら側」と「こちら側」を結びつけるための〈呪術的な洗礼〉の必要性を古い中国の門を引き合いに出して説明している。中国の古い城壁都市の門の建設には死んだ戦士たちの骨が一緒に塗りこまれた後、最後の仕上げがおこなわれる。主人公「僕」はこの呪術的過程を以下のように説明している。

門が出来上がると、彼らは生きている犬を何匹か連れてきて、その喉を短剣で切った。そしてそのまだ温かい血を門にかけた。ひからびた骨と新しい血が混じりあい、そこではじめて古い魂は呪術的な力を身につけることになる。そう考えたんだ。（中略）小説を書くのも、それに似ている。骨をいっぱい集めてきてどんな立派な門を作っても、それだけでは生きた小説にはならない。物語というのはある意味では、この世のものではないんだ。本当の物語にはこっち側とあっち側を結びつけるための、呪術的な洗礼が必要とされる(60)。
(傍点―引用者)

『スプートニクの恋人』の作品世界内で〈呪術的な洗礼〉をミュウに施すのは、ほかでもないスペイン語母語話者のフェルディナンドである。村上春樹はこのスペイン人男性の人物造形を女性登場人物ミュウとの出会いの場面を媒介にして以下のように詳述している。

彼女は(ミュウのこと―引用者註)は町で一人の男と知り合う。おそらくは50歳前後のハンサムなラテン系の男だった。背が高く、鼻のかたちが特徴的に美しく、髪はまっすぐで黒い。彼はカフェで彼女に声をかけてくる。どこから来たのかと尋ねる。日本からだと彼女は答える。二人は話をする。名前はフェルディナンドだという。生まれはバルセロナだが、五年ばかり前からこの町で家具のデザインの仕事をしているのだと(61)。

村上春樹が採用した「フェルディナンド」という名前はスペイン語名の「フェルナンド」(Fernando)のことを指していると推定できる。事実として、「フェルディナンド」という名前は同小説のスペイン語版では「フェルナンド」(Fernando)と訳されている(62)。論点を元に戻そう。ミュウは観覧車に閉じ込められた状態のまま窓ガラスを通して自分の住んでいるアパート内を鳥瞰し、自らがフェルディナンドと肉体関係を結ぶ情景を目撃することになる。この場面を認識論的観点から捉え直してみると、〈見る主体＝認識主観〉である観覧車の中のミュウは窓ガラスを通して、〈見られる客体＝認識対象〉であるアパート内の〈もう一人の自分＝ミュウ〉を観察することになる。〈見る／見られる〉という認識論的な相互関係が成立するためには、主体と客体が分離されていなければならないが、村上春樹は主客合一の世界を現出させるためにスペイン語母語話者であるフェルディナンドを登場させて、この男性人物に呪術的機能を遂行させる。換言すれば、作品世界内にフェルディナンドが現れ、ミュウと肉体関係を結ぶことによって、「こちら側」と「あちら側」を結び合わせる〈感染呪術〉を用いた洗礼がおこなわれることになり、この行為を媒介にして、認識主観と認識対象が完全に融合した主客合一の世界が顕現する。このように、村上春樹が組み立てる作品世界内において、呪術的機能を有するスペイン語母語話者が〈感染呪術〉を用いて、「こちら側」と「あちら側」を結び合わせ、「主体は客体であり、客体は主体である」主客合一の世界が創出されるのである。

また、村上春樹は短編集『女のいない男たち』の一角を成す「シェエラザード」においてスペイン人男性の備える呪術的機能を用いて再び、主客合一の世界を現出させている。同短編の主人公羽原は『千夜一夜物語』の王妃シェエラザードのように夜中に不思議な話をする女性と交際しており、彼女のことを作品世界内でシェエラザードと呼んでいる。シェエラザードは自分が前世はやつめうなぎだったと信じており、彼女は羽原に中学時代におけるスペイン人男性との間接的な接触を媒介にして主客合一の世界を体験した話を語るのである。シェエラザードは前世におけるやつめうなぎとしての自分の姿を以下のように描写している。

私は水底の石に吸盤でぴたりと吸い付いて、尻尾を上にして、ゆらゆらと水に揺れている。まわりの水草と同じように。あたりは本当に静かで、物音は何ひとつ聞こえない。それとも私には耳がついていないのかもしれない。晴れた日には水面から光が、矢のようにまっすぐ差し込んでくる。その光はときどきプリズムのようにきらきらと割れる。いろんな色や形の魚たちが頭上をゆっくりと通り過ぎていく(63)。

シェエラザードはサッカー選手の同級生に片思いしており、彼を恋い慕うあまり、中学校を休んで彼の家の中に不法侵入してしまう。そして、「壁にはバルセロナのサッカー・チームのカレンダーがあり、チーム・ペナントのようなものがかかっている(64)」彼の部屋にたどり着いたシェエラザードは、彼の机から鉛筆を一本盗み出し、その代わりに机の抽斗の奥に自分のタンポンを入れる。この説明を聞いていた羽原はシェエラザードと以下のような会話を交わす。

「なんだか呪術的な儀式みたいだ」と羽原は言った。
「そう、ある意味では呪術的なおこないだったかもしれない(65)」（傍点─引用者）

バルセロナのサッカー・チームのポスターの中に映っているスペイン語母語話者の選手たちが見守る中、男性を表象する視覚的記号である鉛筆と女性を表象する視覚的記号であるタンポンを呪術的儀礼として交換し、〈現世＝「こちら側」〉に存在する主体としてのシェエラザードは、〈前世＝「あちら側」〉にいる客体としてのやつめうなぎと同化し、主客合一の世界を体験するのである。この場面を村上春樹は以下のように叙述している。

あたりは相変わらずひっそりとしていた。物音ひとつしない。そのようにして彼女は、水底にいるやつめうなぎに自分を同化することになったのだ(66)。

このように同短編において、スペイン人母語話者の間接的なまなざしのもと、鉛筆とタンポンを交換するという性行為に見立てた身体的接触を伴わない〈類感呪術〉を用いて、村上春樹は「こちら側」と「あちら側」を結び合わせ、「主体は客体であり、客体は主体である」主客合一の世界を創出するのである。

9　スペイン音楽の呪術的機能

村上春樹はスペイン音楽も愛し、その音楽的要素を自ら構築する作品世界内に投入している。春樹作品に組み込まれたスペイン音楽は三つの機能を遂行する。第一に、スペイン音楽はバックグラウンド・ミュージックとして作品世界内に異国情緒を与えるために機能する。第二に、作品展開に《凄み》を与えるために作用する。第三に、作品世界内において呪術的機能を担う。ではまず、第一と第二の機能を遂行するスペイン音楽に注目してみる。

村上春樹はバルセロナ近郊のタラゴナ県出身のスペイン人音楽家、パブロ・カザルス（一八七六―一九七三）が指揮した『ブランデンブルク協奏曲』（一七二一）に二つの機能を付与して『世界の終りとハードボイルド・ワンダーランド』（一九八五）の中で使用している。カザルスはチェリストとして傑出しており、ヨハン・セバスチャン・バッハ（一六八五―一七五〇）の『無伴奏チェロ組曲』を再発掘し、演奏したり、カタルーニャ地方の民謡『鳥の歌』（*El cant dels ocells*）の演奏等で国際的な人気を博した音楽家であるが、指揮者としても優れた能力を発揮した。村上春樹は同小説における主人公「私」と博士の孫でいつもピンク色の服を着ている娘との会話の中でカザルスの指揮する『ブランデンブルク協奏曲』に言及している。

「『ブランデンブルク』ね？」と彼女が言った。
「好きなの？」
「ええ、大好きよ。いつも聴いてるわ。カール・リヒターのものがいちばん良いと思うけど、これはわりに新しい録音ね。えーと、誰かしら？」

（図４）『バッハ：管弦楽組曲（全４曲）　ブランデンブルク協奏曲（全６曲）』（1965-1966）　CD（2009）　指揮：パブロ・カザルス／演奏：マールボロ音楽祭管弦楽団（筆者所蔵）

（図５）フリオ・イグレシアス「ビギン・ザ・ビギン」『黒い瞳のナタリー　ベスト・オブ・フリオ・イグレシアス』（2010）　CD（筆者所蔵）

「トレヴァー・ピノック」と私は言った。

「ピノックが好きなの？」

「いや、べつに」と私は言った。「目についたから買ったんだ。でも悪くないよ」

「パブロ・カザルスの『ブランデンブルク』は聴いたことある？」

「ない」

「あれは一度聴いてみるべきね。正統的とは言えないにしてもなかなか凄みがあるわよ(67)」


『ブランデンブルク協奏曲』はバッハが一七二一年にブランデンブルク辺境伯であるクリスチャン・ルートヴィ

ヒに献呈した全六曲から成る作品集である（図4参照）。引用した言説から明らかなように、カザルスが指揮する『ブランデンブルク協奏曲』はバックグラウンド・ミュージックとして、村上春樹が創造する作品世界内に異国情緒と《凄み》を与えるために機能している(68)。では続けて、スペイン音楽に内在する第三の機能である呪術的機能に言及する。

スペイン・ポピュラー音楽、とくにフリオ・イグレシアス（一九四三—）の歌う楽曲「ビギン・ザ・ビギン」（*Volver a empezar*）は村上春樹の紡ぎ出す作品世界内において呪術的機能を遂行する(69)（図5参照）。村上春樹は『村上朝日堂』（一九八四）に「フリオ・イグレシアスのどこが良いのだ！（一）」と「フリオ・イグレシアスのどこが良いのだ！（二）」と題した二つのエッセイを記している。これらのエッセイの中で村上春樹は三十歳を過ぎている既婚女性で自分の夫以外のハンサムな男性を好む人たちのことを「フリオ症候群」と暫定的に命名している(70)。そして、村上春樹はフリオ・イグレシアスの人気に関して以下のように肯定的に評している。

どうしてフリオ・イグレシアスがあれほどまで熱烈な人気を博しているのかというのは一考の価値のある問題である(71)。

このように、村上春樹はスペイン人歌手の人気をそれなりに評価している。そして、村上春樹が認めたフリオ・イグレシアスの端麗な容姿は春樹作品に登場するスペイン人男性の人物造形に投影されることになる。

前述したように、村上春樹は『スプートニクの恋人』の作品世界内に、フェルディナンドという名の五十歳前後のハンサムなスペイン人男性を登場させている。村上春樹はヒロイン、すみれの雇い主であるミュウと邂逅するバルセロナ出身のスペイン人男性の容姿を「背が高く、鼻のかたちが特徴的に美しく、髪はまっすぐで黒い(72)」と叙述している。この「50歳前後のハンサムなラテン系の男」という人物設定と「背が高く、鼻のかたちが特徴的に美しく」という描写は、絶頂期のフリオ・イグレシアスの容姿を想起させる。ここまでおこなった登場人物の造形分析から、村上春樹はフリオ・イグレシアスの端麗な容姿を『スプートニクの恋人』のフェルディナンドの人物造形に投影していると推定することができる。

また、村上春樹は自ら構築する作品世界内にフリオの歌声を響かせている。村上春樹は短編「ファミリー・アフェア」（一九八五）において「妹はフリオ・イグレシアスのレコードをかけた(73)」と、スペイン人歌手の歌を作品世界内に流している。続けて、村上春樹は超短編集『夜のくもざる』（一九九八）に収められている「フリオ・イグレシアス」と「トランプ」の作品世界内にフリオの歌う「ビギン・ザ・ビギン」を組み込んでいる。これら二作品は「海亀シリーズ」と呼ばれる連作で海岸沿いに住む主人公「私」と「彼女」が海亀の襲撃から免れるために「ビギン・ザ・ビギン」のレコードをかける話である。村上春樹は海亀襲来の場面でフリオ・イグレシアスの歌声を次のように響かせている。

真夜中の少し前に入口の近くでぴしゃぴしゃという湿った足音が聞こえたとき、私はすかさずレコードに針を落とした。フリオ・イグレシアスが砂糖水のような声で『ビギン・ザ・ビギン』を唄《うた》いはじめると、その足音がぴたりとやんで、そのかわりに苦しそうな海亀のうめき声が聞こえてきた。そう、我々は海亀に勝ったのだ(74)。

また、村上春樹は短編「トランプ」の冒頭場面において、フリオ・イグレシアスの歌声が備える呪術的機能に言及している。

フリオ・イグレシアスのレコードがすりきれてしまったあとでは、海亀《うみがめ》の攻撃から我々が身を守るてだては何ひとつ残されていなかった。我々は毎夜フリオ・イグレシアスの『ビギン・ザ・ビギン』を流しつづけることでかろうじて海亀を家のまわりから遠ざけていたのだ(75)。

村上春樹は『村上朝日堂　スメルジャコフ対織田信長家臣団』(二〇〇一)において、自ら創出する作品世界内におけるフリオ・イグレシアスの歌声が有する音響的効果に言及している。

僕の「海亀シリーズ」を読まれた読者のみなさんは、海亀がフリオ・イグレシアスの音楽のアレルギーだということは既にご存じですね。性悪の海亀が夜中に襲ってきても、フリオの「ビギン・ザ・ビギン」をエンドレスでかけておけば、それでオーケーです。海亀はぜったいに近寄ってきません(76)。

呪術的見地からこの作品世界内事実を見直せば、フリオ・イグレシアスの歌声が海亀という悪魔的存在を退けるための〈悪魔祓いの音響的護符〉として作用していることが判明する。このように、村上春樹はフリオ・イグレシアスの歌う「ビギン・ザ・ビギン」を〈悪魔祓いの音響的護符〉として作品世界内で機能させることによって、停滞している物語内容の局面を好転させ大団円へと導き入れるのである。ここまで進めてきた分析から、スペイン音楽は（一）異国情緒、（二）凄み、（三）呪術的機能――〈悪魔祓いの音響的護符〉、という三つの機能を完遂させるために、村上春樹が生み出す作品世界内において作動すると捉えることができる。

10　結論

第二章における分析を結論づけるために、音韻論的視座から春樹作品に組み込まれているスペイン語のリズムが備える呪術的機能を明らかにする。『ダンス・ダンス・ダンス』の主人公「僕」は、停滞している作品世界内において、無気力感を振り払って物語状況を好転させるために、スペイン語で数字を一から十まで発話する。村上春樹はこの発話場面を以下のように描写している。

目を閉じてスペイン語で一から十まで数え、声を出して「おしまい」と言って、手をぱんと叩いた。それで無気力感は風に吹き飛ばされるようにさっと消えた。これが僕のおまじないなのだ(77)。(傍点―引用者)

この小説の作品世界内において、スペイン語で一から十までを数える発話行為は無気力感を吹き飛ばすための〈おまじない〉として作用している。すなわち、村上春樹はスペイン語の一(uno「ウノ」)から十(diez「ディエス」)までを唱える発話行為そのものに、停滞感を払拭させる呪術性が内包されていると捉えているのである。これで、村上春樹がスペイン語に呪術性が包摂されていると見做していることを明らかにすることができた。続けて、音楽的リズムの知見から、春樹作品におけるスペイン語の呪術的機能の特性を洞察してみる。興味深いことに、村上春樹は「違う響きを求めて」(二〇〇七)の中で、以下のように執筆活動と音楽的リズムの関係性を強調している。

音楽にせよ小説にせよ、いちばん基礎にあるものはリズムだ。自然で心地よい、そして確実なリズムがそこになければ、人は文章を読み進んではくれないだろう。僕はリズムというものの大切さを音楽から(主にジャズから)学んだ。それからそのリズムにあわせたメロディー、つまり的確な言葉の配列がやってくる(78)。

また、村上春樹は音楽的リズムを考慮に入れた文芸批評の必要性を『小澤征爾さんと、音楽について話をする』（二〇一一）において以下のように指摘している。

新しい書き手が出てきて、この人は残るか、あるいは遠からず消えていくかというのは、その人の書く文章にリズム感があるかどうかで、だいたい見分けられます。でも多くの文芸批評家は、僕の見るところ、そういう部分にあまり目をやりません(79)。

同様に、村上春樹は世界中から届いた全てのメールを読了し、それらの多くに懇切丁寧に応えた回答を書物として刊行した『村上さんのところ』（二〇一五）において、再度、自ら構築する文章と音楽的リズムとの深い関係性について論述している。

僕の文章にとって、音楽の影響はとても大きいように思います。文章を読み返しながら、リズムや響きや流れみたいなものをいつも頭の中で点検しています。声に出して読んでみることもたまにあります(80)。

そして村上春樹は自伝的小説論及び小説家論である『職業としての小説家』（二〇一五）においても、執筆活動と音楽的リズムとの関係性を再度強調している。

ちょうど音楽を演奏するような要領で、僕は文章を作ってきました。主にジャズが役に立ちました。ご存じのように、ジャズにとっていちばん大事なのはリズムです。的確でソリッドなリズムを終始キープしなくてはなりません。そうしないことにはリスナーはついてきてくれません。（中略）

僕は楽器を演奏できません。少なくとも人に聞かせられるほどにはできません。でも音楽を演奏したいという気持ちだけは強くあります。だったら音楽を演奏するように文章を書けばいいんだというのが、僕の最初の考えでした。そしてその気持ちは今でもまだそのまま続いています。こうしてキーボードを叩きながら、僕はいつもそこに正しいリズムを求め、相応しい響きと音色を探っています。それは僕の文章にとって、変わることのない大事な要素となっていますト(81)。

村上春樹本人の要望も考慮して、音楽的リズムの観点から春樹作品を考察してみる。村上春樹はリズムにあわせたメロディーを媒介にしてエクリチュールを生み出していく。ナバロ・トマスは音韻論的観点から、『スペイン語韻律教本』においてスペイン語に内在する「リズム強勢」(acento rítmico) の存在を指摘している(82)。ナバロ・トマスはスペイン語の「リズム強勢」を次のように説明している。

強勢に関しては、ある広がりを持つ音節の連続において、聴覚は各々の音声群の強音節から始まる弱音節が連続的に際立ったり曖昧になったりしながら、互いを識別することによって、音の強さが交互に増大し減少する運動を知覚するように思うのである(83)。

ナバロ・トマスの見解に準拠すれば、スペイン語は音節が交互に際立ったり、曖昧になったりすることによって独自の音楽的リズムが生成される言語であることを理解できる。そして、エセル・ワリスも、ナバロ・トマスの音韻論的考察を踏襲した論文「現代スペイン語のイントネーション的な強勢パターン」において、現代スペイン語が「音楽的イントネーション」(musical intonation) を有していることを指摘している(84)。また、リズムそのものが〈魔よけ〉の呪術的機能を備えていることをオクタビオ・パスは『弓と竪琴』の中で以下のように述べている。

リズムは、ある種の力を魔法にかけたり、虜にしたり、あるいは魔よけをしたりといった直接的目的を持った、ひとつの魔術的方法であった。同時にそれは、ある種の神話――悪魔の出現、あるいは神の到来、一時代の結末、あるいは別の時代の始まり――を記念することに、より正確に言えば、再生することに役だったのである。宇宙のリズムの写したるリズムは、文字通り創造的な力、人間の願望――降雨、豊富な獲物、あるいは敵の死――を産み出すことのできる創造力であった(85)。

村上春樹はスペイン語に関する音韻論的知識を有しているわけではない。だが、ジェイ・ルービンが指摘しているように彼の創出する小説言語が「言葉の音楽」(86)であることを考慮すれば、リズムを媒介にして作品のエクリチュールを構築していく村上春樹が音楽的リズムを有するスペイン語を呪術的名辞として作品世界内で用いることによって、日本語と英語という日常言語による二言語発話環境に起因する物語内容の停滞感を好転させるのだと推論できる。そこで筆者の推論の正当性を証明すべく、春樹作品に組み込まれているスペイン語の中でルーン文字のように強力に作用する呪術的名辞を特定することにする。村上春樹の創造する作品世界内においてルーン文字のように強力に作用する呪術的名辞はスペイン語固有名詞「バルセロナ」ではないかと本書の筆者はここで仮説を立てることにする。筆者の仮説の正統性を立証するために、阪神・淡路大震災（一九九五年一月十七日）を題材にした短編集『神の子どもたちはみな踊る』の最後を飾る短編「蜜蜂パイ」に看取されるスペインに纏《まつ》わる記述に注目してみる。同短編の主人公で短編小説家の淳平が阪神・淡路大震災が起こった時、取材のためにスペインに滞在していたという設定のもと、村上春樹はこの場面を以下のように描写している。

地震が起こったとき、淳平はスペインにいた。航空会社の機内誌のためにバルセロナの取材をしていたのだ。夕方ホテルに戻ってテレビのニュースをつけると、崩壊した市街地と立ちのぼる黒煙が映し出されていた。まるで爆撃のあとのようだ。アナウンスはスペイン語だったから、どこの都市なのかしばらく淳平にはわからなかった。しかしどうみても神戸だ。見覚えのある風景がいくつも目についた。芦屋のあたりで高速道路が崩れ落ちていた(87)。（傍点―引用者）

引用した記述において、村上春樹は阪神・淡路大震災と主人公を繋ぎ合わせる〈結び目〉にバルセロナというスペイン第二の都市を選んでいる。バルセロナを訪問した後、淳平は大学時代から思い続けていた女性、小夜子と結ばれることになる。その直前の予兆を村上春樹は時空間を操作しながら次のように描いている。

窓辺のカーテンが風にそよぐように、淳平の中で時間の軸が揺れた。淳平が小夜子の肩に手を伸ばすと、彼女はその手を握った。それからソファの上で二人は抱き合った(88)。

これらの言説を一読すれば、「バルセロナ」というスペイン語固有名詞が呪術的、具体的には「感染呪術」として主人公淳平に作用して、主人公は時空間の揺れを感得した後、数十年思い続けていた女性、小夜子と結ばれることになる。呪術的観点からおこなった分析から、「バルセロナ」という言葉がルーン文字のように呪術的に機能して、作品世界内に時空の揺れが生じ、主人公の長年にわたる思いが成就されたと解釈することができるのである。では、第二章における分析で取り上げたスペイン語の中から呪術的に作用している記述をここで挙げておく。

（一）「バルセロナでは橋がいくつも流されました」[89]『ノルウェイの森』
（二）「生まれはバルセロナ」[90]『スプートニクの恋人』
（三）「バルセロナのサッカー・チームのカレンダー」[91]「シェエラザード」
（四）「航空会社の機内誌のためにバルセロナの取材をしていたのだ」[92]「蜜蜂パイ」（傍点—引用者）

引用した四つの記述に共通しているのはスペイン語固有名詞「バルセロナ」が登場している点である。つまり《Bar-ce-lo-na》という四音節で構成された最後から二番目の音節に強勢のある固有名詞を、村上春樹はスペイン語特有の音楽的リズムを備える名詞と見做し、呪術的名辞として作品世界内で使用している。

以上の分析から、村上春樹は自ら構築する作品世界内に停滞感が生じた時、スペイン語とスペイン文化が生得的に備える音楽的リズムを呪術的に投入して、八方ふさがりに陥っているエクリチュールの流れを好転させ、物語内容を建設的な方向へと進展させるのだと結論づけることができるのである。

第三章

春樹文学におけるスペイン絵画とスペイン史の諸機能

第二章では、春樹作品におけるスペイン語とスペイン文化が担う呪術的機能に焦点をあてて論述した。同章における分析を通して、スペイン語とスペイン文化が村上春樹の創造する作品世界内において呪術的に作用することを明らかにできたが、スペイン現代絵画とスペイン史も、春樹作品において独自の機能を遂行すると本書の筆者は推定している。従って、筆者の立てた仮説を立証するため、第三章ではスペイン絵画とスペイン史が春樹作品において担う機能に注目して分析を進めていくことにする。

1　スペイン現代絵画の諸機能

村上春樹はスペイン現代絵画の二大巨匠、パブロ・ルイス・ピカソ（一八八一―一九七三）とサルバドール・ダリ（一九〇四―一九八九）が描く絵画世界に魅了され、二大画家が織り成す視覚的様相、心理的筆致及び絵画的世界観を自らの作品世界内に投影している。従って、まずピカソ絵画に言及しその後、ダリ絵画に着目することにする。

2　ピカソ絵画が担う三つの機能

ピカソ絵画が春樹作品において以下三つの機能を担っていると仮定して、論考を展開させていくことにする。それら三つとは以下のとおりである。

（一）視覚的な〈おかしみ〉
（二）青年期における死をめぐる喪失感
（三）時を経た後、色褪せて見える青年期の様相

春樹作品におけるピカソ絵画の機能に言及する前に、村上春樹とピカソ絵画の関係に注目してみる。村上春樹は「スペインの幸せな小さな村の壁画」（一九八二年九月二十日付）と題したエッセイにおいてピカソ絵画を取り上げている。村上春樹は『ライフ』誌に取り上げられたカルトハル（Caltojar）というスペインの首都マドリードから北西約百六十キロに位置する村の壁という壁にピカソ生誕百周年を記念して描かれたピカソの名画の数々に留意しながら、このエッセイを書いた。村上春樹は村人たちが織り成す「ピカソ・ブルー」に言及しながら、ピカソの壁画の生成過程を以下のように叙述している。

青の時代から「ゲルニカ」に至るピカソの名作が網羅されているわけだが、これがまたびっくりするくらい上手《うま》い。べつに専門家が指導したり、絵画教室があったりするわけではなく、ピカソ生誕百年記念にあたって村の誰かが「やってみようか」と言いだして、みんなが「うん、やろう」と賛成しただけの話である。原画といっても雑誌の切り抜きか絵はがきくらいである。それをスライド写真にして投射機で壁に映してチョークで輪郭をとり、明るい時間にみんなで色を塗る。
村の住民のほとんどは老人と子供である。村の片隅では小学生が集まって、「ピカソ・ブルーはどうすれ

ば作り出せるか？」なんて話をしている(1)。

続けて、村上春樹は風土と配色の関係に着目してカルトハル村のピカソの壁画に関するエッセイを以下のように展開させている。

カルトハル村のピカソは村の風景や人々の日常的な営みにしっくりと自然に溶け込んでいるのである。「三人の音楽家」の壁画の前を二人の黒服のオバサンが頭に豚の臓物を入れたバケツをのせて歩いている。もちろん写真の構図にもよるのだろうけれど、太陽の光や建物の影や街路樹の色なんかまで全部ピカソの配色と調和している(2)。

このように、村上春樹は「青の時代」と『三人の音楽師』（一九二一）そして『ゲルニカ』（一九三七）に言及している。また、村上春樹は、「スペインの村のひからびた白壁にはピカソの絵が実によく似合う(3)」と書いているが、村上春樹は小説家になる以前、自ら経営していたジャズ喫茶、「ピーター・キャット」の内装に「スペイン風の白壁」を取り入れていた(4)。ここまで見てきたことから明らかなように村上春樹は青年期から抱いていた「スペイン風の白壁」に対する愛着の念を変わらず持ち続けていたのである。そして彼は『ダンス・ダンス・ダンス』において、再びピカソに言及している。同小説の主人公「僕」は男性登場人物、牧村拓との会話を媒介にして、自分がピカソの『オランダ風の花瓶と髭をはやした三人の騎士』に似ているかどうかを以下のように自問自答している。

牧村拓はまた黙ってゴルフ・クラブを睨んでいた。

「変わってる」と彼は言った。「君は僕に何かを連想させる。何だろう?」

「何でしょうね?」と僕は言った。何だろう? ピカソの『オランダ風の花瓶と髭をはやした三人の騎士』だろうか?(5)

だが、『オランダ風の花瓶と髭をはやした三人の騎士』という題名の絵画はピカソの作品群には存在しない。この絵画名は村上春樹がピカソ絵画から着想を得て、独自に創り出した絵画名であり、その由来は先に引用したエッセイ「スペインの幸せな小さな村の壁画」の中で村上春樹自身が言及しているピカソ作品『三人の音楽師』に帰結する(図6参照)。村上春樹は『三人の音楽師』という絵画名に準拠して、「音楽師」から「騎士」へと名詞句をずらし、この語彙に「髭」という〈笑い〉を発生させる視覚的記号を付与することで絵画名の語彙的配列にひねりを加えて春樹流独自のユーモアの世界を創出している。このように、村上春樹はピカソの描いた『三人の音楽師』に心酔していたのである。ピカソ研究者、ピエール・カバンヌに依れば、『三人の音楽師』は「キュビスムの記念碑的な名作」で、「ピカソの偉業の総括」でもある(6)。そして同時に、このピカソ絵画は「総合的キュビスム最後の花火」なのである(7)。ピカソが絵画においておこなった偉業の影響を、村上春樹は自ら創造する文学作品に投影させていくことになる。具体的に、村上春樹は全三巻から成る「記念碑的な名作」かつ「偉業の総括」である『1Q84』を後に執筆することになる。別言すれば、村上春樹はピカソ絵画の『三人の音楽師』の視覚的世界を「三冊の書物」のエクリチュールへと変換させて、壮大な『1Q8

(図6)『三人の音楽師』(1921)／パブロ・ピカソ作

4』の文学空間を創造したのである。

また、村上春樹は『ダンス・ダンス・ダンス』において、以下のようにピカソの創作期間と人生の関係に着目している。

> 多くの詩人や作曲家は疾風のように生きて、あまりにも急激に上りつめたが故に三十に達することなく死んだ。パブロ・ピカソは八十を過ぎても力強い絵を描き続け、そのまま安らかに死んだ。こればかりは終わってみなくてはわからないのだ(8)。

当時三十代だった村上春樹は夭折の詩人や作家とは対照的にピカソが精力的に晩年まで創作活動をおこなったことに敬意を表しながら綴っている。そして、村上春樹は二〇一七年現在、六十歳を過ぎても精力的に創作活動を続け、『色彩を持たない多崎つくると、彼の巡礼の年』や短編集『女のいない男たち』そして、『職業としての小説家』を上梓したのである。また、村上春樹はピカソ絵画が生み出す芸術的効果について、その受容過程に言及しながら『職業としての小説家』において、ゴッホの絵と共に以下のように論じている。

> ゴッホの絵や、ピカソの絵は、最初のうちずいぶん人を驚かせたし、場合によっては不快な気持ちにさせました。しかし今では彼らの絵を見て心を乱されたり、不快な気持ちになる人はあまりいないと思います。むしろ大多数の人々は、彼らの絵を目にして感銘を受けたり、前向きな刺激を受けたり、癒されたりします。それは時間の経過とともに彼らの絵がオリジナリティーを失ったからではなく、人々の感覚がそのオリジナリティーに同化し、それを「レファレンス」として自然に体内に吸収していったからです(9)。

では、ここで論点を村上春樹とピカソの関連性に戻すことにする。村上春樹は短編集『東京奇譚集』(二〇〇五)の一角を成す「どこであれそれが見つかりそうな場所で」におけるゴルフ場の場面をめぐる主人公の発話を介して、次のように再びピカソを取り上げている。

「ゴルフシューズを履いたゴーギャンやゴッホやピカソが、10番ホールのグリーンの上に膝をついて、熱心に芝生を読んでいる姿が想像できるか?(10)」

引用した記述から明らかなように、村上春樹はピカソとゴルフ場という偶発的な取り合わせを演出して作品世界内に〈おかしみ〉の状況を生成している。

また、村上春樹はめくるめく変遷していったピカソ絵画の初期一時代を成す「青の時代」(一九〇一―一九〇四)の情感を自らの作品世界内に投影している。前述したように、村上春樹は「スペインの幸せな小さな村の壁画」において、〈ピカソ・ブルー〉に言及しているが、彼は青春時代における死をめぐる光と影を照射したピカソの「青の時代」の情感を自ら創造する作品世界内に投影している。ここで手短にピカソの「青の時代」を説明しておこう。ピカソは親友、カルロス・カサヘマスとパリへ行き、モンマルトルに部屋を借りて、生活し始めた。カサヘマスはパリで洗濯女ジェルメーヌに恋心を抱くが、カサヘマスの努力は報われず、その恋がかなう事はなかった。恋の報われなかったカサヘマスは結果的に、拳銃自殺をしてしまう。ピカソは親友カサヘマスの死を悼み、青色を強調した作品『カサヘマスの埋葬（追憶）』(一九〇一)を描き、以後、青色を基調にした作品『人生(ラ・ヴィ)』(一九〇三)、『ラ・セレスティーナ』(一九〇四)、『アイロンをかける女』(一九〇四)などの傑作を生み出していったのである(11)。では、論点を春樹作品と「青の時代」との関係に戻すことにする。春樹作品における「青の時代」の影響は間接的影響と直接的影響という二つに峻別されるため、まず、間接的影響に注目し

（図7）『人生（ラ・ヴィ）』(1903)／パブロ・ピカソ作

て論述する。

ピカソが「青の時代」において表現した〈青春期における死をめぐる喪失感〉は、村上春樹が紡ぎ出した青春期の死と再生を扱ったリアリズム小説『ノルウェイの森』の作品世界と重なり響き合う。『ノルウェイの森』における主人公ワタナベとキズキと直子との死をめぐる恋愛の三角関係は、ピカソが描いた「青の時代」の傑作『人生（ラ・ヴィ）』におけるピカソとカサヘマスと洗濯女ジェルメーヌとの死をめぐる恋愛の三角関係と酷似している（図7参照）。『ノルウェイの森』において間接的に「青の時代」の情感を投影した村上春樹は〈時を経た後、色褪せて見える青年期の様相〉を表現するため、二十一世紀に創作した短編集『女のいない男たち』において、今度は直接的に「青の時代」の様相を作品世界内に投入した。具体的に、村上春樹は同短編集に収められている「シェエラザード」の作品世界内において、「青の時代」に直接、言及している。村上春樹は同短編小説において、シェエラザードと呼ばれる女性登場人物と主人公羽原との発話場面を通して、以下のように「青の時代」に論及している。

「人生って妙なものよね。あるときにはとんでもなく輝かしく絶対的に思えたものが、それを得るためには一切を捨ててもいいとまで思えたものが、しばらく時間が経つと、あるいは少し角度を変えて眺めると、驚くほど色褪《あ》せて見えることがある。私の目はいったい何を見ていたんだろうと、わけがわからなくなってしまう。それが私の〈空き巣狙いの時代〉のお話」

なんだかピカソの「青の時代」みたいだと羽原は思った(12)。（傍点―引用者）

引用した記述において、村上春樹はシェエラザードの中学時代における狂おしい思い出をピカソの「青の時代」を引き合いに出して説明している。ピカソの「青の時代」は親友カサヘマスの死に対する哀悼の念から発した壮絶な時代であるが、包括的視座からピカソ絵画の全体的変遷を俯瞰すれば、この時代は初期の一時代を形成しているにすぎず、その後、描かれることになる『三人の音楽師』や『ゲルニカ』といった最高傑作と比べれば、「青の時代」の作品群が色褪せて見えることは否定できない。では、ここでピカソ絵画の全体的変遷を概観しておくことにする。

（一）「青の時代」（一九〇一―〇四）
（二）「薔薇色の時代」（一九〇四―〇七）
（三）「アフリカ彫刻の時代」（一九〇七―〇八）
（四）「キュビスムの時代」（一九〇八―一八）
（五）「新古典主義の時代」（一九一八―二五）
（六）「シュルレアリスムの時代」（一九二五―三六）
（七）「ゲルニカの時代」（一九三七）
（八）「晩年の時代」（一九六八―七三）(13)

以上見たように、村上春樹は〈時を経た後、色褪せて見える青年期の様相〉を「青の時代」の視覚的世界観に準拠しながら説明している。

このように、村上春樹はピカソ絵画に内包される〈おかしみ〉の感覚と〈青年期における死をめぐる喪失感〉及び〈時を経た後、色褪せて見える青年期の様相〉を自らの作品世界内に投影して、ピカソ的な視覚的世界を現出させるのである。

3　現前化するダリ的時計世界

ダリ絵画を特徴づける時計は村上春樹が紡ぎ出す作品世界内にシュルレアリスティックな様相を帯びて現前化する。村上春樹とダリ絵画との関係を紐解いていくためには、彼の高校時代の執筆活動に注目することが要請される。村上春樹は在籍した兵庫県立神戸高校で新聞委員会に所属し高校新聞の記事を書き、三年生の時には新聞委員長を務めた(14)。将来、現代日本文学を代表する作家となる村上少年は「ダリ展を見て」（一九六四年十二月二十五日付）と題した記事を書いている。村上春樹は二十世紀世界美術史の観点から、ピカソの台頭からダリの登場までの美術史的な流れを以下のように通観している。

画家たちは印象主義を否定し、ピカソ、マチス、モジリアン（モディリアーニのこと―引用者註）、シャガールへと移り、二十年代を迎えてシュール・レアリズムのダリが登場してくるのである(15)。

高校生の村上春樹はこの記事を書き進めていくなかで、ダリの『柔らかい時計』（一九三二）を見事に分析している（図8参照）。

例えば会場の最初の有名な『柔らかい時計』を見てみよう。それはシュール・レアリストとしてのダリの典型的な作品であり、全くダリ独自の世界である。中央の柔かい形のくずれた目覚し時計、はるか地平線の彼方の未知の世界に触覚をのばす曲がったかぎ、バラの花、土壁。全てが謎の世界である。その柔らかい時計はダリ特有の柔軟なものへのあこがれである。それはダリの現代の硬い、角ばった冷たい現代文明への反抗なのであろう(16)。

村上春樹はダリの描く柔らかい時計が、鉄筋コンクリートでできた高層ビルなどに代表される固くて冷たい非人間化された現代文明に対する批判、すなわち〈現代文明批判〉の発露と見做し、このエッセイを書いたのである。続けて村上春樹はフロイトの視座から、『アメリカの詩』（一九四三）、『建築学的なミレーの晩鐘』（一九三五）、『ナルシスの変貌』（一九三七）というダリ絵画三点に言及している。

『アメリカの詩』『建築学的なミレーの晩鐘』『ナルシスの変貌』などが僕の好きな作品である。しかしそれらの絵がはっきりと僕に理解できたのではない。また理解するのは不可能で、不必要なことではないだろうかと思えるのだ。僕はフロイトを読みかじっていたのがずいぶん役にたったが、ダリの絵は決してそんなもので理解できるものではない(17)。

（図８）『柔らかい時計』(1933)／サルバドール・ダリ作

そして新聞委員の村上春樹は同美術批評を以下のように締めくくっている。

やはりダリはあらゆる意味で謎であり、われわれの及ばない超能力を備えた大天才なのである(18)。

このように、新聞委員の村上春樹はダリが描き出すシュルレアリスム絵画をフロイトの知見に基づいて批評している。その後、東京で小説家になった村上春樹はダリが生成する時計世界の影響を自らの作品世界内に投影していくことになる。村上春樹は処女作『風の歌を聴け』の中で、止まった時計を以下のように登場させている。

下に降りるにつれ、井戸は少しずつ心地よく感じられるようになり、奇妙な力が優しく彼の体を包み始めた。1キロメートルばかり下降してから彼は適当な横穴をみつけてそこに潜りこみ、その曲がりくねった道をあてもなくひたすらに歩き続けた。どれほどの時間歩いたのかはわからなかった。時計が止まってしまっていたからだ(19)。

引用した言説を媒介にして、村上春樹はダリの絵画世界を彷彿させる時計の止まった時空を作品世界内で現前化させている。そして村上春樹は『海辺のカフカ』の女性登場人物で二十歳の時に恋人が学園紛争で殺されて以来、時間が停止したような感覚のまま生活し続けている佐伯さんの内的世界の時間感覚を、カフカ少年と大島さんの発話場面を通して、ダリの時計世界を想起させる情景を生成しながら、以下のように見事に表現している。

「佐伯さんの人生は基本的に、彼（佐伯さんの恋人――引用者註）が亡くなった20歳の時点で停止している。いや、そのポイントは20歳ではなく、もっと前かもしれない。僕にはそこまではわからない。しかし君はそのことを理解しなくちゃいけない。彼女の魂に埋めこまれた時計の針はその前後のどこかでぴたりと停まっているんだ。もちろんそのあとも外の時間は流れつづけているし、それはもちろん彼女に現実的な影響を及ぼしている。でも佐伯さんにとってはそんな時間はほとんど意味をもたない」

「意味を持たない？」

大島さんはうなずく。「ないも同然ということだよ」

「つまり佐伯さんはずっと、その停まった時間の中で生きてきたというわけ？」

「そのとおりだよ[20]」（傍点──引用者）

恋人が死んで以来佐伯さんの心に内在している「停まった時間」はダリの代表作である『記憶の固執』（一九三一）の視覚的世界と通ずるものがある。アンドレ・ブルトン（一八九六──一九六六）は『シュルレアリスムと絵画』（一九六五）において、シュルレアリスム絵画の一手法として「時間の固体化・石化」[21]が看取されることを指摘しているが、『海辺のカフカ』における時間の手法もシュルレアリスムの「時間の固体化・石化」と見做すことができる。なぜなら、佐伯さんの内的世界は恋人が死んだことによって〈時間の石化〉が生じ、結果的に心理的な時間が停止してしまっているからである。

　また、村上春樹はカメラアイの視点と映画言語を用いて執筆した実験小説『アフターダーク』（二〇〇四）の作品世界も時計の存在を基軸に据えて創りあげている。物語は午後十一時五十六分に始まり、午前六時五十二分に終結する。この小説の物語時間は総計六時間五十六分で構成されており、ジクソーパズルのように断片的に挿入された各々の小さな物語を繋ぎとめるのは合計二十八回挿絵で登場する円形時計が計測する直線的・年代順的《クロノロジカル》な時間である。この点に関して市川真人は、「『アフターダーク』は、ある意味「時間」が主人公になっている作品ですよね。出てくる人間はばらばらなんだけれど、時間＝時計がそれを結びつけている[22]」と述べている。作品世界内に視覚的に挿絵として組み込まれた円形時計の存在と〈時間＝時計〉という観念は、明らかに村上春樹が高校時代に衝撃を受けたダリの描く時計からの影響であると推定することができる。また、『1Q84 BOOK2』においても時計はダリの絵画世界を想起させる方法で用いられている。同書第十一章と第十三章において、主人公青豆は月が二つ存在する並行世界において、宗教団体「さきがけ」のリーダーと対決することになるが、「さきがけ」のリーダーは置き時計を用いて自らが持つ超現実的な力を青豆に見せつけることになる。置き時計の存在を中心に組み立てられたこの場面は以下のように叙述されている。

置き時計がそろそろとチェストの表面を離れ、宙に浮かび上がるのが見えた。時計は五センチばかり持ち上がり、ためらうように細かく震えながら、空中に位置を定め、十秒ほど浮かんでいた(23)。

「ためらうように細かく震えながら、空中に位置を定め、十秒ほど浮かんでいた」村上春樹の置き時計はアンドレ・ブルトンが『シュルレアリスムと絵画』において取り上げているダリの時計世界に関する言説を思い起こさせる。ダリの時計世界に関して、ブルトンは「サルバドール・ダリの例のやわらかい時計は、時間と空間についての情愛ぶかい、法外な、孤独な変質狂的‐批判的カマンベール・チーズにほかならないことを、とくに理解されたし(24)」と詳述している。具体的に、『1Q84』に登場する浮かび上がる置き時計はダリの描いた『記憶の固執の分解』（一九五二―五四）の視覚的状況と類似している（図9参照）。『記憶の固執』（一九三一）の場合、絵画空間内に描きこまれた三つの時計は全て何らかの物体に支えられており、空中を浮遊していないがこの絵画を超克し、分解する目的で描かれた『記憶の固執の分解』の画面中央に描かれた時計は解体しつつある時空の中で、歪み、揺らぎながら完全に浮遊している。

また、スペイン語文学研究者、柳原孝敦が「時間を歪めて描く創作手法は村上春樹の作品にも見られますね(25)」と指摘しているように、春樹作品では時間の停止だけでなく、ダリの描く歪曲した時計のように、揺らぐ時空間も創造される。具体的に、村上春樹は『神の子どもたちはみな踊る』の一角を成す短編「蜜蜂パイ」において、ダリの創造する揺らぐ時空間を想起させる場面を描き出している。同短編は第二章で取り上げたように、主人公淳平がバルセロナを仕事で訪問した後、時空間が揺らぎ、物語内容が大きく進展する物語である。同短編において、時空が揺らぐ様を村上春樹は以下のように記述している。

窓辺のカーテンが風にそよぐように、淳平の中で時間の軸が揺れた。淳平が小夜子の肩に手を伸ばすと、彼女はその手を握った(26)。

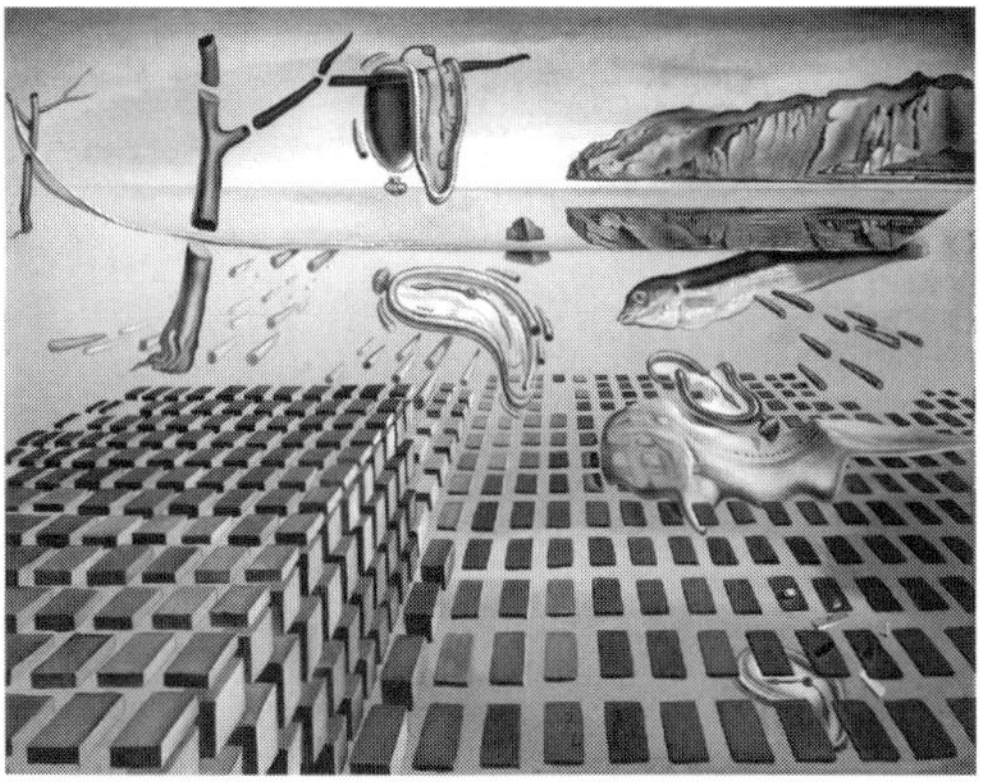

（図９）『記憶の固執の分解』(1952－54)／サルバドール・ダリ作

ダリはカタルーニャの海岸都市、カダケスの出身である。村上春樹はダリの故郷であるカタルーニャの中心都市、バルセロナを作品世界内に取り込んで、シュルレアリスティックな時空間の揺らぎを作品世界内に発現させている。

目下、本書において春樹作品に観察されるダリの絵画世界に類似したシュルレアリスティックな時空間の諸相を考察しているが、村上春樹の創出する物語がシュルレアリスティックな様相を呈していることは以前からしばしば、国内外の研究者達によって指摘されてきた。フランス語版春樹作品の翻訳者であるコリーヌ・アトランは春樹作品に見られるシュルレアリスティックな側面を次のように指摘している。「さらに短編をいくつか読んで、村上の世界にもっと深く魅せられました。どこが魅力かというと、カフカに匹敵する不条理な、説明のつかないシュルレアリスティックな要素、それからフランス人作家、ボリス・ヴィアンにも似た現実と夢が交錯するところ、そして文体と雰囲気です(27)。」また、大和田俊之は論文「〈ゼロ年代〉のアメリカの村上春樹」（二〇一〇）において、春樹作品に垣間見られるシュルレアリスティックな要素について以下のように述べている。「村上春樹の作品の特徴としてしばしば話題に上ったのは作品の「超自然的（supernatural）」で「超現実的（surreal）」な構造や「消失する女性」や「別の次元に移行する登場人物」などのオリジナルなモチーフである(28)。」村上春樹自身、自分の作品を読んでくれる読者をシュルレアリスティックな世界へ誘っていきたいことをフランス人記者、ミン・トラン・ユイとの間でおこなわれた「書くことは、ちょうど目覚めながら夢見るようなもの」（二〇〇三）と題されたインタビューにおいて以下のように明言している。

> 自分たちは比較的健康な世界に生きている、とみんな信じています。僕が試みているのは、こうした世界の感じ方や見方を揺さぶることです。僕たちは、ときに、混沌、狂気、悪夢の中に生きています。僕は、読者がシュールレアリスティックな世界、暴力や不安や幻覚の世界に潜ってゆくようにしたい。そうすることによって、人は自分の中に新しい自分を見出せるかもしれません(29)。

村上春樹にとって、シュルレアリスティックな世界とは、ダリの時計世界の影響を受けた停止したり歪んだりする時空間なのである。村上春樹は『ねじまき鳥クロニクル　第一部予言する鳥編』（一九九四）において、主人公岡田トオルが加納クレタと会話を続けていくなか、シュルレアリスム絵画に言及している。

> 「僕と君とは意識の中で交わった」と僕は言った。実際に口に出してしまうと、なんとなく真っ白な壁の上に大胆な超現実主義絵画をひとつかけたような気分になった(30)。（傍点—引用者）

岡田トオルと加納クレタは現実世界ではなく、岡田トオルの夢の中で男女の関係を共有している。その夢幻的な感覚を村上春樹は「超現実主義絵画をひとつかけたような気分になった」と叙述している。引用した言説の中で、村上春樹は作品をめぐる多様な解釈を可能とするため、「超現実主義絵画」と言及するにとどめ、具体的にどのシュルレアリスム絵画なのかを特定することを敢えて控えている。だが、村上春樹による高校時代からのダリ絵画に対する偏愛ぶりを考慮すれば、この「超現実主義絵画」をダリの描いたシュルレアリスム絵画のどれか一点ではないかと仮定することができる。本書の筆者が立てた仮説の正統性は村上春樹のエッセイ集『サラダ好きのライオン　村上ラヂオ3』（二〇一二）における以下のような記述から証明することができる。

> 白い犬がぶらぶら近所を散歩していたら、ダリ風のアートっぽい棒きれが道に落ちていて、「かっこいいじゃん」とそれをくわえる。
> 　それをくわえたまま得意げに歩いていると、小さい子供が「お母さん、あのシュールな棒きれが僕もほしいよお」と言い出して、お母さんが犬に「ねえ、悪いけど、その棒きれを譲ってくれないかしら。商店街の福引き券を三枚あげるから」と言って、「いいっすよ」みたいなことになる[31]。（傍点―引用者）

引用した記述において村上春樹は〈ダリのアート＝シュルレアリスム〉という構図を明確に打ち出している。この記述内容に留意すれば、『ねじまき鳥クロニクル』において言及されている「超現実主義絵画」はダリの描いたシュルレアリスム絵画の一点だと捉えることが可能となる。さらに第一章で詳述したように、この絵画は「真っ白な壁の上」に配されており、この視覚的設定は村上春樹が青年時代に経営していたジャズ喫茶「ピーター・キャッツ」の内装を彩る「スペイン風の白壁」を彷彿させる。別言すれば、引用した場面において村上春樹はダリのシュルレアリスム絵画を「スペイン風の白壁」の上に配置して、真にスペイン的な雰囲気を演出している。このように、村上春樹は高校生の時に衝撃を受けたダリの描き出す時計を自ら創出する作品世界内に取り入れてシュルレアリスティックな視覚的状況と、停止し歪曲する時空間を現出させるのである。

4　スペイン内戦（一九三六―一九三九）の諸機能

スペイン内戦は村上春樹が創出する作品世界内においていくつかの機能を遂行する(32)。従ってまず手短にスペイン内戦に言及した後、村上春樹のエッセイに看取されるスペイン内戦の記述に注目する。続けて、春樹文学における同内戦の諸機能の解明を試みることにする。

スペイン内戦は一九三六年七月十七日にスペイン領モロッコで勃発した内乱がスペイン全土に拡大し、一九三九年に終結した多義的な意味を包摂する内戦である。具体的には、フランシスコ・フランコ・バアモンデ（一八九二―一九七五）率いる反乱軍と第二共和制側との戦いであり、スペイン国民が親兄弟に至るまで真っ二つに分かれて戦いに巻き込まれた。同内戦は国際的側面も有しており、ナチス・ドイツとイタリアがフランコ側の反乱軍を支援し、国際社会主義勢力が第二共和制に共鳴し、国際旅団を結成して、第二共和制側の戦列で戦った。国際旅団の中には、アーネスト・ヘミングウェイ（一八九九―一九六一）やジョージ・オーウェル（一九〇三―一九五〇）といった外国人作家も含まれていたのである(33)。では、論点を村上春樹とスペイン内戦の関係に戻すことにする。

村上春樹は「言い出しかねて」（二〇〇三）と題したエッセイにおいてスペイン内戦に言及している。村上春樹はビリー・ホリデイ（一九一五―一九五九）の歌う「言い出しかねて」（*I Can't Get Started*）を媒介にしてスペイン内戦に想いをはせている（図10参照）。村上春樹は「僕は飛行機に乗ると、いつも反射的に「言い出しかねて」という歌を思い出す」と述べ、歌の冒頭部分の英語の歌詞を以下のように日本語に訳出している。

僕は飛行機で世界一周もした。
スペインの革命も調停した。
北極点だって踏破した。
でも君を前に、その一歩が踏み出せない[34]。

村上春樹は一九三〇年代のスペインの状況を、アーネスト・ヘミングウェイと関連づけながら、以下のように詳細にわたって説明している。

そしてそのころ、ちょうどスペインでは激しい内戦が繰り広げられ、共和制を支持する情熱的な冒険家たちが（たとえばアーネスト・ヘミングウェイなんかが）、義勇軍に参加してファシストと戦うべくスペインに向かっていた[35]。

興味深いことに、村上春樹はスペイン内戦の国際的側面に着目しながら、義勇軍、すなわち国際旅団に参加したヘミングウェイの存在に焦点をあてて論述している。

続けて、村上春樹はスペイン内戦に纏わるこの楽曲の

（図10）ビリー・ホリデイ「言い出しかねて』（*I Can't Get Started*）」（1938）『ザ・リアル　ビリー・ホリデイ．ビリー・ホリデイ最新コレクション』（2011）CD（筆者所蔵）

様々なヴァージョンに言及した後で、ビリー・ホリデイが歌う「言い出しかねて」に耳を澄ませながら、スペイン内戦とスペインの温かい太陽を想起して次のように記している。

そして僕は目を閉じ、スペイン戦争のことを思う。僕はスペイン戦争に参加したことはないし、参加しようと思ったこともないけど（だってまだ生まれてもいないものね）、それでも、僕は否応なくスペイン戦争的な時代風景の中に戻っていく。そして頭上の暗雲と、その裏側にあるはずの、明るく温かい太陽のことを考える(36)。

続けて、村上春樹は「言い出しかねて」と飛行機旅行、そしてスペイン内戦という三項関係に注目しながら、以下のようにこのエッセイを締めくくっている。

そしてこの世界には、飛行機に乗るたびに、僕と同じように「言い出しかねて」の冒頭の一節をつい口ずさんでしまう人が何百人も、いや何千人も存在しているはずだと、ひそかに推測している。そして僕らはそれぞれのスペイン戦争と、それぞれの北極点を抱えて、それぞれの暗雲とそれぞれの光を抱えて、夜の空に静かに飛び立っていくのだ(37)。

また、村上春樹はアメリカ人記者、ローランド・ケルツとの間でおこなわれた「世界でいちばん気にいった三つの都市」（二〇〇四）と題されたインタビューにおいても再度、スペイン内戦に焦点をあてている。

飛行機に乗ると、僕はいつもスペイン内戦のことを考える。スペイン内戦のことを考えると、アーネスト・

ヘミングウェイのことを考える(38)。

引用した言説を一瞥すれば明らかなように、村上春樹は国際旅団に参加していたヘミングウェイの視座に立脚してスペイン内戦を洞察している。また、村上春樹は『職業としての小説家』においても、闘牛と関連させながらヘミングウェイとスペイン内戦との関係に言及している。

ヘミングウェイという人が素材の中から力をえて、物語を書いていくタイプの作家であったからではなかったかと僕は推測します。おそらくはそのために、進んで戦争に参加したり（第一次世界大戦、スペイン内戦、第二次大戦）、アフリカで狩りをしたり、釣りをしてまわったり、闘牛にのめり込んだりといった生活を続けることになりました(39)。（傍点─引用者）

このように、村上春樹は飛行機に乗るたび毎に、ヘミングウェイの在籍した国際旅団の視点からスペイン内戦の情景に想いをはせている。また、村上春樹はヘミングウェイに象徴される「行動する作家」とスペイン内戦との関連性を『職業としての小説家』において以下のように論じている。

破綻と混沌の中から文学を生み出す反社会的文士──そんなクラシックな小説家像を、ひょっとして世間の人々はいまだに心の中で期待しているのではないだろうか。あるいはスペイン内戦に参加し、飛び交う砲弾の下でぱたぱたとタイプライターを叩き続けるような「行動する作家」を求めているのではないだろうか(40)。（傍点─引用者）

では続けて、春樹作品に看取されるスペイン内戦の記述に着目してみる。

村上春樹が自ら紡ぎ出す作品世界内においてスペイン内戦に初めて言及したのは『ダンス・ダンス・ダンス』においてである。同小説の主人公「僕」は北海道の札幌にある、いるかホテルの一室で、スペイン戦争、つまりスペイン内戦についての本を読み始める。村上春樹は主人公がスペイン内戦に関する本を読む場面を次のように描写している。

いつ電話がかかってくるかもしれないので、外に出たくなかったし、部屋にいれば本を読むくらいしかやることもなかった。ジャック・ロンドンの伝記を最後まで読んでしまうと、スペイン戦争についての本を読んだ(41)。

村上春樹は主人公とホテルのフロントで働いているユミヨシさんとの発話場面を通して、スペイン内戦に言及している。

「何の本？」
「スペイン戦争についての本。始まってから終わるまで詳しく書いてあるんだ。いろんな示唆に富んでいる」。スペイン戦争というのは本当にいろんな示唆に富んでいる戦争なのだ。昔はちゃんとそういう戦争があったのだ(42)。

引用した記述の中で、村上春樹は「スペイン戦争というのは本当にいろんな示唆に富んでいる戦争なのだ。昔はちゃんとそういう戦争があったのだ」と記し、一国内におけるただの内戦ではなく、第二共和制とファシストの対立という基軸のもと、国際的かつ思想的な側面を備えるに至ったスペイン内戦を高く評価している。『海辺のカフカ』においても村上春樹はスペイン内戦を取り上げている。主人公カフカ少年と図書館司書の大島さんはスペイン料理の代名詞であるパエリアを食べながら、スペイン内戦について以下のように議論している。


僕らは大盛りのサラダを食べ、パエリアを注文して二人で分ける。

「いつかスペインに行きたい」と大島さんは言う。

「どうしてスペインなの？」

「スペイン戦争に参加するんだ」

「スペイン戦争はずっと前に終わったよ」

「知ってるよ。ロルカが死んで、ヘミングウェイが生き残った」と大島さんは言う。「でも僕にだってスペインに行ってスペイン戦争に参加する権利くらいはある(43)」


引用した言説において、村上春樹はスペイン内戦の文脈において二十世紀スペイン文学を代表する詩人で劇作家のフェデリコ・ガルシア・ロルカ（一八九八―一九三六）とアーネスト・ヘミングウェイに言及している。つまり、村上春樹はガルシア・ロルカの死というスペイン内戦における歴史的外傷とヘミングウェイによる国際旅団参加という同内戦の国際的かつ思想的側面を独自の観点から洞察しているのである。物語が進行していくなか、再度、村上春樹はカフカ少年と佐伯さんとの対話を媒介にしてスペイン内戦に注目している。


「あなたは今なにを考えているの？」と佐伯さんは僕に尋ねる。

「スペインに行くこと」と僕は言う。

「スペインに行ってなにをするの？」

「おいしいパエリアを食べる」

「それだけ？」

「スペイン戦争に参加する」

「スペイン戦争は60年以上前に終わったわよ」

「知ってる」と僕は言う。「ロルカが死んで、ヘミングウェイが生き残った」

「でも参加したいのね」

僕はうなずく(44)。


引用した発話の中で特筆に値するのは、「ロルカが死んで、ヘミングウェイが生き残った」という記述と、スペイン内戦が包摂する歴史的外傷に村上春樹が言及している点である。このように、村上春樹はスペイン内戦とガルシア・ロルカとの関係に言及しながら、『海辺のカフカ』の作品世界内にスペイン内戦が包含する歴史的記憶を組み込んでいる。また、同小説において、カフカ少年と大島さんはパエリアを注文し、続けてカフカ少年は「おいしいパエリアを食べる」と発話しているように、村上春樹はパエリアを好み、スペイン文化の香りと色彩を作品世界内に添えるためにこのスペイン料理を作品世界内に取り入れている。村上春樹によるパエリアへの偏愛ぶりは彼の他の作品にも見出せる。第一章でも言及した短編「氷男」の女性主人公「私」はパエリアを食べる願望を以下のように告白している。

ヨーロッパがいいんじゃないかしら、スペインあたりでのんびりしましょうよ。ワインを飲んだり、パエリアを食べたり闘牛を見たりして(45)。

この記述で括目に値するのは、『海辺のカフカ』のカフカ少年と同様、女性主人公「私」がパエリアを食べることとスペイン訪問とを直接結びつけて語っている点である。また、村上春樹は『色彩を持たない多崎つくると、彼の巡礼の年』においても、主人公多崎つくるの友人でパエリアを上手に作ることができる人物、灰田を登場させている。

> 灰田には料理人としての天性の才能が具わっているようだった。プレーン・オムレツを作らせても、味噌汁を作らせても、クリーム・ソースを作らせても、パエリヤを作らせても、どれも手際よく気が利いていた(46)。（傍点―引用者）

ではここから具体的に、春樹作品の中でスペイン内戦が担う諸機能を解明していくことにする。

第一に、スペイン内戦は〈歴史的外傷〉を想起させる機能を有している。斎藤環は「解離の技法と歴史的外傷」（二〇〇〇）において、村上春樹が歴史的事件を作品世界内に組み込む文学的意図を以下のように説明している。「歴史的事件は、現在とも過去ともつかない空間において、ゆっくりと奇妙なリアリティを獲得しはじめる。そう、いうなれば村上の試みとは、解離の身振り、解離の語り口を通じて、歴史の外傷性をリアルに喚起させることにほかならない(47)。」斎藤の見解を考慮すれば、村上春樹が創造する作品世界内に組み込まれたスペイン内戦の記憶も〈歴史的外傷〉を喚起させるために用いられていることが明らかになる。すなわち、村上春樹は〈歴史的外傷〉を喚起させるために、スペイン内戦の記憶を自作に投影しているのである。だが、なぜ村上春樹は敢えてスペイン内戦の記憶を作品世界内に取り入れるのかという疑問がここで生じてくる。その答えは『色彩を持たない多崎つくると、彼の巡礼の年』における、主人公つくると彼の友人アカとの対話場面における発話内容に表出している。

「記憶を隠すことはできても、歴史を変えることはできない」とつくるは沙羅の言葉を思い出して、そのまま口にした。

アカは何度か肯いた。「そのとおりだ。記憶を隠すことはできても、歴史を変えることはできない。それがまさにおれの言いたいことだよ(48)」

この発話場面を一瞥すれば、歴史を変えることができないのなら、せめて同じ過《あやま》ちを繰り返さぬよう、過去の〈歴史的外傷〉を忘れることなく、よりよい未来への道程を探そうとする村上春樹の建設的な姿勢が見えてくる。

第二に、スペイン内戦は二重化された二元論的な装置として作品世界内で作用する。そこで、まず一義的な意味に焦点をあてる。具体的に、亀山郁夫が「神の夢、または1Q84のアナムネーシス」（二〇一二）において指摘しているように、春樹作品は「崇高と暴力」という二元論を内包しており、スペイン内戦はこの「崇高と暴力」を表象する機能を担っている(49)。春樹文学において直接的にスペイン内戦の構図が投影されているのは『ダンス・ダンス・ダンス』と『海辺のカフカ』である。従って、これら二作品をスペイン内戦の知見から考察してみる。

『ダンス・ダンス・ダンス』の作品世界は二世界の対照から成り立っている。すなわち、フリーライターとして社会復帰した主人公「僕」がおくる人知れない〈影〉のような世界と、人気者の映画スターとして表街道をひた走る主人公の中学時代の同級生、五反田君が身を置く〈光〉の世界との対照によって作品世界が成立している。一見すると、〈光＝五反田君〉、〈影＝僕〉という光と影の対照によって作品が構造化されているように見えるが、実際には、この〈光と影〉の対照は作品の表層構造を形成しているにすぎず、その深層構造に村上春樹はスペイン内戦の対戦構図をもう一つの構図として作品世界内に組み込んでいる。スペイン内戦はフランコ率いるファシストとアーネスト・ヘミングウェイなどに代表される国際旅団を包含した第二共和制との対戦という二項対立の構図で成り立っている。『ダンス・ダンス・ダンス』において、ファシストを表象するのは五反田君であり、一方スペイン第二共和制を支持するヘミングウェイの属する国際旅団を象徴するのは主人公「僕」である。つまり、同小説において、「崇高」を表象するのは主人公「僕」なのである。「僕」はスペイン内戦に関する本を読み進めながら、失踪した友人の娼婦、キキを探索する。主人公が「崇高」を表象する一方で、二枚目の映画スターで主人公の友人である五反田君は「暴力」を象徴している。なぜなら、五反田君はテレビや映画では常に正義の味方を演じているが、実際には〈影〉に隠れてキキやもう一人の娼婦、メイにも暴力をふるい殺害しているからである。

この二元論的な構図は『海辺のカフカ』にも見受けられる。スペイン内戦に参加することを希望しながら東京から四国へとやってきて自らの人生と未来を前向きに模索する主人公カフカ少年が〈光〉を表象する一方で、猫を惨殺するジョニー・ウォーカーは〈影〉を象徴している。また、『ダンス・ダンス・ダンス』と同様に、『海辺のカフカ』にもスペイン内戦の対戦構図を作品の深層構造に読み取ることができる。同小説は、奇数章と偶数章で各々、異なる主人公が活躍する二世界並行の手法に基づいて構造化されており、奇数章の主人公はカフカ少年で、偶数章の主人公は読み書きはできないが猫と話のできる初老の男性、ナカタさんである。ナカタさんは猫を惨殺しその心臓を食らうシルクハットの男、ジョニー・ウォーカーと戦い、ジョニー・ウォーカーを殺害することになる。スペイン内戦の観点からこの作品世界内の事実を概観すれば、猫を惨殺するジョニー・ウォーカーがフランコ側のファシストを示唆し、ナカタさんはスペイン第二共和制を支持するヘミングウェイを含めた国際旅団を象徴していると見做すことができる。そして、ナカタさんが「崇高」を表象する一方で、ジョニー・ウォーカーは「暴力」を象徴している。

また、スペイン内戦は「死」と「再生」を表象する二元論的な装置としても村上春樹の創造する作品世界内において作動する。春樹作品の分析をおこなう前に、スペイン内戦が「死」と「再生」を表象するようになった歴史的経緯を見ておくことにする。

周知のとおり、スペイン内戦は多くの死者を出した内戦であるが故、戦争によって引き起こされる「死」を象徴している。そして、スペイン内戦に勝利したフランコによる独裁政治がフランコの死、すなわち一九七五年十一月二日まで続いた後、スペインは儀礼的な役割だけを果たすスペイン・ブルボン王家出身のファン・カルロス一世（一九三八―：在位一九七五―二〇一四）擁する立憲君主制国として再生し、民主主義政治が確立され今日に至ることになる。このように、スペイン内戦を歴史的観点から鳥瞰すれば、同内戦は「死」と「再生」を表象している。では、春樹作品の分析に戻ることにする。『ダンス・ダンス・ダンス』においては、五反田君が「死」を表示する役割を担っている。なぜなら、この男性登場人物は娼婦たちを陰に隠れて殺害していく殺人犯だからである。五反田君と対極をなす人物である、主人公「僕」は「再生」を表象している。親友の鼠が亡くなった後、心の拠り所を失っていた「僕」は北海道の札幌にある、いるかホテルにおいて、ユミヨシさんと出会い、物語の結末場面で彼女と交わり、「ユミヨシさん、朝だ(50)」と発話しながら、再生の朝を迎えることになる。『海辺のカフカ』においても、スペイン内戦は「死」と「再生」を表象する二元論的な装置として機能している。猫を惨殺するジョニー・ウォーカーが「死」を示唆する一方で、カフカ少年は「再生」を象徴している。なぜなら、カフカ少年は父との葛藤などが原因で八方ふさがりに陥っている東京での生活から自らを立ち直らせるために、四国までやってきて、結果的に甲村図書館において、大島さんや佐伯さんとの交流を通じて、自らを再生させることになるからである。事実、村上春樹は同小説結末部分を以下のようにカフカ少年の再生を予告しながら締めくくっている。

やがて君は眠る。そして目覚めたとき、君は新しい世界の一部になっている(51)。

ここまで展開させてきた分析をまとめてみると、春樹文学におけるスペイン内戦の諸機能は（一）歴史的外傷の想起、（二）崇高と暴力、（三）死と再生、という三つの機能から成り立っていることがわかる。このように、村上春樹はスペイン語とスペイン文化が備える呪術的機能に加えて、スペイン現代絵画とスペイン内戦にも各々、独自の機能を付与して、自ら紡ぎ出す作品世界内にスペイン内戦の構図を取り込みながら、絵画的世界観と歴史的な奥深さを与えることに成功している。

第四章

イサベル・コイシェの映画における春樹文学の影響

——『ナイト・トーキョー・デイ』(二〇〇九)をめぐって——

スペイン・バルセロナ出身の女流映画監督、イサベル・コイシェは二〇〇九年に日本を舞台にした映画『ナイト・トーキョー・デイ』を発表した。同映画作品には随所に日本現代文学、とくに春樹文学の影響が垣間見られ、幾作かの春樹作品との類似点も看取される。従って、第四章では比較文学の観点から、スペイン人女流監督が創作した映画の作品分析をおこなうことにする。

1　イサベル・コイシェ　人と作品

イサベル・コイシェは一九六二年、スペイン第二の都市、バルセロナで生まれた。スペイン国立バルセロナ大学歴史学科を卒業した後、コイシェは雑誌『フォトグラマス』の記者として働きその後、映画脚本家兼映画監督に転身し、一九八九年に長編映画『若死にするには年を取りすぎて』で映画監督としてデビューした。一九九六年に『あなたに言えなかったこと』を撮影する。二〇〇三年には、『死ぬまでにしたい十のこと』でスペインのゴヤ賞脚本賞を受賞し、二〇〇五年には、『あなたになら言える秘密のこと』でゴヤ賞作品賞・監督賞・製作者賞・脚本賞を受賞した。続けて、コイシェはオムニバス映画『パリ・ジュテーム』（二〇〇六）の「バスティーユ（十二区）」を撮影した。二〇〇八年には、著名なスペイン人女優、ペネロペ・クルス（一九七四―）を迎えて『エレジー』（二〇〇九）を発表し、同年、日本の東京を舞台にした映画『ナイト・トーキョー・デイ』の撮影をヒロインに日本の女優、菊池凜子を起用して完成させた。二〇一五年には、再び菊池凜子を起用して『ノーバディ・ウォンツ・ザ・ナイト（誰も夜を望まない）』という作品を発表している。

2 『ナイト・トーキョー・デイ』（二〇〇九）

『ナイト・トーキョー・デイ』（原題は *Mapa de los sonidos de Tokio*『東京の音地図』）の概要は以下のとおりである。

築地市場で働く日本人女性、リュウはある日、録音技師をしている老人とラーメン博物館で出会い、二人は自然と友人になる。リュウは家族のいない天涯孤独の身で、夜に闇の仕事を請け負う殺し屋としての別の顔も持っている。このような二重生活を続けているリュウのもとにある大会社の秘書、イソザから殺しの依頼が舞い込む。それはイソザが勤める会社の社長、ナガラの娘で自殺したミドリと生前に付き合っていたワイン店を経営するスペイン人男性、ダビを殺してほしいという依頼内容であった。依頼された仕事を遂行するため、リュウはダビが恵比寿で経営するワイン店に客として訪問する。リュウはダビに薦められたワインを購入し、その後二人は意気投合して、バスティーユという名前のラブホテルで情交にふける。情交が展開していくなか、リュウはダビを殺すチャンスを窺うが、結局、その日は彼を殺さずにラブホテルを後にする。この時から、リュウはダビのことを愛し始め、二人は同ラブホテルの電車の客車に見立てた一室において、情事を繰り返していく。ダビのことを愛するリュウは、殺しの雇い主であるイソザに依頼を断り、受け取っていた金額全てを返却する。ダビはリュウとつき合いながら、ミドリを自殺に追い込んでしまったことを苛《さいな》み、ワイン店を部下の日本人男性、ヨシに引き渡して、故郷のバルセロナに帰ることを決意する。そして、東京の喧騒を背景に静かに展開してきた物語はクライマックスへと突き進んでいく。

バルセロナに帰郷することを決断したダビはリュウに別れを告げるため、彼女が働く築地市場を早朝、訪れる。そこで、二人が静かに別れの言葉を交わしている最中に、突然、イソザが銃を持って現れる。社長ナガラの娘、ミドリを人知れず愛していたイソザは自らの手でダビを殺害するため築地市場へとやってきたのだ。ダビとリュウが別れの抱擁を交わしている時、イソザが後方からダビに照準を合わせて銃で彼を殺そうとしていることを察知したリュウはダビに最後のお願いをする。「わたしの名前を呼んで」と。ダビがリュウの名前を繰り返し呼んでいるなか、リュウは二人の身体を反転させて、自分の立ち位置とダビのそれとを入れ替える。その時、イソザがダビめがけて発砲し、結果的にダビは銃撃から免れて代わりにリュウが弾丸の犠牲となる。リュウはその場に倒れ、ダビが彼女を抱きかかえているところで場面はいったん終わる。

それから数年が経過し、カメラはバルセロナの風景を映し出す。バルセロナに無事、帰郷したダビはバルセロナに在住するスペイン人女性と結婚して一児の父親になっている。ダビは自室でただ一人、小津安二郎（一九〇三―一九六三）の『東京物語』（一九五三）を見ている。テレビ画面に映し出された日本人の男女による交情の映像を見ながら、ダビはリュウとの思い出に浸っている。ダビはバルセロナに帰郷後、同都市のゴシック地区に日本酒の専門店をオープンし、毎週金曜日には利き酒の講習会をおこなうなどして、私生活もビジネスも充実した日々を送っている。場面は転換し、リュウの唯一の友人であった音声録音技師の老人がリュウの墓を訪問している姿が画面に映し出されている。老人は生前リュウが好きだったピンク色のいちご大福を墓に備えながら、ただ一人、墓の前に佇んでいる。夏の蟬の声が響きわたるなか、映画は日本的な死を内包した静けさと共に終わりを告げる。

この映画は二〇〇九年、日本を含む世界各国で封切られ、イサベル・コイシェはスペイン語で執筆したこの作品の映画脚本も同年、バルセロナのトゥスケッツ社から出版した。この映画脚本の「音の背後で」と題されたあとがきにおいて、コイシェは作品が生まれた経緯を詳細にわたって説明している。二〇〇七年に東京を訪問中であったコイシェは早朝、築地にある魚市場を見学に来ていた。カメラ片手に、市場内を観察していたコイシェはそこで働いている若い日本人女性の姿に目がとまった。屈強な男たちに混じって大きな魚の頭を切っているその美しい女性の姿に見惚れたコイシェは、彼女に写真撮影をお願いするが、きっぱりと断られてしまったのである。市場見学を終え、地下鉄でホテルに向かって帰りながら、コイシェは断られた理由を考えていた。すると、想像が膨らんでいき、『ナイト・トーキョー・デイ』の基本構想がコイシェの脳裏に明確な形をとって浮かび上がってきたのである。コイシェは前述した「音の背後で」においてその基本構成を以下のように記述している。

わたしは、二重生活を送る一人の女性の物語を語れることがわかったのだ。激しく、孤独で不可思議かつ傷ついた一人の女性の物語が。彼女は魚市場で箱を洗ったり、運んだりして働きながら、散発的に殺し屋としての仕事も請け負っている。そして音にとりつかれた男の物語が絡んでくる。彼は静かにこの女性を愛している。たとえ彼女に関して得ることができるのはただ彼女の吐息、誰もいない行き止まりを歩く彼女のハイヒールの音、そしてスペインからやって来たひとりの男と交わす彼女の会話と接触だけであるとわかっていても。そして彼女はこのスペイン人男性との出会いを通して、それまでおくってきた孤独な人生に疑問を抱くようになる。

この最初のアイデア（天の啓示とでも呼ぶべきもの）に一人の男の物語が横糸のようにつながってくる。男は娘を喪失したことに固執し、我を忘れて復讐を成し遂げる方法を探しているのだ。このようにして、『ナイト・トーキョー・デイ』は生まれた(1)。

映画は合計四章で構成されている。章立ては以下のとおりである。

〔第一章〕ミドリ
〔第二章〕リュウ
〔第三章〕ナガラさん
〔第四章〕イソザさん

映画脚本は合計六十四シーンで成り立っており、物語は六本木ヒルズから始まり、上野で終わるよう設定されている(2)。このように、コイシェは二重生活を送る日本人女性を主軸に据えて物語を創造した。メインプロットは日本人女性リュウとバルセロナ出身のスペイン人男性ダビとの間に芽生える恋で、サブプロットはダビのせいで娘が自殺し、喪失感に苛まれながら、ダビを暗殺しようと目論んでいるナガラの復讐劇である。コイシェは錯綜する二つの物語に統一性をもたらすため、全知の語り手として音声録音技師の老人を作品世界内に配置し、映画そのものも老人が見ているリュウの墓の情景と彼の言葉で幕が閉じるよう予《あらかじ》め物語内容を構成している。また、映画の原題が『東京の音地図』と題されているのは、全知の語り手である老人が録音技師で、彼がリュウの存在を確かめるために録音する東京で生成される様々な音が主旋律のように映画内世界を満たしていくからである。築地市場で水が流れる音、活気のあるラーメン屋で人々が麺をすする音、リュウのハイヒールが響く音、夜の東京を行きかう人々のざわめきなどの音響風景が東京の音地図を創りあげていく。以上で、コイシェ作品の概要を把握できたので、比較文学の知見に基づいた作品分析へ移行することにする。

3　現代日本文学の影響

コイシェは映画の舞台を東京に設定しただけでなく、作品の構造と内容にも現代日本文学の諸要素を投影している。事実、コイシェは先述した「音の背後で」において自らが享受した日本文化と日本現代文学の影響を以下のように開陳している。

それからわたしは現代日本文化、とくに、村上春樹と吉本ばななの小説世界の雰囲気に魅了されている。あえて告白するなら、わたしはワサビと夜の東京という街が伝えてくる実質的な印象の中毒になっている。そう、かき消すことのできない期待、神秘、影そして、優しさの中毒に(3)。

コイシェ自身の言説からも明らかなように、『ナイト・トーキョー・デイ』には吉本ばなな（一九六四―）の『キッチン』（一九八七）、谷崎潤一郎（一八八六―一九六五）の『陰翳礼讃』（一九三三）、三島由紀夫（一九二五―一九七〇）の『天人五衰』（一九七〇）、そして村上春樹の諸作品が包含する文学的諸要素が投影されている。そこで、前述した日本現代文学の影響を、順を追って分析していくことにする。

4　吉本ばななの影響　『キッチン』（一九八七）

コイシェは吉本ばなながが執筆した『キッチン』の作品世界が有する文学的雰囲気を自作に取り入れている。具体的に、スペイン人女流映画監督は、ばなな作品における台所の雰囲気とその扱い方を『ナイト・トーキョー・デイ』の作品世界内に投影しているのである。そこで、『キッチン』における台所の描写に着目してみる。同小説の冒頭場面は以下のように始まる。

私がこの世でいちばん好きな場所は台所だと思う。

どこのでも、どんなのでも、それが台所であれば食事を作る場所であれば私はつらくない。できれば機能的でよく使い込んであるといいと思う。乾いた清潔なふきんが何枚もあって白いタイルがぴかぴか輝く(4)。

『キッチン』のスペイン語版は、村上春樹の『スプートニクの恋人』と『ねじまき鳥クロニクル』を共訳したルルデス・ポルタと松浦惇一の二者によって日本語からスペイン語に訳出され、一九九一年にバルセロナのトゥスケッツ社から出版された(5)。コイシェはスペイン語版『キッチン』から受けた文学的影響を自らの映画内世界に投影している。具体的にヒロイン、リュウが台所でいちご大福を食べる二つのシーンに『キッチン』における台所の雰囲気が垣間見られる。コイシェは映画脚本のシーン十〈上野〉とシーン二十二〈上野〉に吉本ばななの作品世界を想起させる雰囲気を生成している。そこでまず、シーン十に注目してみる。

リュウは冷蔵庫を開ける。いちご大福をいくつか冷蔵庫の中から取り出す。いちご大福の米粉のせいで内在するいちごのピンク色の影はうっすらと透けて見えるだけである。電子レンジの中にいちご大福を数個いれて二十秒間加熱する。リュウは電子レンジの中からいちご大福をひとつ取り出して食べ始める(6)。〈シーン十　上野〉

続けて、シーン二十二に焦点をあてる。

リュウは家のドアを開ける。初めて見た時と同じ質素な外観。日が暮れかけている。リュウは鍵を棚の上に置き、冷蔵庫に向かう。いちご大福をいくつか取り出し、それらを電子レンジに七秒間かける。電子レンジの音が響く。そこからリュウはいちご大福を取り出し、皿の上にのせる(7)。〈シーン二十二　上野〉

コイシェが演出した二場面の情景を一瞥すれば、『キッチン』の冒頭場面の光景が透けて浮かび上がってくる。二場面の考察を通じて、東京に住む若い日本人女性が台所に一人で佇むというコイシェが創り出した情景は、ばなな作品の基本設定を下敷きにしていることが明らかとなる。また、コイシェは記号論的戦略を用いて独自の世界観をこの台所の場面で演出している。ヒロイン、リュウは執拗にいちご大福を温めて食べるが、ここには二つの記号内容が包摂されている。普段、寒い魚市場で包丁を用いて魚を解体し、寒い夜中にピストルを用いた殺しの仕事を請け負っているリュウはその反動で、心理的な安らぎと安定を与える空間である台所において、包丁やピストルといった「硬さ」と「寒さ」を表象する視覚的記号の対極に位置する「柔らかさ」を表象する視覚的記号であるいちご大福を、「温かさ」を示唆する視覚的記号である電子レンジで温めて食べるのである。このようにコイシェは上述した二場面に、吉本ばななの『キッチン』の情景を投影しながら、リュウの日常生活を取り巻く「寒さ」と「硬さ」を払拭するため、「柔らかさ」を表象するいちご大福と「温かさ」を示唆する電子レンジを視覚的記号として映画内世界に取り入れている。

5　谷崎潤一郎の影響　『陰翳礼讃』(一九三三)

コイシェは谷崎潤一郎が『陰翳礼讃』の中で提起した東洋的な神秘と陰翳、そして静けさの世界を自作に投影している。事実として、コイシェは『ナイト・トーキョー・デイ』の映画脚本の献辞に『陰翳礼讃』の以下のような一節を引用している。ここでは特別に、日本語の原文とコイシェが引用したスペイン語版の言説とを並べて表記してみる。

思ふに西洋人の云ふ「東洋の神秘」とは、斯くの如き暗がりが持つ不気味な静けさを指すのであらう(8)。

Cuando los occidentales hablan de los «misterios de Oriente» es muy posible con ello se refieran a esa calma algo inquietante que genera la sombra.(9)

コイシェが引用しているスペイン語の出典先は容易に特定することができる。『陰翳礼讃』はフリア・エスコバルによってスペイン語に翻訳され、マドリードの出版社、シルエラ社から一九九一年に刊行された。コイシェが引用したスペイン語の言説は同スペイン語版の中にそのまま見出せる(10)。『陰翳礼讃』の影響はヒロイン、リュウの人物造形とダビが経営する夜のワイン・バーの情景に如実に表れている。リュウは黒髪を肩まで伸ばし、常に黒いコートに黒いジーパン姿といった黒い衣服に身を包んだ状態で映画内世界において行動する。リュウはコイシェによって東洋の美を表象する女性として設定されているのである。コイシェはト書きを駆使して、ワイン・バーにおけるダビとリュウが二人で過ごす夜の情景を以下のように演出している。

リュウとダビの間には不思議な空気が漂っている。そして突如、二人の間に信頼関係が生まれ、カウンターを照らす淡い照明と店に漂う深い暗闇が増大していく(11)。

引用したト書きには明らかに谷崎の『陰翳礼讃』の影響が看取される。東京の一角に広がる暗闇がカメラを通して一種の神秘を醸し出すのである。スペイン人女流映画監督が自作においておこなった陰翳を尊重する日本的な手法は『陰翳礼讃』の最後の言説を想起させる。

私は、われ〳〵が既に失ひつゝある陰翳の世界を、せめて文学の領域へでも呼び返してみたい。文学といふ殿堂の檐《のき》を深くし、壁を暗くし、見え過ぎるものを闇に押し込め、無用の室内装飾をはぎ取つてみたい。それも軒並みとは云はない、一軒ぐらゐさう云ふ家があつてもよからう。まあどう云ふ工合になるか、試しに電燈を消してみることだ(12)。

コイシェは谷崎の言う「われ〳〵が既に失ひつゝある陰翳の世界を、せめて文学の領域へでも呼び返してみたい」という見解を考慮して、「失ひつゝある陰翳の世界」を映画の領域に呼び返したのである。このように、コイシェは谷崎が『陰翳礼讃』で説く日本的な世界観を東京を舞台にした自作に投影している。

6　三島由紀夫の影響　『天人五衰』(一九七〇)

コイシェは三島由紀夫の文学作品も愛読していた。バルセロナの新聞『前衛』の記者であるブライ・モレルは『ナイト・トーキョー・デイ』においてカタルーニャの女流映画監督、イサベル・コイシェは日本の首都の異なる視線を提示することを望んでいた」(二〇〇九年八月二十八日付)と題したカタルーニャ語で執筆した記事においてバルセロナ出身の女流映画監督が三島文学を愛読していたことに言及している。

イサベル・コイシェは自らの物語に境界を設定しない。彼女の日本文化への偏愛ぶりは昔からである。例えば、彼女はワサビが大好物であり、ミス・ワサビというあだ名がつけられているほどである。同様に、コイシェは三島由紀夫、吉本ばなな、あるいは村上春樹の小説を愛読している(13)。

『ナイト・トーキョー・デイ』には三島由紀夫が著した四部作『豊饒の海』(一九六五―一九七〇)の最終巻であ

る『天人五衰』の影響が推察される。そこで、まず三島作品の概要に言及してから、コイシェ作品に投影された三島文学の諸要素に焦点をあてることにする。

『豊饒の海』は『春の雪』、『奔馬』、『暁の寺』、『天人五衰』から成る四部作で、三島は輪廻転生を媒介にして、共起する二つの時間を創造し、最終的に作品世界内の時間そのものを消滅させて、時間から解放された物語を創造している。共起する二つの時間のうちの一つは、作品世界内で観察者として機能する本多繁邦が過ごす一九一二年から一九七一年までの年代順的《クロノロジカル》・直線的な時間である。もう一つの時間は第一部から第三部までの主人公が、輪廻転生によって二十年という時間周期の中で誕生と消滅を繰り返す円環する時間である。しかし、最終巻の『天人五衰』の主人公安永透だけは他の三人の主人公と違って、二十歳を越えても死なないため、輪廻転生の鎖は崩壊し、円環する時間は崩れ去ってしまう(14)。そして、観察者の本多は、最終巻の結末場面において、第一巻の『春の雪』(一九六五)の主人公松枝清顕の恋人で、後に出家した綾倉聡子に会うために月修寺を訪れる。本多は聡子と面会し、女僧に清顕のことを尋ねるが、彼女は清顕のことを知らないという驚愕の事実が発覚する。この事実を前にして、本多は自問する。

「しかしもし、清顕君がはじめからゐなかつたとすれば」と本多は、雲霧の中をさまよふ心地がして、今ここで門跡と会つてゐることも半ば夢のように思はれてきて、あたかも膝の盆の上に吐きかけた息の曇りがみるみる消え去つてゆくやうに失われていく自分を呼びさまさうと思はず叫んだ。「それなら、勲もゐなかつたことになる。ジン・ジャンもゐなかつたことになる。……その上、ひよつとしたら、この私ですらも……」

門跡の目ははじめてやや強く本多を見据ゑた。

「それも心々《こころごころ》ですさかい」(15)

こうして、松枝清顕、飯沼勲、ジン・ジャンという三人の存在が否定されることで、そこまで作品世界内に流れていた二つの時間が消滅する。三島は作品世界の最終局面において、共起する二つの時間を破壊し、時間そのものを消滅させてしまったのである。そして、四部作の結末場面は月修寺の庭の風景と共に終わる。

これと云つて奇巧のない、閑雅な、明るくひらいた御庭である。数珠を操るやうな蟬の声がここを領してゐる。

そのほかには何一つ音とてなく、寂寞《じゃくまく》を極めてゐる。この庭には何もない。記憶もなければ何もないところへ、自分は来てしまつたと本多は思つた。

庭は夏の日ざかりの日をあびてしんとしてゐる。……(16)

各巻ごとに主人公が変わっていき、二十年周期で時間が円環する物語内容を支えるために、三島は観察者及び全知の語り手として機能する本多繁邦を物語の基底に据えた。論点を元の『ナイト・トーキョー・デイ』に戻すと、コイシェは自作を創造するために、三島由紀夫生前最後の四部作『豊饒の海』の基底の枠組みを借用したと見做すことができる。換言すれば、コイシェは三島作品に登場する観察者にして全知の語り手である本多繁邦から着想を得て、録音技師の老人を映画内世界に設定したと捉えることができる。すなわち、コイシェ作品の録音技師の老人は三島の遺作である『天人五衰』に登場する初老に達した本多繁邦の姿を彷彿させる。なぜなら、『天人五衰』の本多繁邦と同様、コイシェ作品の録音技師の老人は物語の起承転結を全て知りながら、主人公たちの行動には関与することなく最後まで静観し、ヒロインのリュウが亡くなった後、彼女の遺骨が収められている墓地にやって来て、蟬の声に耳を澄ませながら全てを鳥瞰するのである。事実、コイシェは映画の結末場面であるシーン六十四を以下のように記述している。


場面は夏。コオロギが鳴き、微風が吹いている。私たちは語り手（録音技師のこと―引用者註）がひとつの墓、つまりリュウの墓を磨いているのを目にしている。その後、彼は弁当箱とビールを持って座る。

「駒込神社の絵馬に書いたリュウの望が本当になった」

墓石の上にいちご大福がある。リュウの名前が刻まれている数枚の願掛け板が触れ合って音をたてる。その音が夏の霊園の静けさの中へと吸い込まれていく(17)。〈シーン六十四　上野〉

映画シナリオにはコオロギの声と記述されているが、実際の映画内世界ではコオロギの声と一緒に蟬、とくにヒグラシの声が響き続ける（映画内時間一時間三十八分二十九秒から一時間四十分六秒まで）。蟬の声が鳴り響く夏の暑いさなかに全てが終わり、語り手である老人がすでにこの世にはいない主人公に思いをはせながら傍観している。ここまで進めてきた考察から明らかなように、コイシェは三島作品の本多繁邦から人物造形の着想を得るだけでなく、三島の遺作である『天人五衰』の結末場面の構造そのものを自作に取り込んでいる。このように、コイシェは『天人五衰』の全知の語り手である老人と三島作品の結末場面を自ら創造する映画内世界に投影したのである。

7　村上春樹の影響

「わたしは現代日本文化、とくに、村上春樹と吉本ばななの小説世界の雰囲気に魅了されている」とコイシェ自身が映画脚本のあとがきである「音の背後で」において明記しているように、スペイン人女流映画監督は春樹文学の愛読者である。新聞『前衛』の記者、エレナ・カステルスは二〇〇八年五月十日付の同新聞において、読書をめぐってコイシェにインタビューした内容を「イサベル・コイシェの書物」（二〇〇八）と題した記事にまとめている。この記事の中で、コイシェの愛読書六冊が紹介されているが、その中の一冊に村上春樹の『スプートニクの恋人』（一九九九）が挙げられている。エレナ・カステルは、コイシェ自身の言葉も収録しながら以下のように『スプートニクの恋人』に言及している。

村上春樹の『スプートニクの恋人』。日本人作家の全ての作品の中で、この小説がコイシェ最大のお気に入りである。コイシェは述べている。「この作品には何か深い神秘が内在している」(18)。

続けて、同記事はコイシェの言葉を交えながら以下のように綴られている。

コイシェは読書が大好きで、できる限り翻訳ではなく原書で読もうと試みる。「まだ日本語で読むことはできないけど、いつの日かできるようになると思う」と彼女はお気に入りの作家のひとりである村上春樹の作品に言及しながら言った(19)。

このように、コイシェは春樹文学に対する憧憬の念をスペイン人女性新聞記者の前で吐露したのである。そして、コイシェは『スプートニクの恋人』に対する憧憬の念を自らの映画作品『パリ・ジュテーム』において結実させることになる。

8　『パリ・ジュテーム』に投影された春樹作品『スプートニクの恋人』（一九九九）

『パリ・ジュテーム』はパリを舞台に、そこに生きる人々の様々な人間模様を万華鏡のように映し出した作品である。映画はパリの十四の地区を断片的に扱い、各々の地区を十四人の監督が担当して脈絡のない個々の物語がジクソーパズルのように並べられて、パリという街とそこに生きる人々の全体像が浮きぼりにされている。コイシェは映画の第七章「バスティーユ（十二区）」を担当した。物語の概要は以下のとおりである。男には妻があるにもかかわらず、客室添乗員の愛人がいて彼女と逢瀬を繰り返している。男は今日、レストランで妻に別れを告げるつもりでいた。だが思いもよらず、妻から衝撃的な事実を告白されることになる。なんと、妻は末期の白血病だったのだ。男は末期の白血病の妻と共に過ごすことを決意し、刻一刻と死に近づく妻の介護を続けていく。男は妻との最後の深淵な日々をおくりながら、恋する男を演じ続けるが、そうしているうちに本当に妻に二度目の恋心を抱くに至るのである。カメラが男の妻に対する二度目の恋を映し続けるなか、以下のようなナレーションが流れる。

彼は大嫌いなセールスにも付き合い、大きな声で村上の『スプートニクの恋人』を読んで聞かせた。どんなにつまらないことでも、妻にしてやれる最後だと思うと感慨深かった。（映画内時間四十分二十三秒から四十分四十秒まで）

このように、コイシェは春樹文学の中でもっとも好きな作品であると同時に、最愛の書物六冊の中にもはいる『スプートニクの恋人』の言説の一部をパリを舞台にしたオムニバス映画の中に組み込んだのである。では続けて、バルセロナにおけるコイシェと村上春樹の邂逅に言及する。

9　バルセロナにおけるコイシェと村上春樹の邂逅（二〇〇九）

二〇〇九年三月十七日、コイシェはバルセロナのジャウメ・フステール図書館にて村上春樹と知己を得た（図11参照）。前述したように、村上春樹は春樹作品のスペイン語版を多く出版しているトゥスケッツ社の四十周年記念行事に立ち会うため、バルセロナの地を訪問していたのである。村上春樹は同図書館において十九時からサイン会をおこない、コイシェと雑誌『何を読む』の記者、アントニオ・ロサーノの三者で「言葉の価値」（El valor de la paraula）と題された座談会を行った[20]（図12参照）。座談会の中で、村上春樹はスペイン語とカタルーニャ語に翻訳されトゥスケッツ社から出版された自作『アフターダーク』とその作品世界内で主題及び背景音楽とし

（図11）バルセロナ市立ジャウメ・フステール図書館（スペイン・バルセロナ市）／撮影　筆者（2016年２月）

（図12）村上春樹、イサベル・コイシェ、アントニオ・ロサーノによる対談「言葉の価値」ポスター
対談日：2009年３月17日　画像提供：バルセロナ市立ジャウメ・フステール図書館

て機能するカーティス・フラー（一九三四―）演奏によるジャズの楽曲『ファイブ・スポット・アフター・ダーク』の音楽性について語った。また、『前衛』の記者であるブライ・モレルの調べに依れば、村上春樹はイサベル・コイシェと一緒にレコードを買いに行き、コイシェ映画のサウンドトラックを全て収集しているとコイシェに告白したのである(21)。こうして、コイシェは敬愛する村上春樹とのバルセロナにおける邂逅を通して、春樹文学の深淵に触れることができたのである。

10　『スプートニクの恋人』（一九九九）の影響

コイシェは最愛の春樹作品『スプートニクの恋人』から受けた影響をそのまま『ナイト・トーキョー・デイ』に投影している。具体的にコイシェが『スプートニクの恋人』から着想を得て、自作に投影したのは春樹作品のヒロイン、すみれの雇い主である在日韓国人のミュウとバルセロナ出身のスペイン人男性、フェルディナンドとの間に起こる逢引である。第二章において詳述したように、ミュウとフェルディナンドとの間に起こる性行為は単なるひとつの逸話ではなく、「こちら側」と「あちら側」を結びつける呪術的行為として作品世界内で作用している。驚いたことに、コイシェはこのバルセロナ出身のスペイン人男性と日本出身の東洋人女性（ミュウは在日韓国人ではあるが、東京出身である）との間に起こる性行為という逸話を直接的に自作に投影している。具体的に、『ナイト・トーキョー・デイ』では、バルセロナ出身のスペイン人男性、ダビと日本出身の東洋人女性（日本人女性）リュウとの間に起こる性行為が扱われている。ただ、『スプートニクの恋人』における性行為が一度限りの呪術的行為であるのに対して、コイシェ作品のそれは愛情を伴った再度にわたる行為であるという違いはあるが、コイシェが春樹作品から着想を得て、自作に男女間をめぐるこの国際的な逸話を投入したのは一目瞭然なのである。

11　『ノルウェイの森』（一九八七）の影響

『ナイト・トーキョー・デイ』には、村上春樹の『ノルウェイの森』の影響が色濃く投影されている。そこで、コイシェ映画に投影された『ノルウェイの森』の諸要素を比較文学の観点から読み解いていくことにする。具体的に、東京という都市が内包する孤独と、日本文化を表象するテーマとしての自殺、そして死をめぐる喪失から再生に向かう物語としての側面に焦点をあてて、考察を進めていくことにする。

12　東京あるいは孤独の都市

ハイテクノロジーと日本的伝統の共在する迷宮都市、東京は欧米人を魅了し、今なお魅了し続けている。スペイン人日本文学研究者のカルロス・ルビオは、村上春樹の作品世界を通じて日本文化を解説した著書『村上の日本』において超現代と伝統の止揚する都市、東京を以下のように描写している。「現代日本における他の諸側面と同様に、東京にはもっとも現代的な側面ともっとも伝統的なそれとの共存が観察される。それは提示された顔と隠された心臓の共存である。騒々しいレストランとカフェテリアそしてショップが林立し雑踏の行きから諸駅、ネオンの光とけばけばしい看板がひしめき合う幅広い通り、電気が明々と広がるうす汚い空、ゴージャスなブティック、灰色の庁舎、事務所の林立する摩天楼で成り立っている超現代的な東京を数歩出て、それら全ての空間の後方に広がる部分に、劣化した古く小さな家並みが点在していることを我々は発見することになる。そこでは、鶏が鳴き、居酒屋と人影の見られない神道の神社、そしてトマトや玉ねぎを栽培している二本の畝溝を配した小さな畑が並び、これらの小さな通りに足を踏み入れれば、猫が幸せそうに昼寝している姿や、パジャマ姿で首にタオルをかけた東京人たちが近所の銭湯に向かう姿が見られるのである(22)。」また、スペイン文学研究者、森直香はスペイン人読者の視座から東京を「伝統的なものと最先端の技術が、無秩序ともいえる形で交じり合った、欧米とは異なった都市」と描写している(23)。コイシェも前述した「音の背後で」において、「わたしは、夜中に東京という街が発するほぼ物質的な振動に魅了されている(24)」と告白しているように、東京という都市に惹きつけられ、『ナイト・トーキョー・デイ』を創作したのである。コイシェ作品に投影された『ノルウェイの森』から受けた影響は東京という巨大都市が包含する孤独である。同小説の一場面である、東京のある大学内におけるワタナベとミドリの発話場面は孤独をめぐって以下のように展開していく。

「いつもそんな風に一人で旅行するの?」
「そうだね」
「孤独が好きなの?」と彼女は頬杖をついて言った。「一人で旅行して、一人でごはん食べて、授業のときはひとりだけぽつんと離れて座っているのが好きなの?」
「孤独が好きな人間なんていないさ。無理に友だちをつくらないだけだよ。そんなことをしてもがっかりするだけだもの」と僕は言った(25)。

引用した発話場面には東京に内在する孤独が表出している。村上春樹自身、作品の意図に関して以下のように説明している。

『ノルウェイの森』を書くときに僕がやろうとしたことは三つである。まず第一に徹底したリアリズムの文体で書くこと、第二にセックスと死について徹底的に言及すること、第三に『風の歌を聴け』という小説の含んだ処女作的気恥ずかしさみたいなものを消去してしまう「反気恥ずかしさ」を正面に押し出すこと、である(26)。

コイシェは『ノルウェイの森』から受けた影響と自らの東京滞在を通じて肌で感じた孤独の都市としての東京の様相を自らの映画作品に投影した。具体的に、コイシェは東京における四つの孤独を組み合わせて『ナイト・トーキョー・デイ』の作品世界を創出したのである。それら四つの孤独は以下のとおりである。

(一) 東京の築地市場における仕事と暗殺者の仕事を掛け持ちしながら一人で生きるリュウの孤独。
(二) 婚約者のミドリに自殺され、スペインワイン店を営みながら一人、東京で生きるスペイン人男性、ダビの孤独。
(三) リュウのことを愛し、彼女に纏わる音を録音しながら一人静かに東京で生きる録音技師の老人の孤独。
(四) 娘のミドリに自殺され、巨大な会社を経営しながら東京に一人で住むナガラさんの孤独。

『ナイト・トーキョー・デイ』という作品はこれら四つの孤独が折り重なり、波紋のように同心円を描きながら広がっていく。映画内世界には各々の登場人物が心に抱く孤独が巨大都市東京の夜の喧騒を背景に進展していき、一人の日本人女性の孤独と一人のスペイン人男性の孤独が交差した時、大きな愛が発現し、物語は急速に展開していくことになる。このように、コイシェは『ノルウェイの森』の行間に息づく孤独を察知し、自ら創造する映画作品において孤独の都市、東京の様相を見事に表現したのである。

孤独の都市、東京というテーマ以外に、『ナイト・トーキョー・デイ』には『ノルウェイの森』からの構造的影響が垣間見られる。それは『ノルウェイの森』の基底に据えられた「二つの死をめぐる喪失から再生に向かう物語」という構造的枠組みである。

13　二つの死をめぐる喪失から再生に向かう物語

自殺は日本文学と日本文化に特有の現象である。ルース・ベネディクトは『菊と刀』（一九四六）において日本文化と自殺の関係について以下のように言及している。「日本人は自殺のテーマを愛好するということである。日本人はアメリカ人が犯罪を書きたてるのと同じようにさかんに自殺のことを書きたて、アメリカ人が犯罪に感じると同じ身代りの喜びを自殺に感じる。彼らは他人を殺害する事件よりも、自分を殺す事件を話題にのぼすことを好む(27)。」事実、日本文学ではテーマとしての自殺が多く扱われている。例えば、三島由紀夫の著した『豊饒の海』の第二巻『奔馬』では主人公勲による自殺の場面によって物語が締めくくられているように、テーマとしての自殺に重点が置かれている。村上春樹も三島と同様、テーマとして自殺をよく取り上げる作家である(28)。村上春樹は作品世界内の中心にワタナベトオルという男性登場人物を配して、キズキの自殺と直子の自殺という「二つの死をめぐる喪失から再生に向かう物語」として『ノルウェイの森』を創りあげた。この日本文学特有の構造的枠組みはコイシェ作品にも確認できる。

コイシェは映画内世界の中心にスペイン人ダビという男性登場人物を配して、「二つの死をめぐる喪失から再生に向かう物語」として『ナイト・トーキョー・デイ』を組み立てた。二つの死とはダビの婚約者のミドリの自殺と物語の最終局面においてダビの身代わりとなるリュウの死である。ダビは婚約者ミドリに自殺された喪失感に苛まれる人物として映画内世界に登場し、リュウとの出会いを通じて、少しずつその喪失感から再生し始める。

映画内世界の後半において、リュウはダビを守るため、自らを盾にして弾丸を浴び、死んでしまい、ダビはその後、故郷のバルセロナに帰郷する。死ぬはずだったダビはリュウに助けられたことで、それまで抱いていた喪失感から解放され、故郷において新しく再出発を果たすことができたのである。バルセロナにおいて人生を再スタートさせ、妻子を持つに至ったダビはリュウとの邂逅を思い出して回想する。コイシェはダビの心の声をト書きを通して以下のように叙述している。

結婚し息子が生まれても、ダビはいつも地下鉄の車両の形をした秘密の部屋（ダビはいつも地下鉄の車両の形をしたラブホテルの一室でリュウと逢引していた―引用者註）を心の中に抱き続けていた。時々、自らの人生が完全に架空の物語であってほしいとふと望む時、リュウがその場所で彼のことを待っているのである(29)。

このように、コイシェは春樹文学の金字塔である『ノルウェイの森』で用いられている二つの文学的手法を自作の映画内世界に投影し、洋の東西を超越した普遍的な物語を創造したのである。

14　『アフターダーク』との類似

コイシェ作品と村上春樹の実験小説『アフターダーク』との間には明確な類似点が幾つか看取される。両作品の比較分析をおこなう前に、『ナイト・トーキョー・デイ』が『アフターダーク』の影響のもと創作されたと仮定して論述を進めていくことにする。なぜなら、『ナイト・トーキョー・デイ』が二〇〇九年八月に封切られたのに対して(30)、『アフターダーク』のスペイン語版が出版されたのはその前年の二〇〇八年十月だからである(31)。従って、コイシェ作品に見受けられる『アフターダーク』との影響関係を探究しながら、比較文学の見地から両作品の類似点を考察する。そのために、まず映画言語の観点から作品分析をおこない、続けてメタフィクションの知見に基づいた比較分析を展開させる。

二作品間に観察される第一の類似点は物語の時空設定にある。『アフターダーク』は午後十一時五十六分に物語が開始され、午前六時五十二分に完結する。つまり、春樹作品は東京という大都会における真夜中に物語が展開していくのである。コイシェの『ナイト・トーキョー・デイ』も、日本語の題名が示しているように、物語の主要局面は真夜中の東京に繰り広げられる。このように、二作品の時空は共通して、真夜中の東京に設定されている。

両作品間に見受けられる第二の類似点は使用されているエクリチュールにある。別言すれば、コイシェ作品も春樹小説も双方ともに、映画言語が用いられている。『ナイト・トーキョー・デイ』は映画脚本として執筆されているので当然だが、小説として執筆された春樹作品に観察される映画言語の様相を明らかにすることがここで必要となる。『アフターダーク』は映画言語とカメラアイの視点を用いて創作された実験小説である。英語版春樹作品の翻訳家であるジェイ・ルービンは同春樹作品に見られる映画脚本的側面を以下のように指摘している。「彼は（村上春樹のこと―引用者註）大学時代に脚本を書いていたことがあるそうだが、多くの点で『アフターダーク』は脚本のようである。（中略）文体もト書き風で、各シーンの設定だけでなく「シーン」を見つめる「カメラ」位置も説明してくれる(32)。」村上春樹自身、早稲田大学に在籍していた時に、映画脚本の言語を学んだことを、「今になって突然というか」（二〇〇七）と題された講演の中で以下のように説明している。

僕は当時、文学部の映画演劇科というところにおりまして、シナリオを書くことを志していたんですが、エンパク（早稲田大学坪内博士記念演劇博物館のこと―引用者註）には映画のシナリオもたくさん揃っていて、そういう古いシナリオを読みながら、白昼夢を見るみたいな感じで、頭の中で映画をこしらえていたことを記憶していますㅤ(33)。

そして、村上春樹自身、『アフターダーク』を創作するために映画的手法を用いたことを、「るつぼのような小説を書きたい」（二〇〇九）と題された対談において以下のように述べている。

> 『アフターダーク』は、映画を作っていくような感じで書いたんです。というかむしろ、ハンディカムの感覚に近いかな。画像の粒子が少し粗くて、手ぶれもあってみたいな感じ(34)。

では、ここで具体的に春樹作品のエクリチュールの映画的側面に焦点をあててみる。『アフターダーク』の冒頭部分はカメラアイの視点から、サブリミナル効果を狙ったロングショットで構成されている。村上春樹は冒頭部分を以下のように書き出している。

> 目にしているのは都市の姿だ。
> 空を高く飛ぶ夜の鳥の目を通して、私たちはその光景を上空からとらえている。広い視野の中では、都市はひとつの巨大な生き物のように見える。あるいはいくつもの生命体がからみあって作りあげた、ひとつの集合体のように見える(35)。

物語を書き進めていくなかで、村上春樹は「わたしたちの視点」が架空のカメラであることを以下のように明記している。

私たちはひとつの視点となって、彼女の姿を見ている。あるいは窃視しているというべきかもしれない。視点は宙に浮かんだカメラとなって、部屋の中を自在に移動することができる。今のところ、カメラはベッドの真上に位置し、彼女の寝顔をとらえている(36)。

さらに、村上春樹は映画シナリオのト書きを想起させる言語とカメラワークの手法を用いて、以下のように物語の一場面を構成している。

浅井エリの部屋。
部屋の中の様子に変化はない。ただ、椅子に座った男の姿がさっきより大写しになっている。わたしたちはその人物の姿を、かなり明瞭に目にすることができる。電波はまだいくらか障害を受けており、折に触れてぐらりと画像が揺れ、輪郭が歪み、質量が薄らぐ。耳触りな雑音も高まる。脈絡のない別の映像が瞬間的に挿入されることもある。しかし混乱はすぐに修復され、本来の画像が戻ってくる(37)。（傍点―引用者）

このように、村上春樹は大学時代に学んだ映画言語を駆使して、夜の東京を舞台に物語が展開する実験小説を創造した。だからこそ、影響関係に加えて東京を舞台とする映画であるコイシェ作品と春樹小説はいくつかの類似点を有する結果になったのである。では、ここで具体的に二作品間に観察される類似した場面に注目してみる。

映画言語の視座からすれば、両作品は状況設定とト書きによる指示が類似している。具体的に、二作品は夜の東京におけるラブホテルを舞台として部分的に物語が進行する。コイシェはラブホテルの場面を以下のようにト書きで指示している。

ラブホテル・バスティーユ。もちろん、ホテルのネオン写真はエッフェル塔であり、ネオンの主色はピンク色で、緑色の閃光がその中に含まれている。防犯カメラがホテルに出入りする全ての人々を映し出している。受付は部屋の鍵を揃えた自動販売機で成り立っており、販売機内の仕切に部屋の画像が映し出されている。宿泊客は自動販売機を通して、どの部屋が今、使用可能であるか知ることでき、何時間部屋を予約したいのかを入力することができる(38)。〈シーン二十九　下北沢〉

コイシェは夜の東京の情景を描写するために、ラブホテルの受付を舞台に選んで撮影している。村上春樹も、夜の東京の本質を抽出するため、ラブホテルを舞台に選び、映画シナリオのト書きを想起させる言語を用いて以下のように記述している。

ホテル「アルファヴィル」の事務所。カオルが不機嫌そうな顔つきでパソコンの前に座っている。液晶モニターには、入り口の防犯カメラの撮った映像が映っている。クリアな映像だ。画面の隅に時刻表示がある。カオルは紙にメモした数字と、画像に表示されている時刻を見比べながら、パソコンのマウスを使って画面を早送りしたり、停めたりしている。操作は順調に運んでいるとはいえないようだ。ときどき天井を仰いで、ため息をつく(39)。

引用した二場面の類似は明らかである。両場面ともに時間帯は夜で、場面設定は東京のラブホテルの受付になっている。防犯カメラが出入りする人々を映し出し、無機質な静けさが場面にたちこめている。また、ラブホテルの名前にも共通点が見受けられる。コイシェ作品のホテル名は「バスティーユ」であり、これは先に論じたオムニバス映画『パリ・ジュテーム』でコイシェが担当した地域名がそのまま使用されている。一方、春樹小説に登場するホテル名は「アルファヴィル」で、この名前はフランスの映画監督、ジャン＝リュック・ゴダール（一九三〇―）の創作した近未来における架空の都市を舞台とする映画『アルファヴィル』（一九六五）から借用されている。二作品に登場するホテル名は双方ともにフランス文化を表象している。では続けて、両作品に看取される共通点をさらに分析していくことにする。コイシェは男性登場人物、ナガラさんの場面を以下のように記述している。

暗い部屋。テレビがついている。ナガラさんは座って、ホームメイドビデオを見ている。そのビデオに、一人の女の子が登場し、宮崎県のオーシャン・ドームの人工浜に入っていく。女の子はマリンブルーの錨のプリントされた水着を着ていて、喜びでキャーキャー叫びながら、水の中に入っていく。明らかに素人によって操作されたカメラは、青い巨大な円天井と、音をシンクロさせた火山と波との間をいったりきたりしながらそれらを映し出している(40)。〈シーン四十一　青山〉

引用した場面では、暗闇に包まれた部屋の中でテレビがつけられており、登場人物は素人の手によるハンディカム撮影のホームメイドビデオを見ているという設定になっている。次に、この場面と類似した春樹作品の記述に着目してみる。

浅井エリの部屋。
テレビのスイッチが入っている。パジャマ姿のエリが、テレビの画面の内側から、こちらを見ている。前髪が額に落ちて、首を振ってそれを払う。彼女はガラスの向こう側に両方の手のひらをぴたりと押しつけ、こちらに向かって何か語りかけている(41)。

ここに挙げた二場面には三つの共通点がある。第一の共通点は場面設定が薄暗い個室になっている点である。第二の共通点は、女性登場人物がカメラに映し出されている状態で物語が進行している点である。第三の共通点は、両場面が〈入れ子構造《チャイニーズボックス》〉で成り立っている点である。〈入れ子構造《チャイニーズボックス》〉に関して、ノーベル文学賞作家（二〇一〇年受賞）のマリオ・バルガス＝リョサ（一九三六―）は『若い小説家に宛てた手紙』（一九七三）において以下のように説明している。「民芸品には、同じ形をしたより小さなものが中に入っていて、次から次へと果てしなく出てくるものがありますが、それと同じように物語を構成してゆく手法のことを言います。この種の構成では、中心となる物語が次々に派生的な物語を生み出して行きますが、手法が有効に働くためには機械的なものであってはなりません（といっても、多くの場合そうなっていますが）。この手法が創造的な効果をあげるのは次のような場合です。すなわち、構造そのものがフィクションにおいて語られる物語の中に神秘、曖昧さ、複雑さといった重要な結果をもたらす場合です(42)。」

物語構造の観点から捉え直せば、両場面は作品世界内に設置されたもう一つ別のカメラによって撮影された、メタフィクションとして構造化されていることが露見する。巽孝之は『メタフィクションの思想』（二〇〇一）において、メタフィクションを次のように定義している。「たとえば、ひとつの小説《フィクション》内部にもうひとつの小説を物語るもうひとりの小説家が登場すること。たとえば、小説内部で文学史上の先行作品からの引用が織り成され、批判的再創造が行われること。たとえば、小説内の人物が実在の人物と時空を超えて対話したり、作者自身や読者自身と対決したりすること。たとえば、小説を書いている作者自身がもうひとりの登場人物として介入し、大冒険をくりひろげたり殺害の憂き目にあったりすること。そしてきわめつけは、たとえば、小説内部で当の小説自体はおろかメタフィクションをも一環とする現代文学理論・批評理論そのものを根底から洒落のめしてしまうこと(43)。」両作品においては、物語内に組み込まれた別の視点としてのカメラがもう一つ別の物語を映し出している。このように、コイシェは『アフターダーク』から受けた影響のもと、夜の東京の喧騒に焦点をあてながら、映画言語が用いられた春樹小説と類似した優れた映画を生み出したのである。

15『1Q84』のヒロイン青豆との類似——拳銃を組み立てる美しき女性暗殺者

コイシェが創造した『ナイト・トーキョー・デイ』のヒロイン、リュウは村上春樹の三部作『1Q84』のヒロイン、青豆を想起させる。文芸評論家、山崎まどかは以下のようにコイシェ映画のヒロインと春樹作品のヒロインとの間に見受けられる関連性を映画作品の配役の観点から指摘している。「トラン・アン・ユンの映画版で『ノルウェイの森』の直子を演じた菊池凜子が、イサベル・コイシェ監督の『ナイト・トーキョー・デイ』で青豆のように東京に暮らすいわくありげな暗殺者を演じる(44)。」春樹作品のヒロインとコイシェ作品のヒロインを同じ女優が演じているという事実を考慮すれば、両者が創造するヒロインの人物造形に類似点があるのではないかと推定できる。従って、具体的に二者間に見受けられる類似点を分析してみることにする。

コイシェ作品のリュウと春樹小説の青豆は人物造形の基本設定が酷似している。両ヒロインは共に東京に住む若い日本人女性で表社会における職業とは別に、裏社会において暗殺業を請け負う、二重生活を送る孤独な人物である。春樹文学の研究者である松本健一は青豆のことを「青豆は「必殺仕事人」みたいな仕事をしているのです(45)」と判断している。作品世界内における両ヒロインの類似は二者が拳銃を巧みに扱う場面に表出している。コイシェ映画のリュウは拳銃を巧みに扱う暗殺者である。春樹小説の青豆は針を首の急所に刺すことで殺しをおこなうタイプの暗殺者で、直接、拳銃を扱うわけではない。だが、宗教団体「さきがけ」のリーダーの暗殺に失敗した場合、苦しまずに死ねるよう、青豆は拳銃のヘックラー&コッホH K 4の使い方に精通するようになる。では、ここで具体的に両者が拳銃を扱う場面に着目してみる。まず、『ナイト・トーキョー・デイ』においてリュウが拳銃を扱う場面に焦点をあてる。

リュウはたくさん引出しのついた箪笥へと向かっていく。引出しのひとつを開ける。中は白い下着でいっぱいである。引出しをとりだす。下着でいっぱいになった引出しの下にもうひとつ別の引出しがある。リュウはそれを取りだし、床におく。引出しの中に、銃がひとつといくつかの弾丸を入れた箱がある。リュウは銃を取り出し、時間をかけてそれを観察する。拳銃をひとつずつ部分に分解していく。彼女はためらわず分解する。そして再び、拳銃を組み立てる。拳銃は彼女の手にぴったりのサイズである。白い絹の布で、拳銃を包む(46)。〈シーン二十二　上野〉

このように、リュウは上野に在する自分のアパートで拳銃を分解し、見事に組み立てている。では次に、『1Q84』において青豆が拳銃を扱う場面に注目してみる。

青豆はアパートに戻ると、窓のカーテンをぴたりと閉め、ショルダーバッグからヘックラー&コッホHK4と実弾を取り出した。そして食卓の前に座って、空のマガジンを脱着する練習を何度か繰り返した。繰り返すたびにそのスピードは速くなった。動作にリズムが生まれ、手も震えなくなった。それから彼女は拳銃を着古したTシャツにくるみ、靴の箱の中に隠した。その箱をクローゼットの奥に突っ込んだ(47)。

取り上げた場面で、青豆はヘックラー&コッホHK4という拳銃を巧みに扱っている。引用した二場面には明確な共通点が見出せる。殺人者という別の顔を持つ東京在住の若い日本人女性が引出しあるいはクローゼットから拳銃を取り出して、巧みに扱い、それを布やTシャツなどでしっかりと包んだ後、元あった場所に厳重に隠しているのである。このように、コイシェは春樹小説のヒロインと造形的に酷似した東京在住の若く美しい日本人女性を暗殺者として設定してシリアスで不可思議な物語を巧みに構築している。

16　結論

以上の比較考察から明らかなように、コイシェは村上春樹の文学作品を中心とする日本現代文学の諸要素を投影して、『ナイト・トーキョー・デイ』の映画脚本を創作し、実際に東京で撮影を敢行した。コイシェ映画には、吉本ばななの『キッチン』、谷崎潤一郎の『陰翳礼讃』、三島由紀夫の『天人五衰』、そして村上春樹の『スプートニクの恋人』及び、『ノルウェイの森』の備える諸要素と文学的雰囲気が観察される。そして結果的に、『ナイト・トーキョー・デイ』は村上春樹の『アフターダーク』及び『1Q84』と幾つかの類似点を有する作品として仕上がったのである。

ここまで進めてきた作品分析を総合すれば、コイシェの『ナイト・トーキョー・デイ』が備える文学的世界観を以下のように結論づけることができる。すなわち、コイシェは、憧憬の念を抱き続けてきた現代日本文学の趣《おもむき》と日本文化の雰囲気を取り入れて、東京を舞台にした一本の詩的な映画を生み出したのである。そして実際に、私たちが『ナイト・トーキョー・デイ』を鑑賞すれば、巨大都市、夜の東京のネオンと喧騒を背景にした、スペイン人男性と日本人女性をめぐる不可思議な愛と死の物語が揺らめくように結晶化される様を目にすることになるのである。

第五章

スペインを愛する二人の日本人作家
——村上春樹と三島由紀夫——

世界文学の視座から現代日本文学を概観してみれば、二人の日本人作家が綺羅星のように輝いていることに我々は気づかされる。それら二人の作家とは、本書の主人公である村上春樹と二十世紀日本文学を代表する作家のひとりである、三島由紀夫（一九二五—一九七〇）、その人である。スペインにおける日本文学の受容に関しても、春樹文学と三島文学の存在は傑出している。事実、二〇一七年時点において、春樹作品は二十四作品、スペイン語に翻訳されており、一方、三島作品も二十四作品、訳出されている(1)。デイヴィッド・ダムロッシュは『世界文学とは何か？』（二〇〇三）において、世界文学と国民文学の差異を翻訳の観点から以下のように説明している。「「世界文学とは、翻訳を通して豊かになる作品である。」（中略）文学言語は翻訳を通して豊かになることも貧しくなることもある。一般的にどちらも起こらない非文学言語とは対照的だ。収支のバランスは「国民文学」対「世界文学」という指標ではっきりと示される。翻訳を通して貧しくなる文学は、国や地域ごとの伝統の内部にとどまる。これに対し、射程が広がり、深みが増すことで文体上の損失が相殺されるなら、翻訳を通して豊かになる文学として世界文学の仲間入りをはたす(2)。」春樹文学と三島文学は翻訳を通して豊かになる文学である。事実、両日本人作家の作品は翻訳を通して深みを増し射程が広がって世界中に波及し、スペイン人を包摂する世界中の人々が二大作家の小説を愛読するようになったのである。また、ダムロッシュは世界文学と見做される作品が満たす条件として、（一）古典、（二）傑作、（三）世界の窓、という三つの定義を提起し、これら三つのうちひとつでも当てはまれば、その文学作品は世界文学と見做されると説明している(3)。春樹文学と三島文学は二つ目の定義である「傑作」と、三つ目の定義である「世界の窓」という二条件を満たしており、スペイン人をはじめとする欧米諸国の人々は日本人二大作家の創造した文学作品を「傑作」かつ「世界の窓」と捉えて、愛読しているのである。

また、村上春樹と三島由紀夫は現代日本文学を代表する対照的な作家として言及されることが多い。ジェイ・ルービンは両作家を対照させて、二者が各々備える文学的特質を以下のように論述している。「三島が「異国情緒あふれる日本、日本のナショナリスト的側面」を提示したのに対して、村上が陳列するのは、「異国情緒あふれる日本のインターナショナル・バージョン」である(4)。」村上春樹自身、三島由紀夫の存在を意識し、『羊をめぐる冒険』の中で以下のようにテレビ画面に映し出された三島を描写している。

我々は林を抜けてＩＣＵのキャンパスまで歩き、いつものようにラウンジに座ってホットドッグをかじった。午後の二時で、ラウンジのテレビには三島由紀夫の姿が何度も何度も繰り返し映し出されていた(5)。

（傍点—引用者）

村上春樹が自作において取り上げているこの場面の日付と場所は一九七〇年十一月二十五日の東京と特定することができる。具体的に、一九七〇年十一月二十五日に陸上自衛隊の市ヶ谷駐屯地（現在の市ヶ谷記念館）のバルコニーにおいて、三島が「白手袋」を両手につけた姿で、右手を大きく広げながら高々と人生最後の演説をおこなっている姿がテレビに映し出されているのを思い出しながら、村上春樹はこの場面を執筆したのである(6)。

また、村上春樹は『ダンス・ダンス・ダンス』第二十一章において、二人組の刑事の若い方の刑事を描写する際、三島由紀夫に言及している。

若い方（二人組の刑事のひとり―引用者註）は背が低く、髪が長めだった。目が細く、鋭かった。一昔前の文学青年みたいに見えた。同人誌の集まりで額の髪をかきあげて「やはり三島だよ」と言ったりしそうな雰囲気がある（7）。（傍点―引用者）

また、村上春樹は『職業としての小説家』において、数十年前の欧米諸国における日本文学の受容に関して三島の名前を挙げながら以下のように記述している。

もちろん川端や谷崎や三島を読んで、日本文学を高く評価する人たちはいましたが、そういう人たちは結局のところ、ほんの一握りのインテリです。だいたいが都市部の「高踏的」な読書人です（8）。

このように、村上春樹は三島由紀夫を日本文学を代表する作家と捉えながら、自ら紡ぎ出す作品世界内において少なくとも三度も三島に言及している。

また、村上春樹と三島由紀夫の類似点を指摘する研究者が幾人か存在する。亀山郁夫は二大作家の類似点を〈終わりの感覚〉に着目しながら、以下のように指摘している。「終わりの感覚というと、よく三島由紀夫のことが言われるのですが、私は、三島由紀夫と村上春樹は、その小説の人工性においてとてもよく似ていると信じています（9）。」また、佐藤幹夫は『村上春樹の隣には三島由紀夫がいつもいる』（二〇〇六）において比較文学の観点から、村上春樹の『ノルウェイの森』と三島の『春の雪』、そして『ダンス・ダンス・ダンス』と『奔馬』とを比較分析している（10）。このように、比較文学の観点から、村上春樹と三島由紀夫の作品分析も進められている。

そして、両作家は共通して二度、スペインを訪問している。前述したように、村上春樹は二〇〇九年と二〇一一年に同地に足を踏み入れており、三島も一九五八年と一九六〇年にスペインを訪問している(11)。そして、拙著『ガルシア・ロルカと三島由紀夫　二十世紀　二つの伝説』(二〇一三)において詳述したように、三島はスペイン文化に陶酔し、自ら創り出す作品世界内にもスペイン文化の諸相を取り込んでいる(12)。こうした事実を踏まえて第五章では、スペイン文化及び文学の観点から村上春樹と彼が創造する作品世界の新たな側面を導き出すために、村上春樹とスペインとの関係及び、三島とスペインとの関係を比較考察する。

1　スペイン風の白壁への愛着

村上春樹と三島由紀夫は共通して「スペイン風の白壁」を愛した。第一章で言及したように、村上春樹は自ら経営していたジャズ喫茶ピーター・キャットの店内に「スペイン風の白い壁」を取り入れていた(13)。三島もスペイン建築の壮麗な美に心酔して、自らの新居(一九五九年築)にスペイン建築の諸要素を取り込んでいる。三島評伝の作者である、ジョン・ネイスンは三島の新居を「かすかにスペイン風である白塗りの二階家」と描写している(14)。このように、両者は共通して「スペイン風の白壁」を自宅あるいは自らが経営する仕事場に組み込んでいる。そして、村上春樹と三島は作家としても「スペイン風の白壁」への傾倒ぶりを披露している。村上春樹は「スペインの幸せな小さな村の壁画」において「スペインの村のひからびた白壁にはピカソの絵が実によく似合う(15)」と、ピカソに纏わるエッセイの中でスペインの白壁に対する愛着を表明している。一方、三島も『午後の曳航』(一九六三)の中で「白壁」とスペイン渡りのタイルの敷きつめられた「中庭《パチオ》」を備えたスペイン風の建築を以下のように登場させている。

舶来洋品店レックスは、元町でも名高い老舗《しにせ》で、良人《をっと》の死後は房子が取りしきっている。その小体《こてい》なスペイン風の二階建はよく目立ち、厚い白壁には西洋花頭窓を穿《うが》つて、地味で趣味のいいディスプレイをしてゐる。小さな中庭《パチオ》と吹き抜けの中二階があり、中庭《パチオ》にはスペイン渡りのタイルを敷きつめ、中央には噴水を置いてゐる(16)。（傍点―引用者）

引用した二つの記述から、両作家は自ら紡ぎ出す作品世界内において「スペイン風の白壁」を取り入れていることがわかる。だが、両者の記述には「スペイン風の白壁」の視覚的機能をめぐって明確な差異が観察されることを指摘しておく必要がある。村上春樹はピカソ絵画との視覚的な組み合わせに着目して、「スペイン風の白壁」を美学的知見に基づいて用いているのに対して、三島はスペイン文化の壮麗さを示唆する視覚的要素として「スペイン風の白壁」を作品世界内に取り入れているのである。以上の考察から明らかなように、両作家の綴った記述には「スペイン風の白壁」に関して視覚的機能に差異が見受けられることは確かだが、双方ともにその美しさに陶酔し、文学作品や芸術的エッセイの中で「スペイン風の白壁」を取り上げている。

2　スペイン諸都市への愛着

村上春樹と三島は各々、スペインの諸都市を独自の観点から愛した。村上春樹がガリシア地方の中心都市、サンティアゴ・デ・コンポステーラとスペイン第二の都市、バルセロナを好んだのに対して、三島は首都マドリードと中世の趣を備える街、トレドを愛したのである。

前述したように、村上春樹は二〇〇九年三月十二日にガリシアの首市であるサンティアゴ・デ・コンポステーラを訪問している。サンティアゴ・デ・コンポステーラ訪問時における村上春樹の言動をスペインの新聞『エル・パイス』の文化担当記者、ヘスス・ルイス・マンティーリャは以下のように記している。

村上春樹はオブラドイロ通りを散歩し、タコを食べ、ワインを飲み、著書にサインし、公園と街の歩道をジョギングした。高校生たちによる入念な選考の末、与えられた賞を授与した時、彼は述べたのである。「僕はここに留まりたいですね(17)。」

ルイス・マンティーリャが伝えているように、村上春樹はガリシアの中心都市が気に入ったのである。村上春樹はバルセロナにも深い愛着を抱いている。事実として第一章で詳述したように、二〇〇九年と二〇一一年に二度にわたって、村上春樹はバルセロナを訪問している。そして、第二章において論じたように、村上春樹は自ら創り出す作品世界内において少なくとも四度以上、バルセロナに言及している。具体的には、『ノルウェイの森』におけるスペイン語の例文「バルセロナでは橋がいくつも流されました」と、『スプートニクの恋人』に登場する「生まれはバルセロナ」の登場人物フェルディナンド、短編「シェエラザード」に登場する「バルセロナのサッカー・チームのカレンダー」、そして短編「蜜蜂パイ」における「航空会社の機内誌のためにバルセロナの取材をしていたのだ」という記述である(18)。これらの記述から明らかなように、村上春樹はバルセロナという地中海都市に深い愛着の念を抱いている。以上の考察から、村上春樹が日本において幼少期を過ごした芦屋と神戸、そして二〇一七年現在、居を構えている神奈川県の海岸線を愛しているのと同様に、スペインの都市に関しても、サンティアゴ・デ・コンポステーラとバルセロナという海岸線に位置する二都市に心酔していることがわかる。

海岸線に位置するスペインの二都市を愛した村上春樹とは対照的に、三島は内陸部に位置する乾いたスペインの二都市を愛した。三島はスペイン中世の面影をそのまま残した都市、トレドに感銘を受けたのである。三島は、スペインのトレドとマドリード間に広がる夕焼けの風景を『鏡子の家』（一九五九）の中の登場人物、夏雄の言説を通して以下のように描写している。


多分小学校にも上らない頃だと思ふが、折柄欧州旅行からかへつた叔父の土産話を、夏雄はありありと憶えてゐる。ほかの話はみんな忘れてしまつたのに、その話だけを憶えてゐるのである。

それは若い叔父が西班牙《スペイン》のマドリッドから車を雇つて、トレドまで日帰りのドライヴをした、その帰路の景色であつた。車はすでにたそがれの道の半ばをすぎ、あと一時間あまりでマドリッドへ着くころには夜に包まれる筈であつた。トレド・マドリッド間四十三マイルの自動車道路は、荒涼たる野と岩山とまばらな寒村のあいだを往《ゆ》き、そのあゐだほとんど車影を見ない。

叔父はまはりの曠野《こうや》が暮れ、空にはすでに星が光り、西空の地平のあたりだけに層々たる雲の下に暮れ残る水あさぎのあるのを見た。しかし視界の一角《ひとすみ》に強烈な光があつた。それは曠野のはての低い岩山の外れの空で、一部分だけがぽつと赤く染められてゐた。

若い叔父は火事かと思つて、自動車の窓からそのはうを詳《つぶ》さに眺めた。車がゆくにつれて、火事ではなくて、山裾《やますそ》にある何かの工場の炉の明りであることがわかつた。炉の焔のいくつかの束は、曠野のはてに鮮明に燃え、横ざまに低く区切る工場の屋根の上にも、火の粉を吹く煙突が、そこらの空を赤く由ありげに擾《かきみだ》してゐた。

これを見たとき、叔父は他でもない、きのふマドリッドのプラド美術館で見た、ボッシュの「地獄」そのままだと感じた。それは正《まさ》しくボッシュが描いた地獄の遠景の、地平線上に燃えてゐる町の再現であつた(19)。


引用した記述の中で、三島はトレドに言及しているが、一九六〇年に妻の瑤子夫人同伴で二度目のスペイン訪問をおこなった際に、三島はトレドのカフスボタンを購入している。三島は自ら購入したトレドのカフスボタンを学習院高等科時代の師で三島由紀夫というペンネームの名づけの親でもある清水文雄（一九〇四―一九九八）に贈与している。雑誌『新潮』（二〇〇三年一月新春号）に掲載された、「三島由紀夫　師・清水文雄への手紙（全六十三通）」の中に、三島が清水にトレドのカフスボタンを送ったことを証拠づける手紙（一九六一年一月三十日消印）が存在する。そこで、三島がその手紙の中でトレドのカフスボタンに言及した記述に注目してみる。

お陰様で廿日夫婦共〻無事帰国いたしました。帰ると匆〻雑用に取り巻かれ、御挨拶も遅くゐつて申訳ございません。（中略）さて御土産と云つても何もございませんが、別便で、スペイン・トレドのカフス・ボタンをお送り申上げました。非常に派手な大きなもので、御好みに合ふかどうか心配ですが、これは実は、皇太子殿下がスペインへ行かれたとき大へんお気に入られて買つて帰られたもので、御帰国後片方が紛失し、いそいでスペインの日本大使館へ追加注文されたといふいはれの細工ですので、先生に御縁の深い品と存じ御送りした次第でございます(20)。

引用した手紙の中で、三島は清水に当時皇太子だった現天皇が愛用した「非常に派手な大きな」トレドのカフスボタンを別便で送ったことを説明している。このように、三島はスペイン中世の佇まいが保存された都市、トレドに心酔したのである。また、三島はスペインの首都、マドリードの風景にも陶酔した。三島は一九五七年大晦日のスペインの印象を「マドリッドの大晦日」（一九五八）と題したエッセイの中で以下のように綴っている。

マドリッドの冬はかなり寒い。ヨーロッパのアフリカなどといふ軽称のあるこの国も、冬の寒さだけはヨーロッパ並みである。

大晦日の晩には、群衆は広場にあつまつて、寺院の鐘が、あらたまの年のはじめを告げるのを待ちうける。手に手に葡萄の房をもち、町でも葡萄売りがたかだかと房をかかげて売つてゐる。さて、正十二時の鐘が鳴りをはらぬうちに、葡萄をたべると、禍ひを免れるのみか、新らしい年にきつといいことがあるといふので、広場の群衆がいつせいに葡萄を喰べはじめる姿は、まことに奇観である。鐘が鳴りをはると、知るも知らぬも抱き合つて町の楽隊に合せて踊りだす。大つぴらな酔つぱらいの喧嘩も見られる。

ここの新年を迎へるけしきは、気候こそ寒いが、全く南国風で、スペイン女の肩掛けのかげにのぞく黒い瞳も、寒さをすつかり忘れさせてくれるのである(21)。

このように三島は初めてのスペイン訪問の印象を感傷的に述懐している。また、三島は、雑誌『平凡パンチ』(一九六九年三月号)に掲載された「男の美学」(一九六九)と題したエッセイの中で、スペインで購入した品々について述べ、妻の瑤子夫人と一緒にマドリードを情熱的に練り歩いた様を以下のように記している。

私は生来、明るい地中海文化が好きで、ラテン的な色彩を愛し、さらに中南米(ラテン・アメリカ)の植民地建築に心酔して、その熱帯の色彩美とメランコリーを日本に移植しようと志し、スペイン植民地風の家を建て、その中をフランス骨董やスペイン骨董で飾り立てた。このグラヴィアの最後尾にあるスペインの扇の螺鈿《らでん》の額は、いちばん最初の記念すべき買物であつた。

家具類は家内と二人で、足を棒にしてマドリッドの骨董屋をあさつて歩き、スパニッシュ・バロックの豪宕《がうたう》な装飾美に熱中した(22)。

引用した記述を一瞥すれば、三島がその街並みを堪能しながら、マドリードを踏破した様が窺える。以上の比較考察を整合すると、以下のような答えを導き出すことができる。スペインの都市に関して、村上春樹が降雨量の多い潮風の香る海岸線の都市を愛したのに対して、三島は内陸部に位置する雨の少ない乾いた都市を好んだのである。この事実を地理学的観点から洞察すれば、村上春樹がピレネー山脈南麓からガリシア地方に至る「湿潤イベリア」を愛する一方で、三島はイベリア半島内陸部の乾いた地域、「乾燥イベリア」を好んだと捉えることができる(23)。

また、二者の好みを言語学的・文化的視座から概観してみると、次のように判断することができる。すなわち、村上春樹がスペイン語とガリシア語が併用されているサンティアゴ・デ・コンポステーラとスペイン語とカタルーニャ語が共存するバルセロナといった二言語併用の反中央集権的な都市に愛着の念を抱いたのに対して、三島はマドリードやトレドといったスペイン語という単一言語のみが母語として使用されている中央集権的で貴族性を備えた都市を愛したのである。

3　スペインの道への愛着

村上春樹と三島は各々、スペインの道に対しても独自の知見に基づく愛着の念を抱いており、創造する作品世界内に自らが惹かれるスペインの道を登場させている。村上春樹は『羊をめぐる冒険』における登場人物の一人で、北海道のある牧場で働く男の発話を媒介にして、次のように自らが好むスペインの道に言及している。

「十六世紀のスペインでは羊追いしか使えない道が国中にはりめぐらされていて、王様もそこには入れなかったんだ(24)」

引用した言説で注目に値するのは十六世紀のスペインという時代設定とスペイン王の存在である。十六世紀のスペインは黄金世紀と呼ばれた時代である。一五一六年にカルロス一世（在位一五一六―一五五六）がカスティーリャとアラゴンの国王になることを宣言し、スペイン・ハプスブルク家が開始し、続くフェリペ二世（在位一五五六―一五九八）の時代には一五七一年にレパントの海戦でトルコ艦隊をスペイン艦隊が撃破し、スペイン艦隊は「無敵艦隊」と呼ばれるようになり、スペインという国も「太陽の沈まぬ帝国」と見做されるに至ったのである。このようにして、十六世紀のスペインは「スペイン帝国」を形成したのである(25)。だが、村上春樹が選んだスペインの道は、十六世紀のスペイン黄金世紀における王であるカルロス一世やフェリペ二世すら通ることのできない、羊追いしか使えない道なのである。別言すれば、村上春樹が選んだスペインの道は彼が選んだ二大都市、バルセロナとサンティアゴ・デ・コンポステーラと同様、反中央集権的で、さらには反王権的な道なのである。

村上春樹の選んだ道とは対照的に、三島が愛着を抱いたスペインの道は中央集権的かつ王権的な趣のある道である。先述したように、三島はマドリード・トレド間を結ぶ自動車道路に惹かれ、『鏡子の家』の作品世界内に同自動車道路を次のように登場させている。

それは若い叔父が西班牙《スペイン》のマドリッドから車を雇つて、トレドまで日帰りのドライヴをした、その帰路の景色であった。車はすでにたそがれの道の半ばをすぎ、あと一時間あまりでマドリッドへ着くころには夜に包まれる筈であつた。トレド・マドリッド間四十三マイルの自動車道路は、荒涼たる野と岩山とまばらな寒村のあいだを往《ゆ》き、そのあゐだほとんど車影を見ない(26)。

引用した記述ではスペインの田舎の風景が取り上げられていることは確かだが、スペインの首都でスペイン・ブルボン王家を擁するマドリードと中世の趣をそのまま留める貴族的な都市トレドを結ぶ自動車道路を好んだということは、三島が王権的かつ中央集権的な道を選んだことを意味している。

以上の分析から明らかなように、両作家は各々、対照的なスペインの道に愛着の念を抱いた。村上春樹がスペイン黄金世紀の王さえも通れぬ羊追いの使う、反中央集権的かつ反王権的な道に惹かれたのに対して、三島はマドリード・トレド間を結ぶ自動車道路という中央集権的かつ王権的な趣を備える道に魅了されたのである。

4　スペイン語への愛着

興味深いことに、村上春樹と三島は両者ともにスペイン語の響きに魅了された。第二章で既に取り上げたように、村上春樹はアメリカ合衆国のプリンストンに居住していた一九九二年に集中してスペイン語を学習し、メキシコ旅行を敢行した。「メキシコ大旅行」の中でスペイン語に言及し、メキシコ人とスペイン語でおこなった会話の内容を披露しているように、村上春樹はある程度、スペイン語に関する知識を備えており、簡単な会話ができるだけのスペイン語運用能力を有していた。一方、三島はスペイン語の学習経験はなく、村上春樹のようにスペイン語母語話者とスペイン語で直接会話することはできなかったが、スペイン語の響きに惹かれ、その憧憬の念を自らの著作の中で開陳している。驚いたことに、三島は初期作品『花ざかりの森』（一九四一）の中でスペイン語という言語の美しさを語り手である主人公の言説を媒介にして以下のように描写している。

上人はスペインにうまれ南方のとある植民地にそだつた人である。その異国のことばは、わたしには判読することができない。しかしその発音が、あの古風なびいどろをこすり合はせたやうな、そんな透きとほつたひゞきを持つもの、やうにおもはれてならぬ(27)。

この描写から、三島がスペイン語をびいどろをこすり合わせたような、透きとおったひびきを持つ美しい言葉と見做していたことがわかる。英語で講演を行い、ドイツ語もある程度理解できた三島であるが、引用した「その異国のことばは、わたしには判読することができない」という記述からも明らかなように、三島はスペイン語には通じていなかった。だが、三島はスペイン語を美しい言葉と見做しており、スペイン語の響きに親しみを感じていたのである。三島が抱いていたスペイン語への愛着の念は旅行記『旅の絵本』（一九五八）の一部を形成する断章、「〈野生的〉と〈衛生的〉荒野――メキシコ、アメリカ国境を渡る」の中にも見出せる。

私はファレスの町のスペイン語の看板に名残りを惜しんだ(28)。

三島はアメリカ合衆国との国境に位置するメキシコ最北端の町、シウダ・ファアレス（Ciudad Juárez）（三島はこの町をファレスと表記している―引用者註）に滞在した際に、スペイン語の看板に対する愛着の念をこのように表明している。三島は村上春樹と同様、メキシコにも惹かれ、メキシコ旅行を敢行したのである。では続けて、三島は具体的にどのようなスペイン語の語彙を美しいと思い、愛着を感じていたのかを見てみることとする。

事実として、三島は印象深かった幾つかのスペイン語の単語を断片的に書き残している。三島は「ロミオとジュリエット」を意味する「ロメオ・イ・フリエタ」（Romeo y Julieta）というスペイン語銘柄のキューバ産葉巻を愛用しており、葉巻の味だけでなく、「ロメオ・イ・フリエタ」というスペイン語の響きにも惹かれていたのである(29)。三島はメキシコを旅行した際の印象を『外遊日記』（一九五七）の中に記しており、この旅行記の中で以下のようなスペイン語の語彙を取り上げている。

ソンブレロ売りのそのソンブレロの麦藁《むぎわら》のつややかさ(30)。(傍点—引用者)

「ソンブレロ」(sombrero)とは「つばのある帽子」を意味するスペイン語普通男性名詞である。三島は引用した記述の中でスペイン語のリズミカルな抑揚を察知して、「ソンブレロ」という語彙を二度繰り返して自分の文章に律動感を与えることに成功している。この言説を通してまた、三島と村上春樹の共通点が浮かび上がってくる。第二章で既に論じたように、村上春樹も「メキシコ大旅行」の中に「ソンブレロ」というスペイン語普通名詞を書き留めているのである。では論点を三島とスペイン語の語彙の関係に戻すことにする。三島はアメリカ合衆国に属する自由連合州で、スペイン語を母語とするラテン・アメリカ文化の流れを汲む人々が住むプエルトリコの首都、サン・フワンに滞在した際に、幾つかのスペイン語の単語を書き写し、それらを『アポロの杯』(一九五二)の中に大文字で収録している。三島が転写したスペイン語の語彙は以下のとおりである。

MUSICA
AMOR
APASIONADO
BANCO POPULAR(31)

三島が書き写したスペイン語の意味は各々、“MUSICA”「音楽」(正確には〈música〉と〈u〉の上にアクセント符号が必要—引用者註)、“AMOR”「愛」、“APASIONADO”「情熱的な男性」あるいは「情熱的な」を意味する形容詞男性形、そして“BANCO POPULAR”「国民銀行」である。三島は自らが愛着を感じたスペイン語の語彙を書き写し、『アポロの杯』に収録したのである。

このように、村上春樹と三島はスペイン語の美しさに惹かれ、幾つかのスペイン語の語彙に愛着を感じていた両者は、間違いなく、二度にわたるスペイン訪問の際に、スペイン語の美しい響きに耳を傾けながらスペインの街並みを歩いたのである。

5　闘牛観

闘牛観をめぐって、村上春樹と三島は各々、対極を成す意見を提起している。村上春樹は短編「氷男」の女性主人公「私」の言説を通して以下のように闘牛を見る願望を開陳している。

ヨーロッパがいいんじゃないかしら、スペインあたりでのんびりしましょうよ。ワインを飲んだり、パエリアを食べたり闘牛を見たりして(32)。

同短編小説において、村上春樹は女性登場人物を媒介にして観光客として闘牛を見る願望を表明している。村上春樹はエッセイ集『日出《いず》る国の工場』（一九八七）に収録されている「経済動物たちの午後　小岩井農場」と題したエッセイにおいて自らが抱く闘牛観を以下のように叙述している。

たしかに種牛たちはみんな見るからに迫力がある。プロ野球でいうと、江夏と川藤とサンチェとブーマーが一緒になったような感じである。目はギラッとしてるし、体はやたらと大きいし、角もはえてるし、こんなのが真っ向から向かってきたら、逃げる前にまず足がすくんじゃうんじゃないかという気がする。だって江夏と川藤とサンチェとブーマーが襲いかかってきたら（前の二人だけでもいいけど）足がすくむでしょう。

それと同じです。僕はかねがね『カルメン』に出てくる闘牛士エスカミリオのことを嫌味な奴だと思っていたのだけれど、実際にこんな凄いのを眼前にすると、こういうのと日常的に闘っているエスカミリオ氏を思わず尊敬してしまいそうになる(33)。

引用した言説から明らかなように、村上春樹は巨大な牛と真っ向から闘う闘牛士に敬意を表して、「日常的に闘っているエスカミリオ氏を思わず尊敬してしまいそうになる」と評している。同様に、エッセイ集『サラダ好きのライオン　村上ラヂオ3』(二〇一二)に収められている断章「真の男になるためには」において、村上春樹は同様の闘牛観を以下のように記している。

アーネスト・ヘミングウェイはあるところで、こう書いている。「人が真の男になるためには、四つのことを成し遂げなくてはならない。木を植える、闘牛をする、本を書く、そして息子をつくることだ」僕自身のことを言えば、本はこれまでに何冊か書いたけど、ほかの三つはまだやったことがない。これから先もおそらく成し遂げられないような気がする。どうやら真の男になれないまま、薄暗く人生を終えてしまいそうな気配だ。困ったな(困らないか)。しかしそう言われても、闘牛なんて普通の人にはまずできっこないですよね。

取材で東北の牧場を訪れて、そこで本物の牡牛を初めて目にしたんだけど、これは冗談抜きでおっかなかったです。それまでは歌劇『カルメン』を観るたびに、闘牛士エスカミリオのことを「ちゃらちゃらした不快なやつだ」と思っていた。でも真っ黒な、巨大な牡牛を目の前にして、こんなのとサシで正面から闘ってたんだと思うと、エスカさんに尊敬の念を抱かないわけにはいかなかった。僕にはとてもそんな真似はできない(34)。(傍点―引用者)

この記述を通して、村上春樹は闘牛士に対する尊敬の念を表明している。具体的に村上春樹は、「闘牛なんて普通の人にはまずできっこないですよね」と断言し、闘牛士エスカミリオに対して、「真っ黒な、巨大な牡牛を目の前にして、こんなのとサシで正面から闘ってたんだと思うと、エスカさんに尊敬の念を抱かないわけにはいかなかった。僕にはとてもそんな真似はできない」とはっきりと自ら闘牛をおこなうことが不可能であることを吐露している。また、村上春樹は『職業としての小説家』の中で、外的な「素材の中から力をえて、物語を書いていくタイプの」作家の典型としてのヘミングウェイと関連させて闘牛に言及している。

ヘミングウェイという人が素材の中から力をえて、物語を書いていくタイプの作家であったからではなかったかと僕は推測します。おそらくはそのために、進んで戦争に参加したり（第一次大戦、スペイン内戦、第二次大戦）、アフリカで狩りをしたり、釣りをしてまわったり、闘牛にのめり込んだりといった生活を続けることになりました。常に外的な刺激を必要としたのでしょう(35)。（傍点——引用者）

行動の作家ヘミングウェイに敬意を表しながら、村上春樹は自らを「自分の内側から物語を紡ぎ出す作家」(36)と規定し、執筆活動を展開させるために必ずしも闘牛を経験する必要性がないことを以下のように主張している。

わざわざ戦争に出かける必要もないし、闘牛を経験する必要も、チーターとかヒョウを撃つ必要もありません。誤解されると困るんですが、僕は戦争や闘牛やハンティングみたいな経験に意味がないと言っているのではありません。もちろん意味はあります。何ごとによらず、経験をするというのは作家にとってすごく大事なことです。しかしそういうダイナミックな経験を持たない人でも小説を書けるんだということを僕は個人的に言いたいだけです(37)。

ここまで進めてきた考察から、村上春樹は観光客として闘牛を見ることはあっても、自ら闘牛を行う勇気は持ち合わせていないことが判明する。つまり、村上春樹の闘牛観は客観的かつ消極的な態度に基づいたものなのである。

一方、三島は闘牛士という職業に憧れを抱き続けた。事実、三島の創造した文学作品やエッセイには闘牛に関する記述がしばしば見受けられる。『豊饒の海』第三巻である『暁の寺』（一九六九）の中で、三島は国技としての闘牛に注目しながら、スペインと日本の比較文化論を以下のように展開させている。

世界中の動物愛護家の非難をものともせず、国技の闘牛を保存したスペインとはちがつて、日本は明治の文明開化で、あらゆる「蛮風」を払拭しようと望んだのである。その結果、民族のもつとも生々しい純粋な魂は地下に隠れ、折々の噴火にその兇暴な力を揮《ふる》つて、ますます人の忌み恐れるところとなつた(38)。

三島の闘牛に対する想いは彼の文学作品に直接、反映されている。『近代能楽集』（一九五六）の一角を成す『弱法師』の中の登場人物の一人である品子は、闘牛場を勇敢さを表現するための空間と捉えて以下のように述べている。

ですから私には、闘牛場の血みどろの戦ひのさなかに、飛び下りて来て平気で砂の上を、無器用な足取で歩いてゆく白い鳩のやうな勇気がございます(39)。

三島にとって闘牛場は、勇気を誇示するための磁場であることから、〈闘牛場＝勇敢さ〉という構図が三島の作品世界内で成立していることがわかる。三島は長編小説『鏡子の家』の中で再び闘牛場に言及している。

> 存在を証明し存在を証明される行為、……一つの究極の行為、……数万の観衆をして彼の存在を否定させることによつて、はじめて存在への諸口《いとぐち》をひらくやうなさういふ行為、……たとへば闘牛場へ突然飛び込んで来て牛に殺される子供のやうな無意味きはまる行為、――さういふものに収が達するのは何時《いつ》であらうか？(40)

また、引用した言説から、三島にとって闘牛場が血みどろの危険な空間であり、そこに生きる闘牛士は、死と隣り合わせの存在だということがわかる。すなわち、三島が概念として抱く闘牛士の美とは、常に死と背中合わせの状態に発現する美なのである。三島自身、闘牛士における美と死の関連性について、『太陽と鉄』（一九六八）の中で以下のように記述している。

> 闘牛士のあの華美な、優雅な衣裳は、もしその職業が死と一切関はりがないものであつたら、どんなに滑稽に見えることであらう(41)。（傍点―引用者）

三島は「闘牛士の美」（一九六五）と題したエッセイの中で闘牛士の美しさと死の関連性を以下のように強調している。

> 男のやる仕事でももつとも荒つぽい、命を的にかけた仕事で、しかもこれほど優雅と美を本質とする仕事

もめづらしい。アメリカの埃《ほこり》くさい薄汚ないカウ・ボウイなどとちがつて、闘牛士は、宮廷人のやうな絹の華麗な衣裳をつけてゐる。そしてその花やかな衣裳の下には、プロテクターはおろか、下着ひとつつけないのが闘牛士の心意気である。

男が色彩豊富なけんらんたる衣服を身につけてふさはしいのは、死と勇気と血潮に関はりあるときだけである。流行歌手の裾模《すそも》様《やう》なんか、唾棄すべきものである。

闘牛士は、危険によつて美しく、死によつていよいよ美しい。それこそ世間並の男が、いくら口惜《くや》しがつても及ばぬところだ(42)。（傍点―引用者）

引用した言説の中で、三島は闘牛士という仕事が死と関わり合いのある仕事だと明記している。三島は『鏡子の家』の中で、自ら抱いていた闘牛士の詩的なイメージを一人の登場人物の容貌に投影している。具体的に、三島は主人公の一人で「スペイン風の顔をしてゐる」美形の俳優、収の存在を闘牛士のイメージと詩的に重ね合わせている(43)。この小説の第二章において収は闘牛士のような身体を持つことを望み、次のように述べる。

『僕は詩人の顔と闘牛士の体とを持ちたい』と切に思つた。素朴さ、荒々しさ、野蛮、などの支へが今の自分にすつかり欠けてゐるのを知つた。真に抒情的なものは、詩人の面立《おもだち》と闘牛士の肉体との、稀な結合からだけしか生れないだらう(44)。

物語が進行していくなか、収はボディビルを始め、肉体改造をおこなっていく。そして第七章において、ついに収は闘牛士のような肉体を獲得することに成功する。その様子を三島は以下のように高らかと歌いあげる。

詩人の顔と闘牛士の肉体を持つた傷だらけの若者は、ちやんとそこに存在してゐた！　あした彼は、すこしも戦はずに、血みどろの英雄的な死に見舞はれるだろう(45)。

詩人の顔と闘牛士のような身体を同時にあわせ持つ収の姿は、三島本人の映し鏡だと言える。なぜなら、三島自身二十七歳からボディビルを始め、闘牛士のような身体を獲得するに至っているからである。詩人の顔と闘牛士のような身体を同時にあわせ持った三島の姿は数々の写真によって確認できる。以上の考察から明らかなように、三島は闘牛に魅了され、闘牛士の身体美に憧れ、果敢に肉体改造を行い、逞しい身体を手に入れたのである。

ここまで比較考察してきた両作家の闘牛観を通じて、村上春樹と三島の新たな側面を導き出すことができる。村上春樹は闘牛を観光客として見物するにとどまり、闘牛士に尊敬の念を抱きながら、自ら闘牛をおこなうことは決してない、消極的かつ客観的な〈非闘牛士型〉の作家である。事実として、村上春樹は六十歳を越えてもなお生き続け世の中を客観的に傍観しながら、静かに執筆活動を続けている。三島の闘牛観は村上春樹のそれと対極を成している。結果的に、三島は巨大な牛に立ち向かう闘牛士のように自ら死へと突き進む劇的な人生を送った。詩人と闘牛士の顔を同時に併せ持つことに成功した三島は一九七〇年十一月二十五日に、陸上自衛隊の市ヶ谷駐屯地（現在の市ヶ谷記念館）のバルコニーにおいて、あたかも闘牛士のごとく自害したのである。この事実を考慮すれば、三島が自ら死へと突き進む〈闘牛士型〉の作家であり、村上春樹と正反対の劇的で行動的な作家であったと判断することができる。このように、闘牛観をめぐっては対極を成す村上春樹と三島ではあるが、スペイン文化の一端を成す闘牛を称賛し、その担い手である闘牛士に敬意を払っている点では、両者は共通点を有している。

6　ピカソとダリをめぐるスペイン現代絵画観

興味深いことに、村上春樹と三島はスペイン現代絵画、とくにパブロ・ピカソとサルバドール・ダリの絵画作品に興味を示し、批評的な文章を綴っている。そこで比較美学の観点から、まず村上春樹と三島が取り上げたピカソ絵画に言及し、その後、両作家が注目したダリ絵画をめぐって論述を展開させる。

7　ピカソ絵画観

第三章で論じたように、村上春樹は「スペインの幸せな小さな村の壁画」と題したエッセイにおいてピカソ絵画に言及している。同エッセイにおいて、村上春樹は「青の時代」と『三人の音楽師』そして『ゲルニカ』を取り上げている。第三章における論述で明らかにしたように、村上春樹は「ピカソ・ブルー」を好み、「青の時代」のピカソ絵画に心酔したのである。村上春樹はピカソ絵画の造形要素に〈おかしみの感覚〉を見出し、自作に視覚的ユーモアを付与するため、しばしばピカソ絵画に言及している。また、村上春樹による「青の時代」への偏愛ぶりはそのまま彼の紡ぎ出す青春時代の死と再生を扱ったリアリズム小説の世界と重なり響き合う。『ノルウェイの森』のワタナベとキズキと直子の死をめぐる三角関係は、ピカソが描いた「青の時代」の傑作『人生（ラ・ヴィ）』におけるピカソとカサヘマスと洗濯女ジェルメーヌとの三角関係を想起させる。

三島は『ゲルニカ』の絵画空間に漂う苦しみと静けさの内在する造形言語に魅了された。実際に、三島は『ゲルニカ』を一九五二年一月にニューヨーク近代美術館で鑑賞しており、『アポロの杯』の中で、美学的な視座から色彩の配色と苦痛の関係に着目して、この絵が内包する静けさを以下のように分析している。

ここにはピカソの「ゲルニカ」がある。白と黒と灰色と鼠がかつた緑ぐらゐが、ゲルニカ画中で私が記憶してゐる色である。色彩はこれほど淡白であり、画面の印象はむしろ古典的である。静的である。何ら直接の血なまぐささは感じられない。画材はもちろん阿鼻叫喚そのものだが、とらへられた苦悶の瞬間は甚だ静粛である。希臘《ギリシア》彫刻の「ニオベの娘」は、背中に神の矢をうけながら、その表情は甚だ静かで、湖のやうな苦悶の節度をたたへて、見る人の心を動かすことが却《かへ》つて大である。ピカソは同じ効果を狙つたのであらうか？

「ゲルニカ」の静けさは同じものではない。ここでは表情自体はあらはで、苦痛の歪《ゆが》みは極度に達してゐる。その苦痛の総和が静けさを生み出してゐるのである。「ゲルニカ」は苦痛の詩といふよりは、苦痛の不可能の領域がその画面の詩を生み出してゐる。一定量以上の苦痛が表現不可能のものであること、どんな表情の最大限の歪みも、どんな阿鼻叫喚も、どんな訴へも、どんな涙も、どんな狂的な笑ひも、その苦痛を表現するに足りないこと、人間の能力には限りがあるのに、苦痛の能力ばかりは限りもしらないものに思はれること、……かういふ苦痛の不可能な領域、つまり感覚や感情の表現としての苦痛の不可能な領域にひろがつてゐる苦痛の静けさが「ゲルニカ」の静けさなのである。この領域にむかつて、画面のあらゆる種類の苦痛は、その最大限の表現を試みてゐる。その苦痛の触手を伸ばしてゐる。しかし一つとして苦痛の高みにまで達してゐない。一人一人の苦痛は失敗してゐる。少くとも失敗を予感してゐる。その失敗の瞬間をピカソは悉《ことごと》くとらへ、集大成し、あのやうな静けさに達したものらしい(46)。

このように、三島は『ゲルニカ』の包摂する静けさを色彩の観点から見事に分析している。同時に、画面左上に牡牛が描きこまれていることからわかるように、闘牛を敬愛する三島は、この絵画の視覚的作品世界内に〈闘牛の象徴性〉(47)を見出している。

ここまで進めてきた比較分析から、二大作家が抱くピカソ絵画観を以下のようにまとめることができる。村上春樹がピカソ絵画にユーモアの感覚を見いだし、「青の時代」の死をめぐる青春の光と影の情景に共感して、自らも小説における「青の時代」と言うべき『ノルウェイの森』と『色彩を持たない多崎つくると、彼の巡礼の年』を創作したのに対して、三島はピカソ絵画の有する「破壊の総計」(48)の感覚や〈闘牛の象徴性〉を内包した死へと突き進んで行く劇的な造形言語に感銘を受け、自らも「破壊の総計」の感覚と死へと突き進んでいく劇的な展開を備えた『鏡子の家』や『奔馬』などを執筆したのである。

8　ダリ絵画観

ダリ絵画をめぐっても村上春樹と三島は各々、独自の絵画観を有している。先述したように、村上春樹は高校生の時に、高校新聞に「ダリ展を見て」（一九六四年十二月二十五日付）と題した記事を投稿して、ダリが描き出すシュルレアリスム絵画の魅力を力説している。村上春樹はダリをシュルレアリスム絵画の代表的な担い手の一人と捉えており、ダリ絵画に見受けられるシュルレアリスムの諸手法、とくに〈時空間の停止〉と〈時空間の歪曲〉に注目し、実際に『風の歌を聴け』や『アフターダーク』そして、『1Q84』といった作品においてダリ的な時空間を形象化させている。

シュルレアリスム絵画としてのダリ作品に着目した村上春樹とは異なり、三島はダリ絵画の視覚的作品世界内にキリスト教的様相と青春の儚《はかな》さを見出した。ダリ絵画をめぐって三島は『ナルシスの変貌』（一九三七）、『磔刑』（一九五四）そして『最後の晩餐』（一九五五）といった、絵画三作品に関するエッセイを書き残している。三島が初めて言及したダリの絵画は『磔刑』であり、三島は「ダリ「磔刑《たくけい》の基督《キリスト》」」（一九六二）と題したエッセイにおいて、画中に内在するキリスト教的な様相に焦点をあてて論述している。三島はこの絵をニューヨークのメトロポリタン・ミュージアムで見て、次のように書いている。

私はダリの近年の聖画が好きで、ワシントンのナショナル・ギャレリーにある「最後の晩餐」と、ニューヨークのメトロポリタン・ミュージアムにあるこの「磔刑の基督」と、どちらも同じ程度に好きであるが、複製としての効果から考へて、構図も単純、色彩も明確な「磔刑」のはうを選んだ。「最後の晩餐」の細部、たとへばコップの中に葡萄酒などの澄んだ神聖な美しさは、目もあやであるが、残念ながら、複製では十分の一の効果も出ないやうである。

「磔刑の基督」は、一九五四年に描かれたものであるが、メトロポリタン・ミュージアムでは破格の待遇を受けて、いつもその前にはお上りさんが蝟集《ゐしふ》してゐる。（中略）

この「磔刑の基督」は、刑架がキュビスムの手法で描かれてをり、キリストも刑架も完全に空中に浮遊して、そこに神聖な形而上的空間ともいふべきものを作り出してゐる。左下のマリヤは完全にルネッサンス的手法で描かれ、この対比の見事さと、構図の緊張感は比類がない。又、下方にはおなじみの遠い地平線が描かれ、夜あけの青い光りが仄《ほの》かにさしそめてゐる(49)。

このように、三島はキリスト教的視座に基づいてダリ絵画を鑑賞している。また、三島は「ダリの葡萄酒」（一九六八）と題したエッセイの中で、カタルーニャ出身の画家の『最後の晩餐』（一九五五）に言及している。

サルヴァドル・ダリの「最後の晩餐」を見た人は、卓上に置かれたパンと、グラスを夕日に射貫《いぬ》かれた赤葡萄酒の紅玉のやうな煌《きら》めきとを、永く忘れぬにちがひない。それは官能的なほどたしかな実在で、その葡萄酒は、カンヴァスを舐《な》めれば酔ひさうなほどに実在的に描かれてゐる。それならカラー写真の広告でも同じだと云はれさうだが、実在の模写の背後に、あの神聖な、遍満する光りの主題があるところが、写真とはちがつてゐる。その光の下で、はじめてダリの葡萄酒はキリストの葡萄酒たりえてゐるのである(50)。

このように、三島はキリスト教的知見に準拠しながら、ダリ絵画二作品に関するエッセイを綴っている。また、三島はダリの『ナルシスの変貌』(一九三七)の中に青春の発露を見出し、一九六九年にこの絵に関して以下のように記述している。

サルヴァドル・ダリの絵に「ナルシス変貌」というのがある。頭を垂れたナルシスの水に半ばひたした体が、水仙の球根に化身してゆく絵である。ダリの清澄な色彩は、早春の凜冽《りんれつ》の気をあますところなく表現し、あれほど早春というものの神々しい悲劇性と青春のはかなさを表現した絵を、私はほかに知らない(51)。

ここまで見てきたことから明らかなように、三島はダリ絵画の前衛的側面にはあまり関心を示さず、キリスト教世界を扱った聖画と青春の儚さの表出した視覚的世界観を愛したのである。このように、村上春樹と三島は共通してダリ絵画に傾倒したが、村上春樹がダリ的なシュルレアリスムの投影された〈時空間の停止〉と〈時空間の歪曲〉の手法に注目したのに対して、三島はダリの描き出すキリスト教が投影された聖画の図像と青春の儚さが流露した視覚的世界観に着目したのである。

9　作品世界内におけるスペイン文化の諸機能

村上春樹と三島はスペイン文化に具体的な機能を付与して、自ら構築する作品世界内に組み込んだ。第二章で詳述したように、村上春樹が織りなす作品世界内においてスペイン文化は呪術的に作用している。日本人スペイン語熟達話者は主人公による「こちら側」から「あちら側」への〈移行〉を誘導する呪術的仲介者として作品世界内で機能し、スペイン語母語話者は「感染呪術」と「類感呪術」を用いて、主客合一の世界を現出させる。また、スペイン音楽は〈悪魔祓いの音響的護符〉として作品世界内で作動し、スペイン語の有する音楽的リズムが物語の局面を好転させる〈おまじない〉として作動していることも明らかとなった。このように、村上春樹の紡ぎ出す作品世界内において、スペイン文化は呪術的機能を遂行する。

村上春樹がスペイン文化に呪術的機能を付与したのに対して、三島は〈貴族的な高貴さ〉と〈衝動的な情熱〉を自ら創出する作品世界内に顕在化させるため、スペイン文化を用いている。三島文学の傑作の一つとして名高い『金閣寺』（一九五六）には、スペイン風の洋館に住む女性が登場する。三島は女性登場人物と共にスペイン風の邸が包摂する貴族的で高貴な佇まいを以下のように描写し始める。

　女が出てきたのは、宏壮なスペイン風の邸の耳門《くぐり》であった。二つの煙出しを持ち、斜め格子の硝子窓《ガラスまど》を持ち、ひろい温室の硝子屋根を持ってゐる邸は、いかにも壊れやすい印象を与へるが、当然そこの主人の抗議で設けられたにちがひない高い金網《ネット》が、道をへだてたグラウンドの一辺にそそり立ってゐた(52)。

この描写を通じて、三島はスペイン建築が内包する〈貴族的な高貴さ〉を見事に描き出している。

同様に、三島は自身にとって唯一のSF小説『美しい星』（一九六七）の中で再び、スペイン建築に内在する〈貴族的な高貴さ〉を以下のように活写している。

中央講堂は左右にスペイン風の翼をひろげた古い洋館で、そのスレートの屋根瓦は緻密な鱗《うろこ》の青を畳に、テラスの上に複雑な美しい木造のファサードを見せてゐた(53)。

以上の考察から明らかなように、スペイン建築は三島の創造する作品世界内に〈貴族的な高貴さ〉を現出させるのである。また、三島はスペイン文化に内在する〈衝動的な情熱〉を『鏡子の家』の登場人物、収の人物造形に投影している。

詩人の顔と闘牛士の肉体を持つた傷だらけの若者は、ちやんとそこに存在してゐた！　あした彼は、すこしも戦はずに、血みどろの英雄的な死に見舞はれるだらう(54)。

このように、三島はスペイン文化が包含する〈貴族的な高貴さ〉と〈衝動的な情熱〉を自ら創造する作品世界内に投影している。ここまで進めてきた分析を整合すれば、次のようにまとめることができる。村上春樹がスペイン文化に〈呪術的機能〉を付与して作品世界内で用いるのに対して、三島は具体的な文学的機能をスペイン文化に与えるのではなく、同文化の包含する〈貴族的な高貴さ〉と〈衝動的な情熱〉を自ら創造する作品世界内に投影して、独自の世界観を現出させるのである。

10　ガルシア・ロルカ観

村上春樹と三島は双方ともに文学作品及び批評的エッセイにおいてガルシア・ロルカに言及している。だが、両者のロルカ観には大きな違いが見受けられる。管見に限れば、村上春樹がロルカに言及したのは二度のみである。具体的には、すでに第二章で取り上げたように、『海辺のカフカ』において二度、村上春樹はスペイン内戦の文脈においてロルカを取り上げている。従ってここで再び、主人公カフカ少年と佐伯さんとの会話に注目してみる。


「あなたは今なにを考えているの？」と佐伯さんは僕に尋ねる。

「スペインに行くこと」と僕は言う。

「スペインに行ってなにをするの？」

「おいしいパエリアを食べる」

「それだけ？」

「スペイン戦争に参加する」

「スペイン戦争は60年まえに終わったわよ」

「知ってる」と僕は言う。「ロルカが死んで、ヘミングウェイが生き残った(55)」（傍点―引用者）

興味深いことに、引用した言説において、村上春樹はスペイン内戦の犠牲者としてロルカが殺されたと明言している。村上春樹はロルカが暗殺された歴史的事実を深く受け止め、「ロルカが死んで、ヘミングウェイが生き残った」という発話を図書館司書の大島さんと主人公カフカ少年に各々、発話させている。つまり、村上春樹は同小説において二度もスペイン内戦でロルカが暗殺されたことに言及しているのである。そして村上春樹はヘミングウェイと同じように国際旅団に属する義勇兵としてスペイン第二共和政府を支持する考えを表明している。では続けて、三島が抱いたロルカをめぐる政治観に焦点をあててみることにする。

ロルカ暗殺をめぐる政治的立場を明確に打ち出した村上春樹と異なり、三島はスペイン内戦の文脈でロルカを論じることに難色を示した。一九七〇年におこなわれた尾崎宏次との対話において、三島はスペイン文化の観点からロルカ演劇のすばらしさを力説しているが、政治的観点からロルカに言及することには以下のように反論している。

三島　非常に民衆的なものと、スペイン文化のなんともいえない爛熟と、両方もっています。そういうデカダンスがあるから、ロルカの芝居はあんなにいいんで、どうも一般的にロルカの評価というと、片方の政治の面ばかりいわれちゃうからね(56)。

このように、三島はロルカをめぐる政治的立場を表明することに難色を示した。だが、文学的日記『裸体と衣裳』（一九五八―一九五九）の一部を形成する一九五八年二月二十七日の記述において、三島は『ロルカ選集』（一九五八）を購入したことを述べた上で、ロルカの執筆した戯曲『イエルマ』（一九三四）のすばらしさを褒め称えながら、一九三九年から没するまでの一九七五年まで独裁政治をおこなったフランシスコ・フランコ・バアモンデに関して、客観的見地に基づいて以下のように記している。

ガルシア・ロルカの選集がユリイカから出たので、早速その一巻を取り寄せて、人形芝居「ドン・クリストバル」と、名のみ高くて未読であつた「血の婚礼」とを読んだ。以前に「イェルマ」と「ドン・ペリリンプリンとベリサの庭の恋」（原文そのまま―引用者註）を読んでゐるから、これでロルカを四篇読んだことになるが、読後の感想は、やはり一等最初に読んだ「イェルマ」にとどめを刺すといふことであつた。
「イェルマ」を読んで以来、ガルシア・ロルカの名は私の心を離れなかつた。旧臘《きゅうろふ》マドリッドについた私がまず人に訊いたことは、「ロルカの芝居をやつてゐたら見たい」とゐふのであつたが、当然のことながら、こんな無知な期待は、「フランコが生きてるかぎり、マドリッドでロルカの芝居は見られません」といふ返事で裏切られた(57)。（傍点―引用者）

三島はロルカが生み出す戯曲と詩作品に心酔した。三島は俳優座による『イエルマ』上演のために書き下ろしたエッセイ「イエルマ礼賛」（一九五九）の中で、マドリード訪問のエピソードとフランコの存在に留意しながら、現代の劇作家の中でロルカはテネシー・ウィリアムズ（一九一一―一九八三）と共に最も愛着を感じる作家だと述べ、ロルカ演劇の魅力を以下のように情熱的に語っている。

ガルシア・ロルカの「イエルマ」はすばらしい。そののち邦訳された「血の婚礼」その他を読んだのちも、私が「イエルマ」を最高傑作とする気持は変らない。これこそは全く独自な詩人の作品で、「イエルマ」によつて、私は近代劇といふものに関する固定観念を変へられたやうに思つてゐる。外国に行つてゐるあひだも、現代の劇作家で誰に愛着を感じるかと言はれると、必ずガルシア・ロルカとテネシー・ウヰリアムスの名を答へた。この正月、はじめてマドリッドへ行つたとき、第一にした質問は、「ロルカの芝居をやつてるか？」といふことであつたが、考へてみれば、愚問中の愚問であつて、「フランコが生きているうちは、ロルカの芝居なんぞやれませんよ」と笑はれてしまつた。（中略）「イエルマ」の終幕の悲劇の強烈さの前では、チェホフのあのやうな精巧な作品も色褪《いろあ》せてみえる(58)。（傍点―引用者）

また、三島は先述した尾崎との対話において、日本の劇作家、木下順二（一九一四―二〇〇六）とロルカを比較しながら、ロルカ演劇の魅力が民衆的なものとデカダンスという二要素の共存から成り立っていることを以下のように強調している。

三島　たとえば木下順二が民話劇書いても、木下順二のなかには、デカダンスがないですよ。ロルカはちゃんともっていますよ。ロルカは民衆的なものとデカダンスを両方もっている。だから芝居が豊かなんだ(59)。

前述したように、三島はロルカ演劇に魅了されていただけでなく、ロルカの詩作品にも惹かれていた。三島は「イグナシオ・サンチェス・メヒーアスへの哀歌」（一九三五）を高く評価しており、『裸体と衣裳』の中の一九五八年七月十六日付の記述において以下のように述べている。

話は飛ぶが、ガルシア・ロルカの闘牛士への悼歌、あの「イグナシオ・サンチェス・メヒーアへの哀歌」（原文そのまま―引用者註）には、何と、香《かぐ》はしい血の匂ひが漂ひ、闘牛士のあらゆる卑俗さが、英雄的なものに高められてゐることであらう(60)。

このように、三島はロルカの詩作品にも陶酔していたのである。ここで再び三島とロルカ演劇との関係に論点を戻そう。三島は『裸体と衣裳』の一部を成す一九五八年二月二十七日付の記述の中で、『血の婚礼』（一九三三）の主題と劇的効果を分析しながら、劇作家としてのロルカを以下のように高く評価している。

「血の婚礼」は三幕物で、婚礼が流血沙汰に終るやうに運命づけられた花婿の話であるが、話の主人公はむしろ、不実な花嫁と、その元許婚《いひなづけ》であり今は別な女の良人《をつと》でありながら、花嫁の婚礼当初、彼女を引きさらつて逃げるレオナルドとである。

よく出来てゐるのは第一幕第二場で、レオナルドが昔の許婚の縁談を伝へきいて又愛しはじめ、馬でその女のもとへ通つてゐるのを妻に感づかれる場面の、悲哀に充ちた子守唄の効果や、舞台にはあらはれない馬の扱ひであり、又、第二幕第二場の婚礼の場である。（中略）ロルカの場合は、あたかも舞台の背後に、たえずスペイン独特の不安な神経的な、月のおもてを翳《かげ》らして足早に次々とすぎさる薄雲にも似た、あのギターの伴奏がきかれるやうな気がする点で特色がある。彼の劇はすべてギターを伴奏にしたバラードの趣を持つてゐる。（中略）

しかしいづれにしてもガルシア・ロルカは一流の詩人であり一流の劇作家である。これには疑ひがない(61)。（傍点—引用者）

引用した文章の中で瞠目に値するのは「ロルカは一流の詩人であり一流の劇作家である」という記述である。この記述から明らかなように、三島は文学的知見からロルカを一流の詩人として崇めていただけでなく、劇作家としても傑出した人物と見做して崇拝していたのである。

以上のようにロルカ観をめぐって村上春樹の見解と三島のそれとを対照させてみたところ、興味深い事実が浮かび上がってきた。村上春樹が政治的観点から、スペイン内戦の文脈におけるロルカの姿に着目したのに対して、三島は政治的視座からロルカに言及することに反駁し、文学的事象に限定して、一流の詩人かつ劇作家であるロルカの姿に光をあてたのである。

11　結論

村上春樹と三島由紀夫が各々抱くスペイン文化観を比較しながら論考を進めてきたところ、これまで明らかにされていなかった両作家の姿が浮かび上がってきた。従って、第五章における分析内容を整合しながら、スペイン文化の知見から作家としての村上春樹と三島の姿を浮き彫りにし、定義づけを試みることにする。村上春樹は〈ピカソ型〉の作家である。ピカソを敬愛する村上春樹はシュルレアリスムや映画言語など、前衛的な手法を駆使して執筆活動を長年にわたって続けている。村上春樹は闘牛士のような危険と隣り合わせの生き方を回避して、長生きしながら淡々と創作活動に勤しむ〈ピカソ型〉の作家なのである。第二章で取り上げたように、村上春樹は『ダンス・ダンス・ダンス』において、夭折の作家や芸術家たちと対照させながら、長寿の芸術家としてのピカソに注目している。

多くの詩人や作曲家は疾風のように生きて、あまりにも急激に上りつめたが故に三十に達することなく死んだ。パブロ・ピカソは八十を過ぎても力強い絵を描き続け、そのまま安らかに死んだ。これればかりは終わってみなくてはわからないのだ(62)。

また、〈ピカソ・ブルー〉に惚れ込み、ピカソの「青の時代」の作品群に傾倒していた村上春樹は、『ノルウェイの森』や『色彩を持たない多崎つくると、彼の巡礼の年』といった青春時代における愛と死をめぐる物語を紡ぎ出したのである。政治的観点から見ても、村上春樹は〈ピカソ型〉の作家だと言える。スペイン第二共和制を支持していたピカソはフランコ政権が発足した一九三九年からその死の一九七五年十一月二十日まで公式には一度もスペインの地に足を踏み入れなかった。村上春樹はフランコ側の人間によって暗殺されたガルシア・ロルカの死を悼《いた》み、『海辺のカフカ』において、登場人物の図書館員、大島さんと主人公カフカ少年にスペイン第二共和制を支持する〈国際旅団〉に属する義勇兵としてスペイン内戦に参加する望みを発話させていることから、村上春樹もピカソ同様、スペイン第二共和制を支持していたと解釈することができる。

また、村上春樹は〈非闘牛士型〉の作家である。彼は闘牛を鑑賞することや、闘牛士の勇敢さに敬意を抱いていたが、ヘミングウェイのように自ら闘牛をおこなうことに興味を示さなかった。なぜなら、村上春樹は外的な要因や刺激を媒介に執筆するタイプの作家ではなく、「自分の内側から物語を紡ぎ出す作家」であるが故、闘牛をおこなう必要がなかったのである。

一方、三島は〈闘牛士型〉及び、〈ガルシア・ロルカ型〉の作家である。三島は闘牛士という仕事に心酔しており、何度も自ら紡ぎ出す作品世界内において闘牛に言及している。また、自ら闘牛に向かっていく闘牛士のごとく情熱的に三島は、一九七〇年十一月二十五日に切腹を敢行したのである。三島はロルカのことを崇拝し、ロルカ文学を心の底から愛していた。ロルカ同様、三島は闘牛に心酔し、自ら綴る作品世界内に闘牛の諸要素を取り入れていったのである。また、三島作品はロルカ作品と多くの類似点を有している。事実、三島の創作した『サド侯爵夫人』（一九六五）はロルカ最晩年の劇作品『ベルナルダ・アルバの家』（一九三六）と相似している。両作品は男性登場人物が一度たりとも舞台に現れない〈女たちのドラマ〉なのである(63)。

村上春樹とは対照的に、三島は老いて長生きすることを嫌悪し、四十五歳の若さでその生涯に自ら終止符を打った。ロルカは三十八歳という若さで亡くなった〈夭折の作家〉であった。奥野健男が『三島由紀夫伝説』（一九九三）の中で、「三島はたえず死を空想していた。夭折という宿命を負っている天才として(64)」と指摘しているように、三島は神から召されたように夭折することを希求していた。だが、三島は自らの望みに反して、どんどん歳を取っていった。そこで、三島は自らを〈夭折の宿命を負っている作家〉として自己演出するため、あたかも獰猛な黒い牡牛に立ち向かう〈闘牛士〉のごとく一九七〇年十一月二十五日に自決し、ロルカ同様、〈二十世紀の詩的な伝説〉へと変貌を遂げたのである(65)。このように、村上春樹と三島由紀夫は各々スペイン文化に陶酔し、自ら紡ぎ出す作品世界内においてスペインに対する憧憬の念を見事に結晶化させたのである。

最終章

死者に祈りを捧げる文学

ここまで村上春樹とスペインの関係に焦点をあてて、論考を展開させてきた。最終章では、村上春樹がなぜスペインに惹かれ続けているのかを解き明かしながら、春樹文学とスペイン文化の共通点を明らかにしていく。具体的に、村上春樹の原風景である関西、阪神間の風景、とくに芦屋と神戸の風景とスペイン第二の都市、バルセロナのそれとの類似点に注目する。続けて、村上春樹が身をおいている発話環境である日本語、英語、スペイン語という言語の三角形の磁場について論述する。また、村上春樹とスペイン文化が共通して有する自然に対する共感覚に言及する。そして最終的に、ガルシア・ロルカの死に留意しながら、村上春樹とスペイン文化の死者に対する心的態度に着目し、両者の共通点を導き出す。

1　海岸線の街――芦屋と神戸そしてバルセロナ

第一章で詳述したように、村上春樹はバルセロナとサンティアゴ・デ・コンポステーラという「湿潤イベリア」に属するスペイン二大都市を愛した。とくに、村上春樹は二度にわたってバルセロナを訪問し、少なくとも自作において四度この地中海都市に言及している。そこで、村上春樹がバルセロナを偏愛する理由を解明していくことにする。周知のとおり、村上春樹は幼少期から高校卒業までを関西の阪神間で過ごした。村上少年は夙川《しゅくがわ》に住み、後に芦屋の打出浜《うちではま》に移り住んで、神戸の六甲に位置する兵庫県立神戸高校で学んだのである。つまり、村上春樹の原風景は芦屋と神戸の海岸線だと特定することができる(1)。村上春樹による海岸線の都市に対する愛着の念は今も変わっていない。なぜなら、村上春樹は二〇一七年現在、神奈川県の海岸線沿いに居住し、定期的にハワイでも生活しているからである。これらの事実を考慮すれば、なぜ村上春樹がバルセロナを深く愛しているのかが見えてくる。それは、バルセロナという都市が彼の幼少期の原風景である芦屋や神戸と同様、潮風の香る海岸線の街だからである。また、神戸市は村上春樹の愛するスペイン都市、バルセロナ市と姉妹都市提携を一九九四年から結んでおり、二〇一四年一月には、姉妹都市提携二十周年を記念して、神戸市副市長がバルセロナ市副市長を表敬訪問するなど、姉妹都市交流が続けられている(2)(図13参照)。村上春樹は自伝的要素の強い処女作『風の歌を聴け』において、自らの原風景である芦屋の風景を俯瞰的に描写している。

> 街について話す。僕が生まれ、育ち、そして初めて女の子と寝た街である。
> 前は海、後ろは山、隣には巨大な港街がある。ほんの小さな街だ。港からの帰り、国道を車で飛ばす時には煙草を吸わないことにしている。マッチをすり終るころには車はもう街を通りすぎているからだ(3)。

(図13) 神戸三宮センター街一丁目に設置された神戸とバルセロナの姉妹都市提携を証明するプレート／撮影　筆者 (2016年５月)

(図14) 芦屋川沿いに海まで続く遊歩道／撮影　筆者 (2016年５月)

また、村上春樹は同小説において、芦屋の街を次のように活写している。

（図15）村上春樹の愛した芦屋浜の海岸線／撮影　筆者（2016年５月）

（図16）バルセロナ：コロンブスの塔を越えれば地中海へと辿り着く／撮影　筆者（2016年２月）

僕は街の中をゆっくりと車で回ってみた。海から山に向かって伸びた惨めなほど細長い街だ。川とテニス・コート、ゴルフ・コース、ずらりと並んだ広い屋敷、壁そして壁、幾つかの小綺麗なレストラン、ブティック、古い図書館、月見草の繁った野原、猿の檻のある公園、街はいつも同じだった(4)。

村上春樹の原風景である芦屋という街は山から海に向かって細長く伸びた潮風の香る海岸線の街である。村上春樹が愛するスペイン・カタルーニャ地方の中心都市、バルセロナも後ろに丘、前に地中海を擁する海岸線の都市である。だからこそ直木賞作家、逢坂剛は『逢坂剛のスペイン讃歌』の中で同地中海都市のことを「バルセロナはモンジュイックとティビダボという二つの丘に囲まれ、地中海の陽光を集めた光り輝く町(5)」と叙述しているのである。また、村上春樹の故郷である芦屋は山から海まで芦屋川沿いに一本の細長い遊歩道を擁している（図14参照）。この遊歩道は阪急芦屋川駅とJR芦屋駅と隣のJR甲南山手駅を結ぶ線路と垂直に交差している。この道に沿って進んで行けば、十字架の尖塔を擁する芦屋カトリック教会を通過し、村上春樹が『風の歌を聴け』で素描しているテニス・コートのそばを通って海へと到着することになる（図15参照）。村上春樹は『羊をめぐる冒険』において、川沿いに海まで続く芦屋の遊歩道を以下のように描写している。

僕は川に沿って河口まで歩き、最後に残された五十メートルの砂浜に腰を下ろし、二時間泣いた(6)。

また、村上春樹は短編集『カンガルー日和』(一九八三)の一部を形成し、物語の舞台が芦屋に設定されている短編「五月の海岸線」においても、主人公「僕」の語りを通して、川沿いに海まで到達する芦屋の遊歩道を次のように描写している。

僕は浅い川筋を辿り、やっと見えてきた波打ち際へと向う。波の音、塩の匂い、海鳥、沖合に碇《いかり》をおろした貨物船の影……、両脇を埋め立て地にはさみこまれた海岸線がそこに小さく息づいていた(7)。

芦屋と同様、バルセロナもすばらしい遊歩道を備えている。バルセロナの中心に位置するカタルーニャ広場を起点とするランブラス通りと呼ばれる遊歩道は海まで続いている。ランブラス通りはバルセロナのランドマークであるコロンブスの塔を擁しており、コロンブスの塔を越えれば、地中海へと辿りつくのである(図16参照)。バルセロナ出身の作家、カルロス・ルイス・サフォン(一九六四―)はバルセロナを舞台にした小説『風の影』(二〇〇一)において、主人公「ぼく」の発話を介してコロンブスの塔から海まで続く情景描写を以下のように綴っている。

ぼくは、通りから通りへと一時間以上もぶらぶら歩きつづけて、コロンブスの塔のふもとにたどりついた。塔のまえを横切って港まで行き、遊覧船《ゴロンドリナス》の乗り場のそばにある石段に腰をおろした(8)。

（図17）バルセロナ：歩行者たちを海へと誘う遊歩道／撮影筆者（2016年２月）

また、ルイス・サフォンは『風の影』の続編である『天使のゲーム』（二〇〇八）の作品世界内において「ぼく」と名乗る主人公の作家、ダビッド・マルティンと「センペーレと息子書店」の息子センペーレがランブラス通りを下りながら海へと歩いていく様子を次のように記述している。

日が暮れなずむころ、センペーレとぼくは、人込みのランブラス通りを海のほうに歩きだした。暑く湿気の多い午後とあって、通りは、そぞろ歩きをする人であふれている。そよ風の気配が、ほんのかすかに感じられ、建物はどこもバルコニーや窓をあけっ放し、顔をのぞかせる住民たちが、道行く人波のシルエットをながめおろし、天空は琥珀色に燃えていた(9)。

引用した物語の登場人物たちと同様、村上春樹も、バルセロナを訪問した際には、ランブラス通りを通って海へと歩いていったのである。

村上春樹が幼少期を過ごした街、芦屋川沿いの遊歩道が歩行者を海へと誘っていくのと同様に、バルセロナのランブラス通りを中心とする街路も観光客や歩行者を海へと導いていく。ルイス・サフォンと同様、バルセロナ出身の作家、エドゥアルド・メンドサ（一九四三―）はバルセロナを舞台に物語が進展する小説『奇蹟の都市』（一九八六）において、バルセロナの街路が歩行者を海へと導いていく様子を以下のように叙述している（図17参照）。

バルセロナは昔も今も変わることなく、港町だった。海によって養われ、その努力の産みだしたものを海に捧げていた。バルセロナの街路は歩行者の足をおのずと海へと導き、海を通じて他の世界とつながっていた(10)。

また、村上春樹の原風景である芦屋という街は城山や会下山《えげのやま》から吹き下りてくる山風と芦屋浜の海岸線沿いに吹き上がってくる潮風が交差する〈風の街〉である。そして、村上春樹が高校時代を過ごした神戸にも同様のことが言える。なぜなら神戸は、六甲山系から吹き下りてくる〈六甲おろし〉と呼ばれる下降気流と神戸の海岸線沿いに上昇してくる潮風が交差する〈風の街〉だからである。また、風見鶏が神戸のシンボルであることも、この海岸線に位置する国際都市が〈風の街〉であることを端的に表している。村上春樹が愛するバルセロナの街における風の生成過程についても前述した日本の二都市と同様のことが言える。ピレネー山脈からカタルーニャ地方に吹き下りてくる自然の風が「ラ・モレネータ」と呼ばれる黒い聖母像を抱くマリア信仰の山、モンセラーまで吹き下り、「のこぎりの山」を意味するモンセラーの山で生成された霊験あらたかな山風が海岸沿いに吹き上がってくる潮風と、バルセロナの街において交差するのである(11)。言うなれば、芦屋と同様、バルセロナは〈風の街〉である。だからこそ、ルイス・サフォンはバルセロナという街そのものが主人公とも言える都市小説の題名を『風の影』と名付けたのである。また、村上春樹や吉本ばなな同様、スペインを含む海外でも多くの作品が翻訳され、世界中の人々に読まれている日本人小説家、村上龍（一九五二—）は女性主人公がバルセロナと地中海に浮かぶ島、イビサにたどり着く小説『イビサ』（一九九五）においで、バルセロナを以下のように描写している(12)。

バルセロナは気持ちのいい風の吹く街だった(13)。

村上龍が指摘しているように、バルセロナはモンセラーから吹き下りてくる山風と地中海沿いに上ってくる潮風が出会う「いい風の吹く」〈風の街〉なのである。

また、文学体験と風の関係性の観点から村上春樹による地中海都市、バルセロナに対する偏愛ぶりを概観してみれば、もう一つ別の重要な事実が浮かび上がってくる。それは村上春樹が〈風の作家〉であるが故に、〈風の街〉バルセロナを愛しているという事実である。村上春樹は『風の歌を聴け』において、風の情景を以下のように叙述している。

大気が微かに揺れ、風が笑った(14)。

また、村上春樹は『東京奇譚集』の一角を成す短編「日々移動する腎臓のかたちをした石」の中で、高層ビル専門の窓掃除会社を経営し、自身も高層ビル専門の綱渡りパフォーマーである女性登場人物、キリエの発話を介して、風の本質を以下のように説明している。

風は意思を持っている。私たちはふだんそんなことに気がつかないで生きている。でもあるとき、私たちはそのことに気づかされる。風はひとつのおもわくを持ってあなたを包み、あなたを揺さぶっている。風はあなたの内側にあるすべてを承知している(15)。

続けて、同短編において村上春樹は生をめぐる風と人間の相互浸透性に関して、キリエの発話を媒介にして次のように論じている。

高い場所に出ると、そこにいるのはただ私と風だけです。ほかには何もありません。風が私を包み、私を揺さぶります。風が私というものを理解します。同時に、私は風を理解します。そして私たちはお互いを受け入れ、ともに生きていくことに決めるのです(16)。

以上二作品における言説から、村上春樹が風を理解し、風と一体となって生きる〈風の作家〉であることがわかる。論点を文学体験と風の関係性に戻すことにする。

スペイン文学者、清水憲男は『ドン・キホーテの世紀』(復刻版二〇一〇)において、スペイン文化における文学体験と風の関係性を以下のように記している。「私は夏のピレネー山脈が好きだ。とりわけ谷間を吹き抜ける風に心ゆくまで身をさらすのが好きだ。その風はビルなどの人造物に触れることなく文字通り自然のまま、疲れ身を癒してくれる。風は間違いなく吹いているのに、カメラでもビデオでも捕らえることができない。草木の揺れや吹かれることで立つ音をもってしか、風の実在を他者に証拠だてることができない。こうした風に身を任せながら、私は文学体験と風とを二重写しにして考えることを繰り返してきた。文学で表現された時空間は、それを直接体験した者にしか伝わらない。作品の概要を説明するのは、草木にたなびく様子を平板な写真に収めて風の存在を他者に伝えるのに似る。捕獲するための網や笊を風は事も無げにすり抜け、通常論理では対応が困難な感性、感情、感覚、自己矛盾をはらむ人間の心情に揺さぶりをかける(17)。」

清水が指摘する「文学体験と風とを二重写しにして考える」行為を、〈風の作家〉である村上春樹は実践している。村上春樹は聴覚的視座及び嗅覚的視座から「文学体験と風とを二重写しにして考える」行為を実践しているのである。村上春樹は聴覚的視座に立脚しながら、『風の歌を聴け』における鼠の発話を媒介にして次のように「文学体験と風とを二重写し」にする行為を洞察している。

俺は黙って古墳を眺め、水面を渡る風に耳を澄ませた(18)。

引用した言説を読めば明らかなように、清水の言う「カメラでもビデオでも捕らえることができない」風を、村上春樹は聴覚的に捉えることに成功している。また、村上春樹は、「文学体験と風とを二重写し」にしながら、嗅覚的知見に準拠して風の実在を捉える営為も実践している。村上春樹は嗅覚的視座に基づいて、短編「めくらやなぎと眠る女」(一九八三)の書き出しを、風の様相に着目しながら以下のように記述している。

背筋をまっすぐのばして目を閉じると、風のにおいがした(19)。

引用した記述において、村上春樹は風に内包される嗅覚的要素を感得しながら、壮麗な書き出しを構築している。別言すれば、村上春樹は捕獲するための網や笊をすり抜けていく風の実在を、嗅覚的感覚を駆使して見事に捉えているのである。また、村上春樹は『走ることについて語るときに僕の語ること』(二〇〇七)におけるハワイ州カウアイ島滞在時の二〇〇五年八月五日に記した言説を通じて、「文学体験と風とを二重写しにして考える」行為を以下のように展開させている。

人生について考えると、ときどき自分が浜に打ち上げられた一本の流木に過ぎないような気がしてくる。灯台の方向から吹いてくる貿易風が、ユーカリの樹を頭上でさわさわと揺らせる(20)。

引用した言説に留意すれば、村上春樹は二度にわたるバルセロナ訪問においても、「文学体験と風とを二重写しにして考える」行為を実践したのだと推察できる。二度にわたってバルセロナの〈風の歌〉を聴いた村上春樹は「文学体験と風とを二重写し」にする体験を、『色彩を持たない多崎つくると、彼の巡礼の年』の結末部分で以下のように結実させている。

　彼は心を静め、目を閉じて眠りについた。意識の最後尾の明かりが、遠ざかっていく最終の特急列車のように、徐々にスピードを増しながら小さくなり、夜の奥に吸い込まれて消えた。あとには白樺の木立を抜ける風の音だけが残った(21)。（傍点—引用者）

同小説結末部分の「木立を抜ける風の音だけが残った」という言説に、村上春樹による〈風の街〉バルセロナにおける聴覚的体験が間接的に反映されていると推定できる。なぜなら、村上春樹はバルセロナにおいてヤシの木を通り抜けて下降してくる山風と地中海から上昇してくる潮風の音を確実に耳にしているからである。以上見たように、村上春樹がバルセロナにおいて二度「風の音」を耳にした聴覚的体験は、その後の彼の創作行為に間接的に影響を与えている。

　ここまで進めてきた考察から明らかなように、村上春樹がスペイン諸都市の中でとくにバルセロナを愛したのは、自らの幼少期における原風景すなわち、芦屋の海岸線と神戸の海岸線そしてバルセロナの海岸線が近似しており、三つの街が同じように山風と潮風の交差する〈風の街〉だからである。村上春樹が愛する三つの〈風の街〉、芦屋の海岸線と神戸の海岸線そしてバルセロナの海岸線は、潮風と海の匂いそして寄せてはかえす波の音を通して繋がっており、バルセロナを二度にわたって訪問した際、彼はバルセロナの山風と潮風が奏《かな》でる〈風の歌〉に耳を澄ませたのである。

2　言語の三角形という磁場

村上春樹は元来、多言語発話環境に身をおきながら、文筆活動に従事している作家である。関西から東京に移り住み、英語と日本語を駆使しながら文筆活動を続けている村上春樹は自らが身を置く発話環境を「複数言語による思考の分割」と呼び、雑誌『考える人』（第三三号、二〇一〇年夏号）に掲載された「村上春樹ロングインタビュー」（二〇一〇年五月十一日・十二日・十三日）の二日目にあたる十二日に以下のように述べている。

もし東京に出てこないで、そのまま関西に残って関西弁を使ってずっと生活していたら、頭の中でもやはり関西弁でものを考えるわけで、そうすると僕にとっての小説はうまく書けなかったんじゃないかな。つまり複数言語による思考の分割がなかったらということですね(22)。

続けて、村上春樹は同インタビューの中で、「複数言語による思考の分割」を詳しく説明している。

関西弁から東京の言葉、東京の言葉から英語という、三段階のステップを踏んで、その重層化された言語環境があったから、自分なりの文章をこしらえていけたということもあるように思います(23)。

また、第二章で論じたように、村上春樹は日常言語として使用している日本語と英語に加えて、スペイン語を熱心に学習し、一九九二年にメキシコ旅行を敢行し、二〇〇九年と二〇一一年に二度にわたってスペインを訪問している。つまり、村上春樹は以前親しんでいた関西弁、東京の言葉そして英語という発話環境における三段階のステップを、日本語、英語、スペイン語という発話環境における三段階のステップへと移行させたことが露見する。別言すれば、村上春樹は言語の三角形という磁場に身を置きながら世界的な作家として執筆活動に勤しみ続けているのである。一九九四年にノーベル文学賞を受賞した大江健三郎（一九三五—）は言語の三角形という発話環境の中に生きながら、執筆活動を展開することの有効性を『私という小説家の作り方』（一九九八）において以下のように力説している。

ところが私にとっては、フランス語を読む——英語を読む——ということは、さきにいったとおり、もう一方に日本語での表現を対置してみる、ということにこそ意味があるのだった。私には、フランス語のテキスト——あるいは英語の——と日本語のそれ、そして自分（の言語）という三角形の場に生きていることが、もっとも充実した、知的また感情的な経験なのだった。
私の文学生活には翻訳を出版することはついになかったけれど、それでも、この三角形の磁場にいて、三方向から力の作用する言語活動に生きることが、小説家としての出発を準備したと思う。さらにそれよりなお根本的に、私にはこの三角形の場が必要なのだった(24)。

村上春樹は日々の創作活動と並行させて、英語の小説を日本語に訳出する仕事もおこなっている。この点に関して、村上春樹は「翻訳することと、翻訳されること」（一九九六）と題したエッセイの中で以下のように言及している。

僕はこれまで僕なりに母国語たる日本語を頭のなかでいったん疑似外国語化して——つまり自己意識内における言語の生来的日常性を回避して——文章を構築し、それを使って小説を書こうと努めてきたとも言えるのではないかと思います。思い返してみると、最初から一貫してそういうことをしてきたような気がする。そういう面では、僕の創作作業は翻訳作業と密接に呼応している――というかむしろ表裏一体と言ってもいいような部分があるかもしれません。僕自身、翻訳の仕事（英語→日本語）を結構長くやっているので、翻訳というものがどれほど大変な作業であり、またどれほど楽しい作業であるかということが、それなりにわかっています(25)。

このように、村上春樹は英語と日本語を対置させながら二言語併用の発話環境に身を置いて生活している。同時に、大江健三郎が英語、フランス語、日本語という言語の三角形の磁場に生きているように、村上春樹は時折、スペイン語学習をおこなうことによって、英語、スペイン語、日本語という言語の三角形の磁場を生きながら、創作活動を展開させている。

3　自然と共鳴する詩的宇宙

日本文化とスペイン文化、とくにスペイン南部のアンダルシア文化は共通して自然との共感覚を本質的に備えている。中村元は『比較思想論』（一九六〇）において「東洋人は自然に随順し、自然と人間との一体化を実現しようとするが、これに対して西洋人は自然を克服しようとするといわれる(26)」と指摘している。中村が指摘しているように、西洋人とは異なり、日本人は自然に随順し、自然との一体化を図ってきた。一方、西洋人の一端を成すスペイン人は確かに、科学的視点を包含し、自然を克服しようとする傾向も有している。例えば、首都マドリードから北西百八キロの地点に位置する都市、アビラは都市のまわりを城壁で囲んだ典型的なヨーロッパの城壁都市であり、城壁という自然を克服するための人間の英知が結集した構造を有する街である。だが、こういった例が存在していても、ヨーロッパの国々の中でもっともアフリカに近く、温暖な気候で、ラテン気質を備えるスペイン人たちが自然に共感し、共生する感覚を有していることは否定できない。とくに、灼熱の太陽が大地を照らすアンダルシア地方のスペイン人たちは自然との共感覚を本質的に備えている。この傾向は、アンダルシア出身の詩人の詩作に垣間見られる。とくに、村上春樹も『海辺のカフカ』で言及した、ガルシア・ロルカの詩作品とフアン・ラモン・ヒメネス（一八八一―一九五八）の詩作品は自然との共感覚に満ち溢れた詩的宇宙である。そこで、ロルカとヒメネスの詩作品に看取される自然との共感覚を考察した後、春樹作品に見受けられる同感覚に着目する。

ロルカ評伝の作者であるイアン・ギブソンはロルカの詩的言語が自然に内在する集合的な意識と密接に関連して創生されることを次のように述べている。「ロルカは大地から湧き出るあらゆる言語的活力を受け継いで、きわめて奔放なかたちでそれを表現した。人は実際その土地の住民が話しているのを聞き、彼らのイメージの色彩豊かな用法を観察してみれば、非常に独創的と思えるロルカの演劇や詩の隠喩的言語といえども、木、馬、山、月、太陽、川、花、人間といったすべてのものが、密接に関連し相互に依存し合っている自然に対する昔からの集合的な意識に根差したものであることがよくわかる(27)。」

大地から湧き出る言語的活力を用いて詩作をおこなうロルカの創作姿勢は幼少期に培《つちか》われたものである。詩人は一九三四年三月十日にホセ・R・ルナとの間に行われたインタビューにおいて『血の婚礼』に言及しながら、自らの創作姿勢が幼少期に培われたものであることを以下のように吐露している。

私は大地を愛しています。私は自分の全ての感情が大地と結びついているのを感じます。私の最も古い子供時代の記憶は大地の香りがします。大地と野原は私の人生にとって偉大なものでした。地面の虫、動物そして田舎の人々はごく僅かな者にしか摑めないような魅力を持っています。私は今も幼少期と同じ心でそういったことを感じ取るのです。そうでなければ、私は『血の婚礼』を書くことはできなかったでしょう。（中略）私の初期の情緒的な体験は大地とその営みに結びついているのです(28)。

ロルカは『歌集《カンシオネス》』（一九二一―一九二四）に収められている詩篇「ヴェルレーヌ」において、次のように自然との交感を巧みに表現している。

すいかずらの葉の上に
一匹の蛍がとまり、
月は一筋の光を投げかけ、
水面を射していた(29)。

同様に、ロルカは詩集『最初の歌』（一九三六）に収められている「半月」と題した詩において蛙の存在を媒介にして自然との共感覚を見事に現出させている。

月が水の辺りを行く。
静かな空はどんな様子ですか？
川の老いた震えを
月がゆっくりと刈り取って行く
一匹の若い蛙が月を小さな鏡とみなしている間に(30)。

引用した詩作品二篇において、ロルカは自然との共感覚とその息遣いを紡ぎ出すだけでなく、人間を含んだ生き物と宇宙とが共鳴する様を見事に活写している。また、一九五六年にノーベル文学賞を受賞し、ロルカと同様、アンダルシア出身でロルカとも親交のあった詩人、ファン・ラモン・ヒメネスも自然との共感覚を大切にし、宇宙の鼓動を詩作を通して表現した。ヒメネスも太陽、月、雲、木々、山、谷、光、枯葉、コオロギ、風などをモチーフにして、内的な詩的ビジョンを結晶化させた。ヒメネスは詩集『牧人』（一九〇三—一九〇五）に収められている詩篇「哀しげな空につつまれて」において、宇宙がまわりゆくなか、夜空に降り注ぐ星とコオロギが共鳴する様を以下のように綴っている。

哀しげな空に包まれて
野原は眠りにつく
コオロギと星の奏でる
音楽にふるえながら。

はるか彼方で、地平線はめぐり、
小道は遠のき、谷は揺らぎ
丘は走り去っていく……
あたりは新月の
甘い明るさに包まれながら……(31)

ヒメネスは世界中の子供たちに読み継がれている傑作散文詩『プラテーロとわたし』（一九一四）の断章「夜想

曲」においても、青春期を一緒に過ごしたロバ、プラテーロと共に自らの内的な宇宙の流れに耳を澄ませながら、自然そのものが月やそよ風と共にめぐりゆく情景を以下のように描写している。

私は、月と、リラと、そよ風と影がつくり出すうすあかり、空色と金色にゆれ動くかぐわしいうすあかりの中で、かけがえのない私の心の奥底に耳を傾けている……

しっとりと、そしておだやかに、地球はまわる……(32)

村上春樹も自然との共感覚を繊細な筆致で描き出す作家である。『風の歌を聴け』において、村上春樹は自然との共感覚とその鼓動を登場人物のひとりである鼠の発話を媒介にして、以下のように記している。

俺は黙って古墳を眺め、水面を渡る風に耳を澄ませた。その時に俺が感じた気持ちはね、とても言葉じゃ言えない。いや、気持ちなんてものじゃないね。まるですっぽりと包みこまれちまうような感覚さ。つまりね、蟬や蛙や蜘蛛や風、みんなが一体になって宇宙を流れていくんだ。

鼠はそう言うと、もう泡の抜けてしまったコーラの最後の一口を飲んだ。

「文章を書くたびにね、俺はその夏の午後と木の生い繁った古墳を思い出すんだ。そしてこう思う。蟬や蛙や蜘蛛や、そして夏草や風のために何かが書けたらどんなに素敵だろうってね(33)。」

引用した発話において、村上春樹は蟬、蛙、蜘蛛といった小動物と風が一体となって宇宙と共鳴している様を詩的に綴っている。さらに、村上春樹は連作小説集『神の子どもたちはみな踊る』（一九九九）の中核を成す短編「神の子どもたちはみな踊る」において、主人公善也の存在を通して人間が宇宙と共鳴する光景を以下のように記述している。

音楽に合わせて無心に身体を動かしていると、自分の身体の中にある自然な律動が、世界の基本的な律動と連帯し呼応しているのだというたしかな実感があった。潮の満干や、野原を舞う風や、星の運行や、そういうものは決して自分と無縁のところでおこなわれているわけではないのだ、善也はそう思った(34)。

引用した言説において、村上春樹は潮の満干や、野原を舞う風や、星の運行が人間と一体となって流動していく様子を見事に叙述している。ここまで論じてきたことから明らかなように、春樹文学とスペイン文化は共通して、自然との共感覚を本質的に備えた詩的宇宙として成り立っているのである。

4　死者に祈りを捧げる文学

春樹文学とスペイン文化は両者ともに、死を生の一部と捉えながら、死者に祈りを捧げる精神的姿勢を備えている。つまり、両者は他の欧米諸国の文化と異なり、死を全ての終わりと捉えるのではなく、新たな始まりと見做しているのである。この点に関して、ガルシア・ロルカは「ドゥエンデの理論とからくり」(一九三〇)と題した講演の中で以下のように説いている。

あらゆる国において、死は終わりを意味しています。死が訪れれば、幕が下ります。ですが、スペインでは違います。スペインでは幕が開くのです。(中略)スペインは死のもつ究極的で真の価値を、あらゆるものの中で一番重要だと見做している国なのです(35)。

同様に、ロルカは第一場しか現存していない前衛劇『無題劇』の中の登場人物の一人である、観客一の発話を通して以下のように述べている。

あなたは死を好む国、スペインにいることを感謝しなくてはなりませんよ(36)。

引用したロルカの言説から、スペインは死を生の一部と捉える、死に対して開かれた国であることが露見する。春樹文学も死に対して開かれた世界観を提起している。生と死の関係性について、村上春樹は『ノルウェイの森』の主人公ワタナベトオルによる発話を媒介にして以下のように明記している。

死は生の対極としてではなく、その一部として存在している。

言葉にしてしまうと平凡だが、そのときの僕はそれを言葉としてではなく、ひとつの空気のかたまりとして身のうちに感じたのだ。文鎮の中にも、ビリヤード台の上に並んだ赤と白の四個のボールの中にも死は存在していた。そして我々はそれをまるで細かいちりみたいに肺の中に吸い込みながら生きているのだ。(中略)死は生の対極存在なんかではない。死は僕という存在の中に本来的に既に含まれているのだし、その事実はどれだけ努力しても忘れ去ることのできるものではないのだ。あの十七歳の五月の夜にキズキを捉えた死は、そのとき同時に僕を捉えてもいたからだ。(中略)しかしどう考えてみたところで死は深刻な事実だった。僕はそんな息苦しい背反性の中で、限りのない堂々めぐりをつづけていた。それは今にして思えばたしかに奇妙な日々だった。生のまっただ中で、何もかもが死を中心に回転していたのだ(37)。

引用した言説から明らかなように、春樹文学において死は終わりでなく、ひとつの始まりである。『ノルウェイの森』はある意味で、主人公の親友、キズキの死を起点として進展する物語であり、キズキとキズキの恋人でワタナベトオルとも恋仲になる直子の死という、二つの死を中心に旋回する崇高な物語なのである。

また、第三章で論じたように、村上春樹はガルシア・ロルカの死を悼み、『海辺のカフカ』の中で二度、ロルカの死に言及している。ガルシア・ロルカの死はスペイン文化に深い影を落とした重大な出来事であり、ロルカの死を語ることなく、二十世紀以降のスペイン文化と死の関係性を語ることはできない(38)。ロルカ及びヒメネス同様、二十世紀スペイン文学における最良の詩人の一人である、アントニオ・マチャード（一八七五—一九三九）はロルカの死を悼んで、「犯罪はグラナダであった　フェデリコ・ガルシア・ロルカへ」（一九三七）と題した三章から成る詩を綴っている。マチャードはロルカの死を悼みながら、同詩において以下のように歌っている。

彼が歩いていく姿が見えた……
友よ、石と夢でもって
アルハンブラに、
水がすすり泣く泉のうえに、
詩人に捧げる墓碑を刻みつけよ、
そして語らせるのだ　永遠に——
「犯罪はグラナダであった、フェデリコのグラナダで！」と(39)。

この詩を一読すれば、ロルカの死に祈りを捧げるマチャードの姿と『海辺のカフカ』においてロルカの死に哀悼の意を表する村上春樹の姿とが二重写しのように折り重なって共鳴する様を我々読者は感得することになる。換言すれば、村上春樹はロルカの死に祈りを捧げているのである。

スペイン文学は生者と死者を安らかに結び合わせる文学でもある。スペイン北西部に位置する都市、バリャドリード県出身の小説家、ミゲル・デリーベス（一九二〇―二〇一〇）の処女作で日本の芥川賞に相当するスペインのナダル賞を受賞した小説『糸杉の影は長い』（一九四八）において、船乗りの主人公ペドロはアメリカ人妻ジェーンを交通事故で亡くした後、故郷のアビラに帰郷し、間接的に自分が原因で死亡した親友、アルフレッドの墓を訪れる。デリーベスはこの場面を次のように叙述している。

二つに並んだ死者の列を見つめていると、果てしない安らぎが波のように押し寄せてくる気がした。味気ない苦悩の積み荷を入り口でおろしてきた感じだった。「俺の場所はここだ」とひとりごちた。「生ける者と死者との取り持ち役だ」アルフレッドの墓へ近づくにつれて血が騒いだ。墓石は雪に消えていたが、私たちの名前は――アルフレッドとペドロ――松の黒い樹皮に黄色く見えた。樹液の震えを感じ取りたい思いに駆られて、近寄って両手で幹に触れてみた。昔の歳月と友情を育んだ頃の密やかな感覚が心に蘇ってくるままにしばらく呆然とそうしていた。それから、ゾロアスターの警句を刻んだジェーンの指輪をほとんど無意識のうちにポケットから取り出し、友人の墓へ近づいた。墓石の隙間から指輪を中へ落とした。奥の敷石にあたった指輪がチャリンと音を立てるのを聞いて得も言われぬ感覚に襲われた。今や私の気持ちが結ばれ繋がったのだ。私の精神に活力を与えてきたふたつの流れが合流点に達したのだ(40)。

引用した現代スペイン小説の作品世界内において、主人公の存在を媒介にして生者と死者が結び合わされる静謐な物語空間が見事に創出されている。村上春樹も、生者と死者を結び合わせる静謐な物語空間を創造している。

『風の歌を聴け』において、主人公「僕」は作品世界内にのみ存在する村上春樹が創造した架空のアメリカ人小説家デレク・ハートフィールドの墓を訪れるため、アメリカへと向かう。村上春樹は主人公がハートフィールドの墓の前で生と死の結び合わされた安らかな世界と一体化する様を以下のように綴っている。

たっぷり一時間かけて僕はハートフィールドの墓を捜し出した。まわりの草原で摘んだ埃っぽい野バラを捧げてから墓にむかって手を合わせ、腰を下ろして煙草を吸った。五月の柔らかな日ざしの下では、生も死も同じくらい安らかなように感じられた。僕は仰向けになって眼を閉じ、何時間も雲雀の唄を聴き続けた(41)。

引用した言説において、村上春樹は主人公によるハートフィールドの墓詣りという祈りの行為を介して、生者と死者の結び合わされた静寂の物語空間を結晶化させている。以上論じてきたことから明らかなように、スペイン文化同様、春樹文学は生と死、生者と死者を結び合わせる安らぎを内包した祈りの文学なのである。村上春樹は『ノルウェイの森』における主人公ワタナベの発話を媒介にして、死んだ二人の親友、キズキと直子に祈りを捧げている。

秋のはじめの、ちょうど一年前に直子を京都に訪ねたときと同じようにくっきりと光の澄んだ午後だった。雲は骨のように白く細く、空はつき抜けるように高かった。また秋が来たんだな、と僕は思った。風の匂いや、光の色や、草むらに咲いた小さな花や、ちょっとした音の響き方が、僕にその到来を知らせていた。季節が巡ってくるごとに僕と死者たちの距離はどんどん離れていく。キズキは十七のままだし、直子は二十一のままなのだ。永遠に(42)。

村上春樹は今もどこかで、故郷芦屋の海岸線やバルセロナの寄せてはかえす波のざわめく音を思い起こしながら、山風と潮風の織り成すエクリチュールを創造している。村上春樹は生と死を結び合わせる安らかな祈りの物語空間を人知れず紡ぎ続けているのである。比較文学の観点から、村上春樹とスペインとの関係性に焦点をあてて進めてきた本書における分析を整合すれば以下のように結論づけることができる。すなわち、春樹文学は生と死を安らかに結び合わせながら、死者に祈りを捧げる至高の世界文学なのである。

註

序章　スペインに想いをはせる村上春樹

（1）村上春樹『一九七三年のピンボール』講談社、二〇〇九、一四五頁。

（2）Jesús Ruiz Mantilla, "Una cena gallega con Murakami", *El País*, 14 de marzo de 2009, p. 42 ; Ana Iglesias, "La gran fiesta de las letras", *El Correo Gallego*, 13 de marzo de 2009, p. 27.

（3）Xavi Ayén, "Sueño de Haruki", *La Vanguardia*, 10 de junio de 2011, p. 36 ; Xavi Ayén, "Mi novela *1Q84* quiere descubrir todo lo que existe", *La Vanguardia*, 11 de junio de 2011, pp. 36-37.

（4）ホセア・ヒラタ「アメリカで読まれる村上春樹――「FUN」な経験」『國文學』（村上春樹――予知する文学）、一九九五年三月号、一〇〇―一〇四頁；ユルゲン・シュタルフ「ドイツの村上春樹」、前掲書、一〇四―一〇八頁；アンナ・ジェリンスカ・エリオット「ポーランドの村上春樹――出版社をめぐる冒険」、前掲書、一〇九―一一二頁；岡本太郎「村上春樹とイタリア――『トウキョウ・ブルース』と化した『ノルウェイの森』」、前掲書、一二〇―一二三頁。

（5）今井清人・他（監修）『村上春樹　作品研究事典』鼎書房、二〇〇一、二四五―二四六頁、二五〇―二五二頁、二七一―二七三頁、及び二八〇―二八一頁。

（6）菅野昭正「フランスで村上春樹はどのように読まれているか」『村上春樹の読みかた』（菅野昭正編）、平凡社、二〇一二、八―一四頁。

（7）コリーヌ・アトラン「地方性から普遍性へ／普遍性から地方性へ　村上春樹の二面性」『世界文学としての村上春樹』（柴田勝二・加藤雄二編）、東京外国語大学出版会、二〇一五、五七―七九頁。

（8）千石英世「村上春樹とアメリカ――レイモンド・カーヴァーをとおして」『ユリイカ』（総特集　村上春樹の世界）、臨時増刊号、第二十一巻第八号、一九八九、一〇三―一一七頁。

（9）吉田春生『村上春樹とアメリカ』彩流社、二〇〇一；吉岡栄一『村上春樹とイギリス』彩流社、二〇一三。

（10）柴田勝二・都甲幸治・柳原孝敦・橋本雄一・加藤雄二（司会）「座談会　世界のなかで村上春樹を読む」『世界文学としての村上春樹』、前掲書、一七一―一七五頁。

（11）柳原孝敦「羊男は豚のしっぽの夢を見るか？」『世界文学としての村上春樹』、前掲書、一二五―一四二頁。
（12）久野量一「メキシコ若手作家の戦略と村上春樹」『世界文学としての村上春樹』、前掲書、二三六―二四〇頁。
（13）森直香「スペインにおける村上春樹の受容に関する予備的考察――『ノルウェイの森』を中心に」『国際関係・比較文化研究』、静岡県立大学、第十一号、二〇一二、一〇九―一二七頁。
（14）同上書、一二五頁。
（15）小阪知弘「春樹文学におけるスペイン語とスペイン文化の呪術的機能」『関西外国語大学研究論集』、第一〇〇号、二〇一四、七九―九六頁。
（16）坂東省次・椎名浩『日本とスペイン　文化交流の歴史　南蛮・キリシタン時代から現代まで』原書房、二〇一五、三一九―三三〇頁。春樹文学がスペインにおいて人気を博すようになった理由に関しては以下の研究も参照のこと。森直香「スペインにおける村上春樹の受容に関する予備的考察――『ノルウェイの森』を中心に」、前掲書、一一五―一二五頁。
（17）Maica Rivera, "‹El boom› de la literatura japonesa: la ambigua seducción de un mundo ajeno", *Leer*, febrero de 2012, p. 16.
（18）Carlos Rubio, *El Japón de Murakami*, Madrid, Aguilar, 2012.
（19）Justo Sotelo, *Los mundos de Haruki Murakami*, Madrid, Izana editores, 2013.
（20）Benito Elias García-Valero, *La magia cuántica de Haruki Murakami*, Madrid, Editorial Verbum, 2015.

第一章　スペインへの憧れ　村上春樹によるスペイン訪問

（1）小野好恵『ジャズ最終章』（川本三郎編）、深夜叢書社、一九九八、一〇三―一〇四頁。
（2）ジェイ・ルービン『ハルキ・ムラカミと言葉の音楽』（畔柳和代訳）、新潮社、二〇〇七、三四頁。
（3）村上春樹『一九七三年のピンボール』、前掲書、一四五頁。
（4）村上春樹『羊をめぐる冒険』講談社、二〇〇九、二九七頁。
（5）村上春樹「氷男」『レキシントンの幽霊』文藝春秋、二〇〇六、一〇二頁。
（6）村上春樹「蜜蜂パイ」『神の子どもたちはみな踊る』新潮社、二〇〇七、一八九頁。
（7）村上春樹『海辺のカフカ（下）』新潮社、二〇一〇、一一七頁。
（8）同上書、一二二―一二三頁。
（9）村上春樹『少年カフカ』新潮社、二〇〇三、四二四頁。
（10）Antonio Lozano, "Haruki Murakami: O cómo salir de un pozo extraño", *Qué Leer*, núm. 137, noviembre de 2008, p. 76.

（11）Jesús Ruiz Mantilla, "Una cena gallega con Murakami", cit., p. 42 ; Ana Iglesias, "La gran fiesta de las letras", cit., p. 27.

（12）村上春樹『おおきなかぶ、むずかしいアボカド　村上ラヂオ2』マガジンハウス、二〇一一、一三六頁。

（13）ガブリエル・アルバレス・マルティネスと村上春樹の邂逅に関しては、「付録二」におけるガブリエル・アルバレス・マルティネスが答えたアンケートの設問3を参照のこと。

（14）村上春樹『おおきなかぶ、むずかしいアボカド　村上ラヂオ2』、前掲書、一三六―一三七頁。

（15）Xavi Ayén, "Murakami muestra su lado oscuro", *La Vaguardia*, 17 de marzo de 2009, p. 28.

（16）「非現実的な夢想家として」（二〇一一年六月十一日）と題された村上春樹によるスピーチは二〇一七年時点において、いまだ出版物として活字化されていないが、インターネットの動画サイトYouTubeにて、その講演内容を全て視聴することができる。詳細は以下のサイトを参照のこと。www.youtube.com/watch?v=OjMP0OxwHCg.

（17）Xavi Ayén, "Sueño de Haruki", cit., p. 36 ; Xavi Ayén, "Mi novela *1Q84* quiere descubrir todo lo que existe", cit., pp. 36-37.

（18）村上春樹『色彩を持たない多崎つくると、彼の巡礼の年』文藝春秋、二〇一三、一三六頁。

（19）同上書、二五一頁。

（20）村上春樹「シェエラザード」『女のいない男たち』文藝春秋、二〇一四、一八六頁。

第二章　春樹文学におけるスペイン語とスペイン文化の呪術的機能

（1）五木寛之「わが心のスペイン」『五木寛之全紀行（2）』東京書籍、二〇〇二、二二六―二八五頁：逢坂剛『逢坂剛のスペイン讃歌』講談社、一九九二、四―一四三頁。

（2）小阪知弘『ガルシア・ロルカと三島由紀夫　二十世紀　二つの伝説』国書刊行会、二〇一三、五〇―八五頁。

（3）J・G・フレイザー『金枝篇――呪術と宗教の研究〈第一巻：呪術と王の起源（上）〉』（神成利男訳）、国書刊行会、二〇〇四、六二頁。

（4）同上書、六二頁。

（5）同上書、六一頁。

（6）同上書、六一頁。

（7）同上書、一五四頁。

（8）同上書、一五四頁。

（9）同上書、一七一頁。

（10）Fernando Rodríguez-Izquierdo, *El haiku japonés. Historia y traducción*, Madrid, Hiperión, (4.ª ed), 2001.
（11）森直香「スペインにおける村上春樹の受容に関する予備的考察――『ノルウェイの森』を中心に」、前掲書、一一一頁。
（12）Robert Saladrigas, "El señor de las alas desplegadas", *La Vanguardia*, 15 de junio de 2001, p. 4.
（13）岡本太郎「村上春樹とイタリア――『トウキョウ・ブルース』と化した『ノルウェイの森』」、前掲書、一二一頁。
（14）村上春樹「僕の中のキャッチャー」『村上春樹　雑文集一九七九―二〇一〇』新潮社、二〇一一、一三〇頁。
（15）スペイン語に翻訳された全春樹作品に関しては、「付録一」を参照のこと。
（16）"El Cultural", *El Mundo*, 31 de enero de 2008, p. 10.
（17）Xavi Ayén, "Los libros y discos del año. Sánchez Piñol y Murakami y Cercas, destacados en el balance literario.", *La Vanguardia*, 24 de diciembre de 2005, p. 41.
（18）Ibidem, p. 41.
（19）Robert Saladrigas, "El señor de las alas desplegadas", cit., p. 4.
（20）"Rankings", *La Vanguardia*, 19 de octubre de 2011, p. 31; "Rankings", *La Vanguardia*, 2 de noviembre de 2011, p. 31.
（21）"Rankings", *La Vanguardia*, 13 de noviembre de 2013, p. 31; "Rankings", *La Vanguardia*, 4 de diciembre de 2013, p. 31.
（22）Carlos Rubio, *El Japón de Murakami*, cit., pp. 35-47.
（23）Justo Sotelo, *Los mundos de Haruki Murakami*, cit.
（24）Benito Elias García-Valero, *La magia cuántica de Haruki Murakami*, cit.
（25）ガブリエル・アルバレス・マルティネスの経歴に関しては、「付録二」を参照のこと。
（26）ホセア・ヒラタ「アメリカで読まれる村上春樹――「ＦＵＮ」な経験」、前掲書、一〇一頁。
（27）村上春樹・柴田元幸『翻訳夜話』文藝春秋、二〇一〇、一七頁。
（28）村上春樹『やがて哀しき外国語』講談社、二〇〇六、一六四頁。
（29）村上春樹「解題」『象』講談社、二〇〇八、二四一―二四二頁。
（30）村上春樹『おおきなかぶ、むずかしいアボカド　村上ラヂオ2』、前掲書、一九二頁。
（31）同上書、一六四―一六五頁。
（32）村上春樹『やがて哀しき外国語』、前掲書、一六七頁。
（33）村上春樹「メキシコ大旅行」『辺境・近境』新潮社、二〇〇九、五四頁。
（34）同上書、五五頁。

(35) 同上書、七七頁。
(36) 同上書、八二頁。
(37) 同上書、一〇六頁。
(38) 同上書、一〇五頁。
(39) 同上書、四九頁。
(40) 同上書、八一頁。
(41) 同上書、八二頁。
(42) 同上書、八九頁。
(43) 村上春樹『ノルウェイの森（下）』講談社、二〇〇八、九六頁。
(44) 福嶋教隆「スペイン語で読むJ文学名作選２『ノルウェイの森』（村上春樹）」『ＮＨＫラジオまいにちスペイン語』、二〇一五年十一月号、一一六頁。
(45) 同上書、一一六頁。
(46) 村上春樹『ノルウェイの森（下）』、前掲書、九八頁。
(47) 同上書、一〇〇頁。
(48) 村上春樹『１Ｑ８４　ＢＯＯＫ３』新潮社、二〇一〇、一四九—一五〇頁。
(49) 村上春樹『色彩を持たない多崎つくると、彼の巡礼の年』、前掲書、三五一頁。
(50) 江澤照美「ヨーロッパ共通参照枠とセルバンテス協会のカリキュラムプラン——日本のスペイン語教育への応用」*HISPÁNICA*、第五十四号、二〇一〇、二一一—二三三頁；Abel Álvarez Pereira. *Manual para el profesor de ELE en Japón*, Lugo, Editorial Axzc, 2012, pp. 49-73.
(51) 村上春樹『一九七三年のピンボール』、前掲書、一四五頁。
(52) ジェイ・ルービン『ハルキ・ムラカミと言葉の音楽』、前掲書、五八—六一頁。
(53) 村上春樹『羊をめぐる冒険』、前掲書、二九七頁。
(54) 同上書、三〇〇頁。
(55) 村上春樹『スプートニクの恋人』講談社、二〇〇九、三四頁。
(56) 同上書、三四頁。
(57) 同上書、一〇七頁。
(58) 同上書、一四五頁。

(59) 村上春樹「一九六三／一九八二年のイパネマの娘」『村上春樹全作品 1979～1989 ⑤』講談社、二〇〇一、八八頁。
(60) 村上春樹『スプートニクの恋人』、前掲書、二二三―二二四頁。
(61) 同上書、二二三頁。
(62) Haruki Murakami, *Sputnik, mi amor*, traducción del japonés de Lourdes Porta y Junichi Matsuura, Barcelona, Tusquets Editores, 2002, p. 168.
(63) 村上春樹「シェエラザード」、前掲書、一八四頁。
(64) 同上書、一八六頁。
(65) 同上書、一九〇頁。
(66) 同上書、一八八頁。
(67) 村上春樹『世界の終りとハードボイルド・ワンダーランド』新潮社、二〇一〇、五四六―五四七頁。
(68) カザルスが指揮する『ブランデンブルク協奏曲』に関しては、Pablo Casals, *The Six Brandenburg Concertos. The Four Orchestral Suites,* Sony Music Japan International Inc. SICC1212～4, 2009 を視聴されたい。
(69) 「ビギン・ザ・ビギン」に関しては、Julio Iglesias. *Nathalie. The Best of Julio Iglesias*, Sony Music Japan Inc. SICP2624, 2010 の二曲目を視聴されたい。
(70) 村上春樹『村上朝日堂』新潮社、二〇一〇、一六五頁。
(71) 同上書、一六八頁。
(72) 村上春樹『スプートニクの恋人』、前掲書、二一三頁。
(73) 村上春樹「ファミリー・アフェア」『象の消滅（一九八〇―一九九一）』新潮社、二〇一〇、二三八頁。
(74) 村上春樹「フリオ・イグレシアス」『夜のくもざる』新潮社、一九九八、二七頁。
(75) 村上春樹「トランプ」『夜のくもざる』、前掲書、四二頁。
(76) 村上春樹『村上朝日堂　スメルジャコフ対織田信長家臣団』朝日出版社、二〇〇一、一二九頁。
(77) 村上春樹『ダンス・ダンス・ダンス（下）』講談社、二〇〇九、一七頁。
(78) 村上春樹「違う響きを求めて」『村上春樹　雑文集一九七九―二〇一〇』、前掲書、三五二―三五三頁。
(79) 村上春樹『小澤征爾さんと、音楽について話をする』新潮社、二〇一一、一三〇頁。
(80) 村上春樹『村上さんのところ』新潮社、二〇一五、二〇五頁。
(81) 村上春樹『職業としての小説家』スイッチ・パブリッシング、二〇一五、一二三―一二四頁。

（82）Navarro Tomás, *Manual de pronunciación española*, Madrid, CSIC, 1991, p. 195.

（83）Ibídem, p. 195. 筆者が本書において扱う“acento”という術語は、厳密には“acento léxico”のことを指す。“acento léxico”とは通常、「語彙的に定まっている」という意味で用いられる。そして、英語の“accent”との混同を避けるためにも「アクセント」という術語を避けて「強勢」と呼ぶことにする。

（84）Ethel Wallis, “Intonational Stress Patterns of Contemporary Spanish”, *Hispania*, XXXIV, 1951, p. 143.

（85）オクタビオ・パス『弓と竪琴』（牛島信明訳）、筑摩書房、二〇〇一、八五頁；Octavio Paz, *El arco y la lira*, México, Fondo de Cultura Económica, 1994, p. 158.

（86）ジェイ・ルービン『ハルキ・ムラカミと言葉の音楽』、前掲書、一一頁。

（87）村上春樹「蜜蜂パイ」、前掲書、一八九頁。

（88）同上書、一九六頁。

（89）村上春樹『ノルウェイの森（下）』、前掲書、九六頁。

（90）村上春樹『スプートニクの恋人』、前掲書、二二三頁。

（91）村上春樹「シェエラザード」、前掲書、一八六頁。

（92）村上春樹「蜜蜂パイ」、前掲書、一八九頁。

第三章　春樹文学におけるスペイン絵画とスペイン史の諸機能

（1）村上春樹「スペインの幸せな小さな村の壁画」『‘THE SCRAP’　懐かしの一九八〇年代』文藝春秋、二〇一〇、三〇頁。

（2）同上書、三一頁。

（3）同上書、三〇―三一頁。

（4）小野好恵『ジャズ最終章』、前掲書、一〇三―一〇四頁；ジェイ・ルービン『ハルキ・ムラカミと言葉の音楽』、前掲書、三四頁。

（5）村上春樹『ダンス・ダンス・ダンス（上）』講談社、二〇〇九、三四三頁。

（6）ピエール・カバンヌ『ピカソの世紀　キュビスム誕生から変容の時代へ　一八八一―一九三七』（中村隆生訳）、西村書店、二〇〇八、六九八頁。

（7）同上書、六九八頁。

（8）村上春樹『ダンス・ダンス・ダンス（下）』、前掲書、七頁。

(9) 村上春樹『職業としての小説家』、前掲書、八七頁。
(10) 村上春樹「どこであれそれが見つかりそうな場所で」『東京奇譚集』新潮社、二〇〇五、一〇二頁。
(11) ピカソの「青の時代」に関しては、例えば、ローランド・ペンローズ『ピカソ　その生涯と作品』(高階秀爾・八重樫春樹訳)、新潮社、一九七八、七二―一〇〇頁、を参照のこと。
(12) 村上春樹「シェエラザード」、前掲書、二〇七頁。
(13) ローランド・ペンローズ『ピカソ　その生涯と作品』、前掲書、七二―三五八頁。
(14) 浦澄彬『村上春樹を歩く』彩流社、二〇〇〇、一八一―一八二頁。
(15) 村上春樹「ダリ展を見て」『神戸高校新聞』、一二三号、一九六四年十二月二十五日号、二頁。
(16) 同上書、二頁。
(17) 同上書、二頁。
(18) 同上書、二頁。
(19) 村上春樹『風の歌を聴け』講談社、二〇〇六、一五五―一五六頁。
(20) 村上春樹『海辺のカフカ(上)』新潮社、二〇〇二、二七九―二八〇頁。
(21) アンドレ・ブルトン『シュルレアリスムと絵画』(粟津紀雄他訳)、人文書院、一九九七、一八一頁。
(22) 福田和也・斎藤環・市川真人「村上春樹のゼロ年代――身体・子ども・悪をめぐって」『ユリイカ』(総特集　村上春樹――『1Q84』へ至るまで、これから…)一月臨時増刊号、第四十二巻第十五号、二〇一〇、六八頁。
(23) 村上春樹『1Q84　BOOK2』新潮社、二〇〇九、二四四頁。
(24) アンドレ・ブルトン『シュルレアリスムと絵画』、前掲書、一六五頁。
(25) 柴田勝二・都甲幸治・柳原孝敦・橋本雄一・加藤雄二(司会)「座談会　世界のなかで村上春樹を読む」『世界文学としての村上春樹』、前掲書、一七五頁。
(26) 村上春樹「蜜蜂パイ」、前掲書、一九六頁。
(27) コリーヌ・アトラン、ジェイ・ルービン、藤井省三「パネル・ディスカッション　翻訳者が語る、村上春樹の魅力とそれぞれの読まれ方」『世界は村上春樹をどう読むか』文藝春秋、二〇〇六、八〇頁。
(28) 大和田俊之「〈ゼロ年代〉のアメリカの村上春樹」『ユリイカ』(総特集　村上春樹――『1Q84』へ至るまで、これから…)、前掲書、八三頁。
(29) 村上春樹「書くことは、ちょうど目覚めながら夢見るようなもの」『夢を見るために毎朝僕は目覚めるのです　村上春樹インタビュー集 1997-2009』文藝春秋、二〇一〇、一五八頁。

(30) 村上春樹『ねじまき鳥クロニクル　第二部予言する鳥編』新潮社、二〇〇七、二四七―二四八頁。
(31) 村上春樹『サラダ好きのライオン　村上ラヂオ3』マガジンハウス、二〇一二、一五二―一五三頁。
(32) 春樹作品に看取されるスペイン内戦の記述に関しては、吉岡栄一が二〇一一年と二〇一三年に二度にわたって言及している。詳細には以下二つの研究を参照されたい。吉岡栄一「オーウェルと村上春樹――『1984』と『1Q84』をめぐって」『スペイン現代史』、第二〇号、法政大学スペイン現代史研究会、二〇一一、一二二―一二三頁：吉岡栄一『村上春樹とイギリス』、前掲書、三二―三七頁。
(33) 詳細には、以下二冊の文献を参照されたい。アントニー・ビーヴァー『スペイン内戦　一九三六―一九三九（上）』（根岸隆夫訳）、みすず書房、二〇一一：アントニー・ビーヴァー『スペイン内戦　一九三六―一九三九（下）』（根岸隆夫訳）、みすず書房、二〇一一。
(34) 村上春樹「言い出しかねて」『村上春樹　雑文集一九七九―二〇一〇』、前掲書、一七二頁。
(35) 同上書、一七三頁。
(36) 同上書、一七四頁。
(37) 同上書、一七七頁。
(38) 村上春樹「世界でいちばん気にいった三つの都市」『夢を見るために毎朝僕は目覚めるのです　村上春樹インタビュー集　1997-2009』、前掲書、一八九頁。
(39) 村上春樹『職業としての小説家』、前掲書、一二六頁。
(40) 同上書、一七八頁。
(41) 村上春樹『ダンス・ダンス・ダンス（上）』、前掲書、一〇九頁。
(42) 同上書、一二二頁。
(43) 村上春樹『海辺のカフカ（下）』新潮社、二〇一〇、一一七―一一八頁。
(44) 同上書、一二二―一二三頁。
(45) 村上春樹「氷男」、前掲書、一〇二頁。
(46) 村上春樹『色彩を持たない多崎つくると、彼の巡礼の年』、前掲書、六五頁。
(47) 斎藤環「解離の技法と歴史的外傷」『ユリイカ』（総特集　村上春樹を読む）、三月臨時増刊号、第三十二巻第四号、二〇〇〇、七一頁。
(48) 村上春樹『色彩を持たない多崎つくると、彼の巡礼の年』、前掲書、一九三頁。
(49) 亀山郁夫「神の夢、または1Q84のアナムネーシス」『村上春樹の読みかた』、前掲書、八五頁。
(50) 村上春樹『ダンス・ダンス・ダンス（下）』、前掲書、三三八頁。
(51) 村上春樹『海辺のカフカ（下）』、前掲書、四二九頁。

第四章　イサベル・コイシェの映画における春樹文学の影響——『ナイト・トーキョー・デイ』（二〇〇九）をめぐって——

（1）Isabel Coixet, *Mapa de los sonidos de Tokio*, Barcelona, Tusquets Editores, 2009, p. 116.

（2）Ibídem, pp. 15-112.

（3）Ibídem, p. 116.

（4）吉本ばなな『キッチン』新潮社、二〇〇二、九頁。

（5）Banana Yoshimoto, *Kitchen*, traducción de Junichi Matsuura y Lourdes Porta, Barcelona, Tusquets Editores, (3ª. ed), 2008.

（6）Isabel Coixet, *Mapa de los sonidos de Tokio*, cit., p. 28.

（7）Ibídem, p. 43.

（8）谷崎潤一郎「陰翳礼讃」『谷崎潤一郎全集』第一七巻、中央公論新社、二〇一五、二〇〇頁。

（9）Isabel Coixet, *Mapa de los sonidos de Tokio*, cit., p. 11.

（10）Junichiro Tanizaki, *El elogio de la sombra*, traducción de Julia Escobar, Madrid, Siruela, (12ª ed), 2001, p. 49.

（11）Isabel Coixet, *Mapa de los sonidos de Tokio*, cit., p. 48.

（12）谷崎潤一郎「陰翳礼讃」、前掲書、二一九頁。

（13）Blai Morell, "En *Mapa de los sonidos de Tokio* la directora catalana Isabel Coixet ha volgut mostrar una mirada diferent sobre la capital nipona", *La Vanguardia*, 28 de agosto de 2009, p. 5.

（14）『豊饒の海』の時間体系に関しては以下の研究を参照のこと。小阪知弘『ガルシア・ロルカと三島由紀夫　二十世紀　二つの伝説』、前掲書、二八六—二八八頁。

（15）三島由紀夫『決定版・三島由紀夫全集』第一四巻、新潮社、二〇〇五、六四六—六四七頁。

（16）同上書、六四八頁。

（17）Isabel Coixet, *Mapa de los sonidos de Tokio*, cit., pp. 111-112.

（18）Elena Castells, "Los libros de Isabel Coixet", *La Vanguardia*, 10 de mayo de 2008, p. 57.

（19）Ibídem, p. 57.

（20）バルセロナのジャウメ・フステール図書館における座談会の内容に関しては、ジャウメ・フステール図書館長であるカルメ・ガルベ・モントーレさんから直接その告知のチラシを電子メールでお送りいただいた。貴重な資料をお送りくださったカルメ・ガルベ・モントーレさんに感謝いたします。

(21) Blai Morell, "En *Mapa de los sonidos de Tokio* la directora catalana Isabel Coixet ha volgut mostrar una mirada diferent sobre la capital nipona", cit., p. 5.

(22) Carlos Rubio, *El Japón de Murakami*, cit., p. 46.

(23) 森直香「スペインにおける村上春樹の受容に関する予備的考察――『ノルウェイの森』を中心に」、前掲書、一一二頁。

(24) Isabel Coixet, *Mapa de los sonidos de Tokio*, cit., p. 116.

(25) 村上春樹『ノルウェイの森（上）』、前掲書、九六―九七頁。

(26) 村上春樹「自作を語る　百パーセント・リアリズムへの挑戦」『村上春樹全作品1979～1989⑥　ノルウェイの森』付録、講談社、二〇〇三、Ⅶ頁。

(27) ルース・ベネディクト『菊と刀――日本文化の型』（長谷川松治訳）、社会思想社、二〇〇二、一九三頁。

(28) 三島文学と自殺及び、春樹文学と自殺との関係性については各々、以下の文献を参照されたい。Juan Antonio Vallejo-Nágera, *Mishima o el placer de morir*, Barcelona, Editorial Planeta, 1978；森直香「スペインにおける村上春樹の受容に関する予備的考察――『ノルウェイの森』を中心に」、前掲書、一一三―一一五頁。

(29) Isabel Coixet, *Mapa de los sonidos de Tokio*, cit., p. 111.

(30) 『ナイト・トーキョー・デイ』のスペインにおける初上映に関しては、以下を参照のこと。Javier Ocaña, "‹Sushi› al estilo Penedès", *El País*, 28 de agosto de 2009, p. 48.

(31) Haruki Murakami, *After Dark*, traducción del japonés de Lourdes Porta, Barcelona, Tusquets Editores, octubre de 2008.

(32) ジェイ・ルービン『ハルキ・ムラカミと言葉の音楽』、前掲書、三八一頁。

(33) 村上春樹「今になって突然というか」『村上春樹　雑文集一九七九―二〇一〇』、前掲書、六三頁。

(34) 村上春樹「るつぼのような小説を書きたい」『夢を見るために毎朝僕は目覚めるのです　村上春樹インタビュー集　1997-2009』、前掲書、四八六―四八七頁。

(35) 村上春樹『アフターダーク』講談社、二〇〇四、三頁。

(36) 同上書、三五頁。

(37) 同上書、六八頁。

(38) Isabel Coixet, *Mapa de los sonidos de Tokio*, cit., p. 58.

(39) 村上春樹『アフターダーク』、前掲書、九五頁。

（40）Isabel Coixet, *Mapa de los sonidos de Tokio*, cit., p. 73.
（41）村上春樹『アフターダーク』、前掲書、二二六頁。
（42）マリオ・バルガス＝リョサ『若い小説家に宛てた手紙』（木村榮一訳）、新潮社、二〇〇〇、一一三頁：Mario Vargas Llosa, *Cartas a un joven novelista*, Barcelona, Editorial Planeta, 1997, pp. 117-118.
（43）巽孝之『メタフィクションの思想』筑摩書房、二〇〇一、九―一〇頁。
（44）山崎まどか「鏡の中の暗殺者――村上春樹の女たち」『ユリイカ』（総特集　村上春樹――『１Ｑ８４』へ至るまで、これから…）、前掲書、一七五頁。
（45）松本健一『村上春樹　都市小説から世界文学へ』第三文明社、二〇一〇、七一頁。
（46）Isabel Coixet, *Mapa de los sonidos de Tokio*, cit., p. 43.
（47）村上春樹『１Ｑ８４　ＢＯＯＫ２』新潮社、二〇〇九、八〇頁。

第五章　スペインを愛する二人の日本人作家――村上春樹と三島由紀夫――

（1）スペイン語に翻訳された三島作品に関しては、小阪知弘『ガルシア・ロルカと三島由紀夫　二十世紀　二つの伝説』、前掲書、三五五―三五六頁、を参照のこと。
（2）デイヴィッド・ダムロッシュ『世界文学とは何か？』（秋草俊一郎・奥彩子・桐山大介・小松真帆・平塚隼介・山辺弦訳）、国書刊行会、二〇一一、四四一―四四三頁。
（3）同上書、三三頁。
（4）ジェイ・ルービン『ハルキ・ムラカミと言葉の音楽』、前掲書、一六頁。
（5）村上春樹『羊をめぐる冒険』、前掲書、二〇頁。
（6）三島由紀夫による人生最後の演説に関しては、小阪知弘『ガルシア・ロルカと三島由紀夫　二十世紀　二つの伝説』、前掲書、一四八頁、を参照されたい。
（7）村上春樹『ダンス・ダンス・ダンス（上）』、前掲書、二七五頁。
（8）村上春樹『職業としての小説家』、前掲書、二七一頁。
（9）亀山郁夫「神の夢、または１Ｑ８４のアナムネーシス」『村上春樹の読みかた』、前掲書、八九頁。
（10）佐藤幹夫『村上春樹の隣には三島由紀夫がいつもいる』ＰＨＰ新書、二〇〇六、二二八―二五三頁及び、二六〇―二九九頁。

(11) 三島由紀夫によるスペイン訪問に関しては、小阪知弘『ガルシア・ロルカと三島由紀夫　二十世紀　二つの伝説』、前掲書、五〇―五一頁、を参照されたい。
(12) 同上書、五〇―八五頁。
(13) 小野好恵『ジャズ最終章』、前掲書、一〇三―一〇四頁：ジェイ・ルービン『ハルキ・ムラカミと言葉の音楽』、前掲書、三四頁。
(14) ジョン・ネイスン『新版・三島由紀夫――ある評伝――』（野口武彦訳）、新潮社、二〇〇〇、一八三頁。
(15) 村上春樹「スペインの幸せな小さな村の壁画」、前掲書、三〇―三一頁。
(16) 三島由紀夫『決定版・三島由紀夫全集』第九巻、新潮社、二〇〇五、二四四頁。
(17) Jesús Ruiz Mantilla, "Una cena gallega con Murakami", cit., p. 42.
(18) 村上春樹『ノルウェイの森』、前掲書、一〇〇頁：村上春樹『スプートニクの恋人』、前掲書、二一三頁：村上春樹「シェエラザード」、前掲書、一八六頁：村上春樹「蜜蜂パイ」、前掲書、一八九頁。
(19) 三島由紀夫『決定版・三島由紀夫全集』第七巻、新潮社、二〇〇一、二三二―二三三頁。
(20) 三島由紀夫「三島由紀夫　師・清水文雄への手紙（全六十三通）」『新潮』、一一七号、二〇〇三年二月新春号、一八三頁。
(21) 三島由紀夫『決定版・三島由紀夫全集』第三一巻、新潮社、二〇〇三、四九三頁。
(22) 三島由紀夫『決定版・三島由紀夫全集』第三四巻、新潮社、二〇〇三、三八三頁。
(23) 立石博高（編）『スペイン・ポルトガル史』山川出版社、二〇〇九、七―八頁。
(24) 村上春樹『羊をめぐる冒険』、前掲書、二九七頁。
(25) 十六世紀のスペインに関しては以下二つの研究を参照のこと。関哲行・立石博高・中塚次郎（編）『世界歴史体系　スペイン史1　古代～近世』山川出版社、二〇〇八、二九一―三三一頁：立石博高（編）『スペイン・ポルトガル史』、前掲書、一四八―一六五頁。
(26) 三島由紀夫『決定版・三島由紀夫全集』第七巻、前掲書、二三三頁。
(27) 三島由紀夫『決定版・三島由紀夫全集』第一五巻、新潮社、二〇〇二、四八九頁。
(28) 三島由紀夫『決定版・三島由紀夫全集』第二九巻、新潮社、二〇〇三、七一七頁。
(29) 三島由紀夫『決定版・三島由紀夫全集』第三四巻、前掲書、三八五頁。
(30) 三島由紀夫『決定版・三島由紀夫全集』第三〇巻、新潮社、二〇〇三、五六頁。
(31) 三島由紀夫『決定版・三島由紀夫全集』第二七巻、新潮社、二〇〇三、五四二―五四三頁。
(32) 村上春樹「氷男」、前掲書、一〇二頁。
(33) 村上春樹『日出《いず》る国の工場』平凡社、二〇一五、一二八頁。

(34)村上春樹『サラダ好きのライオン　村上ラヂオ3』、前掲書、一二一頁。
(35)村上春樹『職業としての小説家』、前掲書、一二六頁。
(36)同上書、一二六頁。
(37)同上書、一二七頁。
(38)三島由紀夫『決定版・三島由紀夫全集』第一四巻、前掲書、三四頁。
(39)三島由紀夫『決定版・三島由紀夫全集』第二三巻、新潮社、二〇〇三、四一〇頁。
(40)三島由紀夫『決定版・三島由紀夫全集』第七巻、前掲書、三〇〇頁。
(41)三島由紀夫『決定版・三島由紀夫全集』第三三巻、新潮社、二〇〇三、五三三頁。
(42)三島由紀夫『決定版・三島由紀夫全集』第三四巻、前掲書、一三〇―一三一頁。
(43)三島由紀夫『決定版・三島由紀夫全集』第七巻、前掲書、二〇七頁。
(44)同上書、八一頁。
(45)同上書、三六六頁。
(46)三島由紀夫『決定版・三島由紀夫全集』第二七巻、前掲書、五三四頁。
(47)〈闘牛の象徴性〉に関しては、神吉敬三『巨匠たちのスペイン』毎日新聞社、一九九七、三一二頁、を参照のこと。
(48)「破壊の総計」に関しては、神吉敬三『巨匠たちのスペイン』、前掲書、三一四―三一九頁、を参照のこと。
(49)三島由紀夫『決定版・三島由紀夫全集』第三二巻、前掲書、一〇二―一〇三頁。
(50)三島由紀夫『決定版・三島由紀夫全集』第三五巻、新潮社、二〇〇三、一四三頁。
(51)三島由紀夫「ダリ『ナルシス変貌』」『三島由紀夫美学講座』(谷川渥編)、筑摩書房、二〇〇〇、一五七頁。
(52)三島由紀夫『決定版・三島由紀夫全集』第六巻、新潮社、二〇〇一、一一六頁。
(53)三島由紀夫『決定版・三島由紀夫全集』第一〇巻、新潮社、二〇〇一、一四五頁。
(54)三島由紀夫『決定版・三島由紀夫全集』第七巻、前掲書、三六六頁。
(55)村上春樹『海辺のカフカ(下)』、前掲書、一二二―一二三頁。
(56)三島由紀夫「劇作家の椅子　十三　三島由紀夫　聞く人尾崎宏次」『悲劇喜劇』、七月号、二三七号、一九七〇、三五頁。
(57)三島由紀夫『決定版・三島由紀夫全集』第三三巻、前掲書、八三頁。
(58)三島由紀夫『決定版・三島由紀夫全集』第三〇巻、前掲書、六四一―六四二頁。
(59)三島由紀夫「劇作家の椅子　十三　三島由紀夫　聞く人尾崎宏次」、前掲書、三五頁。

(60) 三島由紀夫『決定版・三島由紀夫全集』第三〇巻、前掲書、一四〇頁。
(61) 同上書、八四―八五頁。
(62) 村上春樹『ダンス・ダンス・ダンス（下）』、前掲書、七頁。
(63) 『サド侯爵夫人』と『ベルナルダ・アルバの家』の類似点に関しては、以下の研究を参照のこと。小阪知弘『ガルシア・ロルカと三島由紀夫　二十世紀　二つの伝説』、前掲書、二一四―二七四頁。
(64) 奥野健男『三島由紀夫伝説』新潮社、一九九三、一七一頁。
(65) 二十世紀の詩的な伝説としての三島の姿に関しては以下の研究を参照のこと。小阪知弘『ガルシア・ロルカと三島由紀夫　二十世紀　二つの伝説』、前掲書、三一八―三二二頁。

最終章　死者に祈りを捧げる文学

(1) 春樹文学における原風景としての芦屋の様相に関しては、以下の研究を参照のこと。浦澄彬『村上春樹を歩く』、前掲書；野谷文昭「消えた海岸線のゆくえ」『ユリイカ』（総特集　村上春樹の世界）、第二十一巻第八号、二〇一〇、六二―七一頁。
(2) 神戸市とバルセロナ市の姉妹提携の概要に関しては、以下のサイトを参照のこと。http://www.city.kobe.le.jp/culture/international/
(3) 村上春樹『風の歌を聴け』、前掲書、一三〇頁。
(4) 同上書、一二七頁。
(5) 逢坂剛『逢坂剛のスペイン讃歌』、前掲書、五四頁。
(6) 村上春樹『羊をめぐる冒険』、前掲書、四〇五頁。
(7) 村上春樹「五月の海岸線」『カンガルー日和』講談社、二〇一〇、一一八―一一九頁。
(8) カルロス・ルイス・サフォン『風の影（上）』（木村裕美訳）、集英社、二〇〇四、八五頁；Carlos Ruiz Zafón, *La sombra del viento*, Barcelona, Planeta, 2006, pp. 67-68.
(9) カルロス・ルイス・サフォン『天使のゲーム（上）』（木村裕美訳）、集英社、二〇一二、一九三頁；Carlos Ruiz Zafón, *El juego del ángel*, Barcelona, Planeta, 2012, p. 162.
(10) エドゥアルド・メンドサ『奇蹟の都市』（鼓直・篠沢眞理・松下直弘訳）、国書刊行会、一九九六、一二頁；Eduardo Mendoza, *La ciudad de los prodigios*, Barcelona, Seix Barral, 2011, p. 29.
(11) モンセラーの山と黒い聖母の関係性については、以下の文献を参照のこと。田尻陽一『原色の旅　熱い新鮮　スペイン』昭文社、一九九八、一七一頁。

（12）村上龍の作品に関しては、例えば『限りなく透明に近いブルー』（一九七六）がアナグラマ社からホルヘ・ガルシア＝ベルランガによってスペイン語に翻訳されている。詳細は以下のスペイン語版を参照のこと。Ryu Murakami, *Azul casi transparente*, traducción de Jorge G. Berlanga, Barcelona, Editorial Anagrama, 1997.

（13）村上龍『イビサ』講談社、二〇一一、二六一頁。

（14）村上春樹『風の歌を聴け』、前掲書、一五八頁。

（15）村上春樹「日々移動する腎臓のかたちをした石」『東京奇譚集』、前掲書、一四五頁。

（16）同上書、一五三頁。

（17）清水憲男『ドン・キホーテの世紀』岩波書店、復刻版、二〇一〇、三三〇頁。

（18）村上春樹『風の歌を聴け』、前掲書、一四七頁。

（19）村上春樹「めくらやなぎと眠る女」『蛍・納屋を焼く・その他の短編』新潮社、二〇〇四、一一一頁。

（20）村上春樹『走ることについて語るときに僕の語ること』文藝春秋、二〇〇七、一七頁。

（21）村上春樹『色彩を持たない多崎つくると、彼の巡礼の年』、前掲書、三七〇頁。

（22）村上春樹「村上春樹ロングインタビュー」『考える人』新潮社、第三三号、二〇一〇年夏号、六五頁。

（23）同上書、六五頁。

（24）大江健三郎『私という小説家の作り方』新潮社、一九九八、四〇―四一頁。

（25）村上春樹「翻訳することと、翻訳されること」『村上春樹　雑文集一九七九―二〇一〇』、前掲書、二二七頁。

（26）中村元『比較思想論』岩波書店、一九六六、二一一頁。

（27）イアン・ギブソン『ロルカ』（内田良彦・本田誠二訳）、中央公論社、一九九七、三九―四〇頁。

（28）Federico García Lorca, *Obras completas, III, Prosa*, Galaxia Gutenberg, Barcelona, 1997, pp. 526-527. ロルカ作品の日本語訳は全て、拙訳を用いた。

（29）Federico García Lorca, *Obras completas, I, Poesía*, Galaxia Gutenberg, Barcelona, 1996, p. 372.

（30）Ibidem, p. 181.

（31）Juan Ramón Jiménez, *Antología poética*, Edición de Javier Blasco, Madrid, Cátedra, 1996, p. 153.

（32）ファン・ラモン・ヒメネス『プラテーロとわたし』（伊藤武好・伊藤百合子訳）、理論社、二〇一一、一六一頁；Juan Ramón Jiménez, *Platero y yo*, Edición de Michael P. Predmore, Madrid, Cátedra, 1998, p. 179.『プラテーロとわたし』における詩的世界に関しては以下の研究を参照のこと。佐竹謙一『スペイン文学案内』岩波書店、二〇一三、三四二―三四八頁。

（33）村上春樹『風の歌を聴け』、前掲書、一四七頁。

（34）村上春樹「神の子どもたちはみな踊る」『神の子どもたちはみな踊る』、前掲書、九〇―九一頁。

（35）Federico García Lorca, *Obras completas, III*, cit., pp. 156-157.

（36）Federico García Lorca, *El público y Comedia sin título*, introducción, traducción y versión depurada por Rafael Martínez Nadal y Marie Laffranque, Barcelona, Seix Barral, 1978, p. 327.

（37）村上春樹『ノルウェイの森（上）』、前掲書、四六―四七頁。

（38）ロルカの死とスペイン文化の関係性については、以下の研究を参照のこと。イアン・ギブソン『ロルカ・スペインの死』（内田吉彦訳）、晶文社、一九九一。

（39）Antonio Machado, *Poesías completas*, Edición de Manuel Alvar, Madrid, Espasa Calpe, (24^{a}. ed), 1989, p. 460. 引用したスペイン語の言説は拙訳を用いた。

（40）ミゲル・デリーベス『糸杉の影は長い』（岩根圀和訳）、彩流社、二〇一〇、二九二頁；Miguel Delibes, *La sombra del ciprés es alargada*, Barcelona, Ediciones Destino, 2011, pp. 346-347.

（41）村上春樹『風の歌を聴け』、前掲書、二〇〇頁。

（42）村上春樹『ノルウェイの森（下）』、前掲書、二三二―二三三頁。

付録一　スペイン語に翻訳された村上春樹作品一覧（翻訳された年代順に表記）[1]

La caza del carnero salvaje, traducción del japonés de Fernando Rodríguez-Izquierdo y Gavala, Barcelona, Editorial Anagrama, 1992.『羊をめぐる冒険』

Crónica del pájaro que da cuerda al mundo, traducción del japonés de Lourdes Porta y Junichi Matsuura, Tusquets Editores, 2001.『ねじまき鳥クロニクル』

Sputnik, mi amor, traducción del japonés de Lourdes Porta y Junichi Matsuura, Barcelona, Tusquets Editores, 2002.『スプートニクの恋人』

Al sur de la frontera, al oeste del sol, traducción del japonés de Lourdes Porta, Barcelona, Tusquets Editores, 2003.『国境の南、太陽の西』

TOKIO BLUES　Norwegian Wood, traducción del japonés de Lourdes Porta, Barcelona, Tusquets Editores, 2005.『ノルウェイの森』

Kafka en la orilla, traducción del japonés de Lourdes Porta, Barcelona, Tusquets Editores, 2006.『海辺のカフカ』

Sauce ciego, mujer dormida, traducción del japonés de Lourdes Porta, Barcelona, Tusquets Editores, 2008.『めくらやなぎと眠る女』

After Dark, traducción del japonés de Lourdes Porta, Barcelona, Tusquets Editores, 2008.『アフターダーク』

El fin del mundo y un despiadado país de las maravillas, traducción del japonés de Lourdes Porta, Barcelona, Tusquets Editores, 2009.『世界の終りとハードボイルド・ワンダーランド』

De qué hablo cuando hablo de correr, traducción del japonés de Francisco Barberán, Barcelona, Tusquets Editores, 2010.『走ることについて語るときに僕の語ること』

1Q84 Libros 1 y 2, traducción del japonés de Gabriel Álvarez Martínez, Barcelona, Tusquets Editores, 2011.『1Q84 BOOK 1』、『1Q84 BOOK 2』

1Q84 Libro 3, traducción del japonés de Gabriel Álvarez Martínez, Barcelona, Tusquets Editores, 2011.『1Q84 BOOK 3』

Baila, Baila, Baila, traducción del japonés de Gabriel Álvarez Martínez, Barcelona, Tusquets Editores, 2012.『ダンス・ダンス・ダンス』

Después del terremoto, traducción del japonés de Lourdes Porta, Barcelona, Tusquets Editores, 2013.『神の子供たちはみな踊る』

Los años de peregrinación del chico sin color, traducción del japonés de Gabriel Álvarez Martínez, Barcelona, Tusquets Editores, 2013.『色彩を持たない多崎つくると、彼の巡礼の年』

Sueño, traducción del japonés de Lourdes Porta, Barcelona, Libros del zorro rojo, 2013.『眠り』

Underground, traducción del japonés de Fernando Cordobés González y Yoko Ogihara, Barcelona, Tusquets Editores, 2014.『アンダーグラウンド』

"Caminando hasta Kobe", traducción del japonés de Gabriel Álvarez Martínez, Barcelona *Granta*, núm. 14, otoño de 2014, pp. 9-23.「神戸まで歩く」(『辺境・近境』に収録されているエッセイ)

La biblioteca secreta, traducción del japonés de Lourdes Porta, Barcelona, Libros del zorro rojo, 2014.『図書館奇譚』

Hombres sin mujeres, traducción del japonés de Gabriel Álvarez Martínez, Barcelona, Tusquets Editores, 2015.『女のいない男たち』

Escucha la canción del viento y Pinball 1973, traducción del japonés de Lourdes Porta, Barcelona, Tusquets Editores,

2015.『風の歌を聴け』、『一九七三年のピンボール』

El efefante desaparece, traducción del japonés de Fernando Cordobés y Yoko Ogihara, Barcelona, Tusquets Editores, 2016.『象の消滅』

Asalto a las panaderías, traducción del japonés de Lourdes Porta, Barcelona, Libros del zorro rojo, 2016.『パン屋を襲う』

La caza del carnero salvaje, traducción del japonés de Gabriel Álvarez Martínez, Barcelona, Tusquets Editores, 2016.『羊をめぐる冒険』

註

（１）『１Ｑ８４』の原典である日本語版は三巻に分かれて出版されているが、スペイン語版は『ＢＯＯＫ１』と『ＢＯＯＫ２』が一冊の書物にまとめられ、『ＢＯＯＫ３』だけは日本語版同様、一冊として上梓されているため、二巻本という形式で出版されている。また、『風の歌を聴け』と『一九七三年のピンボール』は日本語版では、別個の二作品であるが、スペイン語版では一冊にまとめられて刊行されている。そして、『羊をめぐる冒険』はフェルナンド・イスキエルド訳出によるアナグラマ社版（一九九二）とガブリエル・アルバレス訳出によるトゥスケッツ社版（二〇一六）、二冊が存在することを指摘しておく。

付録二　スペイン語版村上春樹作品を訳出した翻訳者へのアンケート

〈アンケート内容〉

1. あなたがスペイン語に翻訳した村上春樹の作品のタイトルを教えてください。あなたの国での出版社と出版年も教えてください。
2. スペイン人読者一般が春樹文学をどのように受け入れているのか教えてください。また、スペイン人読者一般は春樹文学のどのような要素に惹かれて彼の紡ぎ出す作品を読んでいるのかを教えてください。
3. あなたは村上春樹に会ったことがありますか？　もし会ったことがあるなら、いつ面識を得て、その時、翻訳あるいは彼の作品についてどのような話を村上春樹としたのかを教えてください。
4. 村上龍、吉本ばななといった同時代の日本人小説家と比べて、春樹作品の受容のされ方に特異性がありましたら教えてください。
5. 春樹文学はどのくらい、日本人によって書かれた「日本」を表象するテクストとして読まれているのでしょうか？　それとも、どの特定の社会にも属さないコスモポリタンな物語として読まれていると言えるでしょうか？
6. 同時代の日本文化（映画、漫画、料理、文学、建築、美術、音楽）の中で春樹文学と共通する要素をもっているものがあるとすれば、それは何でしょうか？　どのような点において共通しているのでしょうか？
7. あなたの国の若い世代が、どのような文学・映画・音楽などに夢中になっているか教えてください。国内・海外どちらでも構いません。

8．日本における春樹作品の受容のされ方と、スペインのそれとでは、違いがあるとお考えですか。もしあればどのような点だと推定できますか？

9．日本文学専門の翻訳家として、あなたが春樹文学に対して抱いている個人的な見解をお聞かせください。

アンケート解答者　ガブリエル・アルバレス・マルティネス（スペイン人男性・ガリシア地方出身）

1．あなたがスペイン語に翻訳した村上春樹の作品のタイトルを教えてください。あなたの国での出版社と出版年も教えてください。

（一）『1Q84　BOOK1』（トゥスケッツ社）、二〇一一年
（二）『1Q84　BOOK2』（トゥスケッツ社）、二〇一一年
（三）『1Q84　BOOK3』（トゥスケッツ社）、二〇一一年
（四）『ダンス・ダンス・ダンス』（トゥスケッツ社）、二〇一二年
（五）『色彩を持たない多崎つくると、彼の巡礼の年』（トゥスケッツ社）、二〇一三年
（六）「神戸まで歩く」（雑誌『グランタ』、九―一三頁、収録）、二〇一四年
（七）『女のいない男たち』（トゥスケッツ社）、二〇一五年
（八）『羊をめぐる冒険』（トゥスケッツ社）、二〇一六年

実は、私は村上春樹の作品群をスペイン語に翻訳する以前に、いくつかの春樹作品をガリシア語にも翻訳していま

す(1)。私はガリシア地方に住んでいますので、ときに日本の文学作品をガリシア人のためにガリシア語に翻訳する仕事もおこなっているのです。私がガリシア語に翻訳した春樹作品は以下のとおりです。

(一)『アフターダーク』今井モナ共訳（ガラクシア社）、二〇〇八年
(二)『走ることについて語るときに僕の語ること』今井モナ共訳（ガラクシア社）、二〇〇九年
(三)『1Q84　BOOK1』今井モナ共訳（ガラクシア社）、二〇一〇年
(四)『1Q84　BOOK2』今井モナ共訳（ガラクシア社）、二〇一〇年
(五)『1Q84　BOOK3』今井モナ共訳（ガラクシア社）、二〇一一年

2．スペイン人読者一般が春樹文学をどのように受け入れているのか教えてください。また、スペイン人読者一般は春樹文学のどのような要素に惹かれて彼の紡ぎ出す作品を読んでいるのかを教えてください。

スペイン人読者の間には、熱狂的な春樹ファンもいれば、春樹文学が苦手な人もいます。ネット上の本についての掲示板サイトやレビューのサイトなどを見ると、これら二つの傾向がすぐ見て取れます。ですが一般的に言えば、春樹作品はとても人気があると言えます。大抵、売り上げも上々で、ベストセラーランキングに記録されたりします。

スペイン人読者が惹かれる要素ですが、ひとつはアメリカ文化の有するポップな要素と日本文化の備える諸要素の融合した側面で、様々な音楽や文学作品に言及されている点だと私は思います。もうひとつは、村上春樹の作品に出てくる、様々な人物や獣が住み着いている「独特の世界」です。

これは私個人の意見ですが、時折、ある作品に現れる人物や要素が他の作品にも姿を現したりしますが、この点も春樹文学の魅力のひとつだと思います。

さらに、村上氏は様々な心理状態や雰囲気を巧みな筆致で見事に描写するので、登場人物の気持ちがよくわかったり、

意気投合したような気がする読者が沢山いるのだと思います。

3．あなたは村上春樹に会ったことがありますか？　もし会ったことがあるなら、いつ面識を得て、その時、翻訳あるいは彼の作品についてどのような話を村上春樹としたのかを教えてください。

はい、私は村上春樹氏と直接お会いしたことがあります。二〇〇九年三月十二日、村上氏はファン・デ・サン・クレメンテ大司教賞（Premio Arcebispo Juan de San Clemente）というスペイン・ガリシア地方の国際文学賞の授与式に出席するため、同地方の首市、サンティアゴ・デ・コンポステーラにあるロサリア・デ・カストロ高等学校（Instituto Rosalía de Castro）を訪れ、同市の大聖堂の前にあるパラドール・レイエス・カトリコス（Parador Hostal Reyes Católicos）という国営ホテルにて洋子夫人と一緒に宿泊されていました。なぜなら、村上氏の作品『海辺のカフカ』のスペイン語版 *Kafka en la orilla* が地元の高校生たちによって二〇〇七年度第十三回最優秀外国語文学賞に選ばれていたからです。

ロサリア・デ・カストロ高等学校における記者会見の前に、私は直接、村上氏に挨拶をして知り合いになりました。その後、村上氏と洋子夫人そして編集者たちと一緒に前述したパラドールまで歩きました。パラドールで村上夫婦がひと休みされてから、再び私たちは雑談しながら一緒にパラドール内にあるカフェテリアに行き、そこで村上氏によるトーク及びサイン会が行われました。イベントでは、私は一観客として参加し、村上氏から直接、本にサインしていただきました。

先ほど述べました村上夫妻との散歩の最中に、村上氏は私に直接、次のようにおっしゃいました。

「もうすぐ、僕の新しい小説がでる。タイトルは『１Ｑ８４』だ！」

私はこの言葉を天の啓示のように受け止め、『１Ｑ８４』全三巻を日本語からスペイン語に直接訳出し、バルセロナのトゥスケッツ社から出版するに至ったのです。

4．村上龍、吉本ばななといった同時代の日本人小説家と比べて、春樹作品の受容のされ方に特異性がありましたら教えてください。

はい、村上龍や吉本ばななと比べたら、村上春樹の作品群のほうがスペインでは圧倒的に人気があります。スペインで新しい本が出るときは、新聞に村上春樹についての記事が掲載されたり、テレビで告知されたりして、いつもかなり注目を集めます。

5．春樹文学はどのくらい、日本人によって書かれた「日本」を表象するテクストとして読まれているのでしょうか？それとも、どの特定の社会にも属さないコスモポリタンな物語として読まれていると言えるでしょうか？

日本文学や日本文化についての記事などを読めば、村上春樹の名前がよく出てきます。でも、スペイン人読者にとって、春樹文学は「日本」を表象しているというより、コスモポリタンな物語のように感じられるのではないかと私は思います。また同時に、日本社会の様々な側面を見せてくれますよね。

6．同時代の日本文化（映画、漫画、料理、文学、建築、美術、音楽）の中で春樹文学と共通する要素をもっているものがあるとすれば、それは何でしょうか？　どのような点において共通しているのでしょうか？

春樹文学は、映画と共通しているところが多いと私は判断していますが、それは多分、日本映画ではなく、とくにアメリカ映画やヨーロッパ映画との共通点だと私は推察しています。

7. あなたの国の若い世代が、どのような文学・映画・音楽などに夢中になっているか教えてください。国内・海外どちらでも構いません。

もちろん、人によりますが、『ゲーム・オブ・スローンズ』や『ブレイキング・バッド』のようなアメリカのドラマが大変な人気を博しています。海外の大衆文学では、上述した『ゲーム・オブ・スローンズ』のほかには、『フィフティ・シェイズ・オブ・グレイ』やスティーグ・ラーソンの『ミレニアムシリーズ』（これはもう、少し古いですけど）のようなベストセラーが人気があります。

最近 YouTube に頻繁に動画をアップし、有名人になる「YouTubers」という現象がありますが、内容的には浅はかなものや、ある意味では子どもたちへの模範としては適切とは言えないものもあるのに、子どもたちやティーンエージャーの間で、高い人気を博しています。

音楽では、スペインの歌手、パブロ・アルボランやオーリン、そしてジャスティン・ビーバーなどのポップスから、スクレックスのようなダブステップや、アーケイド・ファイアやラブ・オブ・レズビアン、そしてベストゥスタ・モルラといったインディーズまで、様々なジャンルのアーティストが流行しています。

8. 日本における春樹作品の受容のされ方と、スペインのそれとでは、違いがあるとお考えですか。もしあればどのような点だと推定できますか？

日本には、熱狂的な春樹ファンがたくさんいるような気がします。村上文学に関する研究書や、エッセイそして読解ガイドのような本が数多く存在し、豆知識に精通している村上通が日本には多いと思います。あと、小説だけでなく、スペイン語にはまだ訳されていない旅行記や雑誌に掲載された記事を好む日本人読者も数多くいます。

スペインでは、春樹文学は九〇年代初頭に訳され始めましたので、日本と比べたら、村上春樹の作品を読みながら成長した世代がまだ少ないのではないかと私は判断しています。

9．日本文学専門の翻訳家として、あなたが春樹文学に対して抱いている個人的な見解をお聞かせください。

ガリシア語に村上春樹の作品をはじめて翻訳する以前、私は村上春樹の作品を二冊くらいしか読んでいなかったのですが、翻訳依頼を受けてから、他の春樹作品を読んだり、村上春樹について調べたりして、情報を集めました。私は自分のことを春樹文学の熱狂的なファンとは見做していませんが、村上春樹の紡ぎ出す作品群が好きですし、彼の作品には他の作家には真似できない独自の文学様式があると確信しています。村上春樹の創造する文学世界は非常に魅力的で、興味深いと私は思います。

註

（1）ガリシア語はスペインに存在する四つの公用語のひとつである。スペインにはスペイン語（カスティーリャ語）以外に、カタルーニャ語、バスク語そしてガリシア語という三つの公用語が存在している。これら三つの言語は地方語であり、カタルーニャ地方ではカタルーニャ語、バスク地方ではバスク語、ガリシア地方ではガリシア語が各々、スペイン語と併用されている。いうなれば、これら三つの地方に住む人々の多くは生まれながらのバイリンガル（二言語併用者）で多言語社会に生きる人々なのである。

ガブリエル・アルバレス・マルティネス（Gabriel Álvarez Martínez）

スペイン、ガリシア生まれ。二〇〇八年、スペイン国立ビーゴ大学通訳・翻訳学科卒業。日本政府奨学金を得て、二〇一〇年十月から二〇一二年三月まで研究生として、神戸大学大学院修士課程に所属し、同年四月から二〇一四年三月まで大学院生として同大学大学院で研究を続け、言語コミュニケーションに関する修士号を取得。神戸大学大学院修士課程修了。二〇一六年一月、日本の漫画の翻訳におけるオノマトペの訳出をめぐる研究でビーゴ大学翻訳理論学に関する博士号を取得。スペイン国立ビーゴ大学翻訳理論学博士（Doctor por la Universidad de Vigo en el programa de doctorado de traducción y paratraducción)。日本語能力検定試験一級取得。村上春樹の『1Q84』全三巻や『色彩を持たない多崎つくると、彼の巡礼の年』、そして吉本ばななの作品など、日本文学に関する訳書多数。

参考文献

〔和書〕

アトラン、コリーヌ／金春美／コヴァレーニン、ドミトリー／頼明珠／ルービン、ジェイ／藤井省三「パネル・ディスカッション　翻訳者が語る、村上春樹の魅力とそれぞれの読まれ方」『世界は村上春樹をどう読むか』文藝春秋、二〇〇六、七一―九七頁。

アトラン、コリーヌ「地方性から普遍性へ／普遍性から地方性へ　村上春樹の二面性」『世界文学としての村上春樹』（柴田勝二・加藤雄二編）、東京外国語大学出版会、二〇一五、五七―七九頁。

坂東省次・椎名浩『日本とスペイン　文化交流の歴史　南蛮・キリシタン時代から現代まで』原書房、二〇一五。

ビーヴァー、アントニー『スペイン内戦　一九三六―一九三九（上）』（根岸隆夫訳）、みすず書房、二〇一一。

――『スペイン内戦　一九三六―一九三九（下）』（根岸隆夫訳）、みすず書房、二〇一一。

ブルトン、アンドレ『シュルレアリスムと絵画』（粟津紀雄他訳）、人文書院、一九九七。

カバンヌ、ピエール『ピカソの世紀　キュビスム誕生から変容の時代へ　一八八一―一九三七』（中村隆生訳）、西村書店、二〇〇八。

ダムロッシュ、デイヴィッド『世界文学とは何か？』（秋草俊一郎・奥彩子・桐山大介・小松真帆・平塚隼介・山辺弦訳）、国書刊行会、二〇一一。

デリーベス、ミゲル『糸杉の影は長い』（岩根圀和訳）、彩流社、二〇一〇。

江澤照美「ヨーロッパ共通参照枠とセルバンテス協会のカリキュラムプラン――日本のスペイン語教育への応用」*HISPÁNICA*、第五十四号、二〇一〇、二一一―二三三頁。

フレイザー、J・G『金枝篇――呪術と宗教の研究〈第一巻：呪術と王の起源（上）〉』（神成利男訳）、国書刊行会、二〇〇四。

福田和也・斎藤環・市川真人「村上春樹のゼロ年代――身体・子ども・悪をめぐって」『ユリイカ』（総特集村上春樹――『1Q84』へ至るまで、これから…）、一月臨時増刊号、第四十二巻第十五号、二〇一〇、五九―七六頁。

福嶋教隆「スペイン語で読むJ文学名作選2　『ノルウェイの森』（村上春樹）」『NHKラジオまいにちスペイン語』、二〇一五年十一月号、一一一―一一七頁。

ギブソン、イアン『ロルカ・スペインの死』(内田吉彦訳)、晶文社、一九九一。

――『ロルカ』(内田良彦・本田誠二訳)、中央公論社、一九九七。

ヒメネス、フアン・ラモン『プラテーロとわたし』(伊藤武好・伊藤百合子訳)、理論社、二〇一一。

ヒラタ、ホセア「アメリカで読まれる村上春樹――「FUN」な経験」『國文學』(村上春樹――予知する文学)、一九九五年三月号、一〇〇―一〇四頁。

今井清人他(監修)『村上春樹　作品研究事典』鼎書房、二〇〇一。

ジュリンスカ、アンナ・エリオット「ポーランドの村上春樹――出版社をめぐる冒険」『國文學』(村上春樹――予知する文学)、一九九五年三月号、一〇九―一一二頁。

亀山郁夫「神の夢、または1Q84のアナムネーシス」『村上春樹の読みかた』(菅野昭正編)、平凡社、二〇一二、七〇―一〇四頁。

神吉敬三『巨匠たちのスペイン』毎日新聞社、一九九七。

菅野昭正「フランスで村上春樹はどのように読まれているか」『村上春樹の読みかた』(菅野昭正編)、平凡社、二〇一二、八―一四頁。

小阪知弘『ガルシア・ロルカと三島由紀夫　二十世紀　二つの伝説』国書刊行会、二〇一三。

――「春樹文学におけるスペイン語とスペイン文化の呪術的機能」『関西外国語大学研究論集』、第百号、二〇一四、七九―九六頁。

久野量一「メキシコ若手作家の戦略と村上春樹」『世界文学としての村上春樹』(柴田勝二・加藤雄二編)、東京外国語大学出版会、二〇一五、二三六―二四〇頁。

松本健一『村上春樹　都市小説から世界文学へ』第三文明社、二〇一〇。

メンドサ、エドゥアルド『奇蹟の都市』(鼓直・篠沢眞理・松下直弘訳)、国書刊行会、一九九六。

三島由紀夫「劇作家の椅子　十三　三島由紀夫　聞く人尾崎宏次」『悲劇喜劇』、二三七号、七月号、一九七〇。

――「ダリ『ナルシス変貌』」『三島由紀夫美学講座』(谷川渥編)、筑摩書房、二〇〇〇。

――『決定版・三島由紀夫全集』第六巻、新潮社、二〇〇一。

――『決定版・三島由紀夫全集』第七巻、新潮社、二〇〇一。

――『決定版・三島由紀夫全集』第九巻、新潮社、二〇〇一。

――『決定版・三島由紀夫全集』第一〇巻、新潮社、二〇〇一。

――『決定版・三島由紀夫全集』第一四巻、新潮社、二〇〇二。

――『決定版・三島由紀夫全集』第一五巻、新潮社、二〇〇二。

――『決定版・三島由紀夫全集』第二三巻、新潮社、二〇〇三。

――『決定版・三島由紀夫全集』第二四巻、新潮社、二〇〇三。

――『決定版・三島由紀夫全集』第二七巻、新潮社、二〇〇三。

――『決定版・三島由紀夫全集』第二九巻、新潮社、二〇〇三。

――『決定版・三島由紀夫全集』第三一巻、新潮社、二〇〇三。

――『決定版・三島由紀夫全集』第三三巻、新潮社、二〇〇三。

――『決定版・三島由紀夫全集』第三四巻、新潮社、二〇〇三。

――『決定版・三島由紀夫全集』第三五巻、新潮社、二〇〇三。

――「三島由紀夫　師・清水文雄への手紙（全六十三通）」『新潮』、一一七七号、二〇〇三年二月新春号、一五四―一九二頁。

森直香「スペインにおける村上春樹の受容に関する予備的考察――『ノルウェイの森』を中心に」『国際関係・比較文化研究』、第十一号、静岡県立大学、二〇一二、一〇九―一二七頁。

村上春樹「ダリ展を見て」『神戸高校新聞』、一二三号、一九六四年十二月二十五日、二頁。

――「めくらやなぎと眠る女」『蛍・納屋を焼く・その他の短編』新潮社、一九八四、一一一―一五五頁。

――「フリオ・イグレシアス」『夜のくもざる』新潮社、一九九八、二五―二七頁。

――「台所のテーブルから生まれた小説〈自作を語る〉」『村上春樹全作品 1979~1989 ①』講談社、二〇〇〇、Ⅰ―Ⅶ頁。

――「一九六三／一九八二年のイパネマの娘」『村上春樹全作品 1979~1989 ⑤』講談社、二〇〇一、八〇―八八頁。

――『村上朝日堂　スメルジャコフ対織田信長家臣団』朝日出版社、二〇〇一。

――『海辺のカフカ（上）』新潮社、二〇〇二。

――『海辺のカフカ（下）』新潮社、二〇〇二。

――「自作を語る」百パーセント・リアリズムへの挑戦」『村上春樹全作品 1979~1989 ⑥　ノルウェイの森』付録、講談社、二〇〇三、Ⅱ―Ⅻ頁。

――『少年カフカ』新潮社、二〇〇三。

――『アフターダーク』講談社、二〇〇四。

――「どこであれそれが見つかりそうな場所で」『東京奇譚集』新潮社、二〇〇五、八三―一一九頁。

――「日々移動する腎臓のかたちをした石」『東京奇譚集』新潮社、二〇〇五、一二三―一五六頁。

――『風の歌を聴け』講談社、二〇〇六。

――「氷男」『レキシントンの幽霊』文藝春秋、二〇〇六、八九―一〇九頁。

――『やがて哀しき外国語』講談社、二〇〇六。

――『ねじまき鳥クロニクル　第二部予言する鳥編』新潮社、二〇〇七。

――「蜜蜂パイ」『神の子どもたちはみな踊る』新潮社、二〇〇七、一六〇―二〇一頁。

――『ノルウェイの森（上）』講談社、二〇〇八。

――『ノルウェイの森（下）』講談社、二〇〇八。

――「解題」『象』中央公論新社、二〇〇八、二二五―二六二頁。

――『一九七三年のピンボール』講談社、二〇〇九。

――『羊をめぐる冒険』講談社、二〇〇九。

――『ダンス・ダンス・ダンス（上）』講談社、二〇〇九。

――『ダンス・ダンス・ダンス（下）』講談社、二〇〇九。

――「メキシコ大旅行」『辺境・近境』新潮社、二〇〇九、三五―一一一頁。

――『スプートニクの恋人』講談社、二〇〇九。

――「ファミリー・アフェア」『象の消滅（一九八〇―一九九一）』新潮社、二〇一〇、二二三―二四九頁。

――「村上春樹ロングインタビュー」『考える人』新潮社、二〇一〇年夏号、第三十三号、二〇―一〇〇頁。

――『村上朝日堂』新潮社、二〇一〇。

――『'THE SCRAP' 懐かしの一九八〇年代』文藝春秋、二〇一〇。

――『世界の終わりとハードボイルド・ワンダーランド』新潮社、二〇一〇。

――『1Q84　BOOK 2』新潮社、二〇一〇。

――『1Q84　BOOK 3』新潮社、二〇一〇。

――『走ることについて語るときに僕の語ること』文藝春秋、二〇一〇。

――「書くことは、ちょうど目覚めながら夢見るようなもの」『夢を見るために毎朝僕は目覚めるのです　村上春樹インタビュー集 1997-2009』文藝春秋、二〇一〇、一四六―一六九頁。

――「世界でいちばん気にいった三つの都市」『夢を見るために毎朝僕は目覚めるのです　村上春樹インタビュー集1997-2009』文藝春秋、二〇一〇、一八八―一九九頁。

――「るつぼのような小説を書きたい」『夢を見るために毎朝僕は目覚めるのです　村上春樹インタビュー集1997-2009』文藝春秋、二〇一〇、四四二―五二二頁。

――「今になって突然というか」『村上春樹　雑文集一九七九―二〇一〇』新潮社、二〇一一、六二―六四頁。

――「翻訳することと、翻訳されること」『村上春樹　雑文集一九七九―二〇一〇』新潮社、二〇一一、二二四―二二七頁。

――「僕の中のキャッチャー」『村上春樹　雑文集一九七九―二〇一〇』新潮社、二〇一一、二二八―二三六頁。

――「違う響きを求めて」『村上春樹　雑文集一九七九―二〇一〇』新潮社、二〇一一、三五〇―三五四頁。

――『おおきなかぶ、むずかしいアボカド　村上ラヂオ2』マガジンハウス、二〇一一。

――『サラダ好きのライオン　村上ラヂオ3』マガジンハウス、二〇一二。

――『色彩を持たない多崎つくると、彼の巡礼の年』文藝春秋、二〇一三。

――「シェエラザード」『女のいない男たち』文藝春秋、二〇一四、一七一―二一〇頁。

――「五月の海岸線」『カンガルー日和』講談社、二〇一五、一〇七―一二〇頁。

――『日出《いず》る国の工場』平凡社、二〇一五。

――『村上さんのところ』新潮社、二〇一五。

――『職業としての小説家』スイッチ・パブリッシング、二〇一五。

村上春樹・柴田元幸『翻訳夜話』文藝春秋、二〇〇〇。

村上龍『イビサ』講談社、二〇一一。

中村元『比較思想論』岩波書店、一九六六。

野谷文昭「消えた海岸線のゆくえ」『ユリイカ』（総特集　村上春樹の世界）、第二十一巻第八号、二〇一〇、六二―七一頁。

岡本太郎「村上春樹とイタリア――『トウキョウ・ブルース』と化した『ノルウェイの森』」『國文學』（村上春樹――予知する文学）、一九九五年三月号、一二〇―一二三頁。

奥野健男『三島由紀夫伝説』新潮社、一九九三。

小野好恵『ジャズ最終章』（川本三郎編）、深夜叢書社、一九九八。

大江健三郎『私という小説家の作り方』新潮社、一九九八。

逢坂剛『逢坂剛のスペイン讃歌』講談社、一九九二。

大和田俊之「〈ゼロ年代〉のアメリカの村上春樹」『ユリイカ』（総特集村上春樹――『1Q84』へ至るまで、これから…）一月臨時増刊号、第四十二巻第十五号、二〇一〇、七七―八五頁。

パス、オクタビオ『弓と竪琴』（牛島信明訳）、筑摩書房、二〇〇一。

ペンローズ、ローランド『ピカソ　その生涯と作品』（高階秀爾・八重樫春樹訳）、新潮社、一九七八。

ルービン、ジェイ『ハルキ・ムラカミと言葉の音楽』新潮社、二〇〇六。

ルイス・サフォン、カルロス『風の影（上）』（木村裕美訳）、集英社、二〇〇七。

――『天使のゲーム（上）』（木村裕美訳）、集英社、二〇一二。

佐竹謙一『スペイン文学案内』岩波書店、二〇一三。

佐藤幹夫『村上春樹の隣には三島由紀夫がいつもいる』PHP新書、二〇〇六。

関哲行・立石博高・中塚次郎（編）『世界歴史体系　スペイン史1　古代～近世』山川出版社、二〇〇八。

柴田勝二・都甲幸治・柳原孝敦・橋本雄一・加藤雄二（司会）「座談会　世界のなかで村上春樹を読む」『世界文学としての村上春樹』東京外国語大学出版会、二〇一五、一六七―一九七頁。

清水憲男『ドン・キホーテの世紀』岩波書店、復刻版、二〇一〇。

シュタルフ、ユルゲン「ドイツの村上春樹」『國文學』（村上春樹――予知する文学）、一九九五年三月号、一〇四―一〇八頁。

田尻陽一『原色の旅　熱い新鮮　スペイン』昭文社、一九九八。

谷崎潤一郎「陰翳礼讃」『谷崎潤一郎全集』第一七巻、中央公論新社、二〇一五、一八三―二一九頁。

立石博高（編）『スペイン・ポルトガル史』山川出版社、二〇〇九。

巽孝之『メタフィクションの思想』筑摩書房、二〇〇一。

浦澄彬『村上春樹を歩く』彩流社、二〇〇〇。

バルガス＝リョサ、マリオ『若い小説家に宛てた手紙』（木村榮一訳）、新潮社、二〇〇〇。

山崎まどか「鏡の中の暗殺者――村上春樹の女たち」『ユリイカ』（総特集村上春樹――『1Q84』へ至るまで、これから…）一月臨時増刊号、第四十二巻第十五号、二〇一〇、一七一―一七五頁。

柳原孝敦「羊男は豚のしっぽの夢を見るか？」『世界文学としての村上春樹』（柴田勝二・加藤雄二編）、東京外国語大学出版会、二〇一五、一二五―一四二頁。

吉田春生『村上春樹とアメリカ』彩流社、二〇一一。

吉岡栄一「オーウェルと村上春樹――『１９８４』と『１Ｑ８４』をめぐって」『スペイン現代史』、第二十号、法政大学スペイン現代史研究会、二〇一一、一一五―一二五頁。

――『村上春樹とイギリス』彩流社、二〇一三。

〔洋書〕

ÁLVAREZ PEREIRA, Abel. *Manual para el profesor de ELE en Japón*, Lugo, Editorial Axzc, 2012.
AYÉN, Xavi. “Los libros y discos del año. Sánchez Piñol y Murakami y Cercas, destacados en el balance literario.”, *La Vanguardia*, 24 de diciembre de 2005, p. 40.
――. “Murakami muestra su lado oscuro”, *La Vanguardia*, 17 de marzo de 2009, p. 28.
――. “Sueño de Haruki”, *La Vanguardia*, 10 de junio de 2011, p. 36.
――. “Mi novela *1Q84* quiere descubrir todo lo que existe”, *La Vanguardia*, 11 de junio de 2011, pp. 36-37.
CASTELL, Elena. “Los libros de Isabel Coixet”, *La Vanguardia*, 10 de mayo de 2008, pp. 56-57.
DELIBES, Miguel. *La sombra del ciprés es alargada*, Barcelona, Ediciones Destino, 2011.
GARCÍA LORCA, Federico. *El público y Comedia sin título*, introducción, traducción y versión depurada por Rafael Martínez Nadal y Marie Laffranque, Barcelona, Seix Barral, 1978.
――. *Obras completas, I, Poesía*, Galaxcia Gutenberg, Barcelona, 1996.
――. *Obras completas, III, Prosa*, Galaxcia Gutenberg, Barcelona, 1997.
GARCÍA-VALERO, Benito Elias. *La magia cuántica de Haruki Murakami*, Madrid, Editorial Verbum, 2015.
IGLESIAS, Ana. “La gran fiesta de las letras”, *El Correo Gallego*, 13 de 2009, marzo, p. 27.
JIMÉNEZ, Juan Ramón. *Antología poética*, Edición de Javier Blasco, Madrid, Cátedra, 1996.
――. *Platero y yo*, Edición de Michael P. Predmore, Madrid, Cátedra, 1998.
LOZANO, Antonio. “Haruki Murakami: O cómo salir de un pozo extraño”, *Qué Leer*, núm. 137, noviembre de 2008, pp. 76-80.
MACHADO, Antonio. *Poesías completas*, Edición de Manuel Alvar, Espasa Calpe, Madrid, (24ª. ed), 1989.
MENDOZA, Eduardo. *La ciudad de los prodigios*, Barcelona, Seix Barral, 2011.

MORELL, Blai. "En *Mapa de los sonidos de Tokio* la directora catalana Isabel Coixet ha volgut mostrar una mirada diferent sobre la capital nipona", *La Vanguardia*, 28 de agosto de 2009, pp. 4-6.

MURAKAMI, Haruki. *La caza del carnero salvaje*, traducción del japonés de Fernando Rodríguez-Izquierdo y Gavala, Barcelona, Editorial Anagrama, 1992.

——. *Crónica del pájaro que da cuerda al mundo*, traducción del japonés de Lourdes Porta y Junichi Matsuura, Tusquets Editores, 2001.

——. *Sputnik, mi amor*, traducción del japonés de Lourdes Porta y Junichi Matsuura, Barcelona, Tusquets Editores, 2002.

——. *Tokio blues. Norwegian Wood*, traducción del japonés de Lourdes Porta, Barcelona, Tusquets Editores, 2005.

——. *Kafka en la orilla*, traducción del japonés de Lourdes Porta, Barcelona, Tusquets Editores, 2006.

——. "Escribir novelas es un reto, escribir cuentos, un placer. Es la diferencia entre plantar un bosque o plantar un jardín", "El Cultural", *El Mundo*, 31 de enero de 2008, pp. 10-11.

——. *Sauce ciego, mujer dormida,* traducción del japonés de Lourdes Porta, Barcelona, Tusquets Editores, 2008.

——. *After Dark,* traducción del japonés de Lourdes Porta, Barcelona, Tusquets Editores, 2008.

——. *1Q84 Libros 1 y 2*, traducción del japonés de Gabriel Álvarez Martínez, Barcelona, Tusquets Editores, 2011.

——. *1Q84 Libro 3,* traducción del japonés de Gabriel Álvarez Martínez, Barcelona, Tusquets Editores, 2012.

——. *Baila, Baila, Baila,* traducción del japonés de Garbiel Álvarez Martínez, Barcelona, Tusquets Editores, 2012.

——. *Después del terremoto*, traducción del japonés de Lourdes Porta, Barcelona, Tusquets Editores, 2013.

——. *Los años de peregrinación del chico sin color,* traducción del japonés de Gabriel Álvarez Martínez, Barcelona, Tusquets Editores, 2013.

——. *Sueño*, traducción del japonés de Lourdes Porta, Barcelona, Libros del zorro rojo, 2013.

——. *Underground*, traducción del japonés de Fernando Cordobés y Yoko Ogihara, Barcelona, Tusquets Editores, 2014.

——. "Caminando hasta Kobe", traducción del japonés de Gabriel Álvarez Martínez, Barcelona, *Granta*, núm. 14, otoño de 2014, pp. 9-23.

——. *La biblioteca secreta*, traducción del japonés de Lourdes Porta, Barcelona, Libros del zorro rojo, 2014.

——. *Hombres sin mujeres*, traducción del japonés de Gabriel Álvarez Martínez, Barcelona, Tusquets Editores, 2015.

——. *Escucha la canción del viento y Pinball 1973*, traducción del japonés de Lourdes Porta, Barcelona, Tusquets Editores, 2015.

——. *El efefante desaparece*, traducción del japonés de Fernando Cordobés y Yoko Ogihara, Barcelona, Tusquets Editores, 2016.

——. *Asalto a las panaderías*, traducción del japonés de Lourdes Porta, Barcelona, Libros del zorro rojo, 2016.

——. *La caza del carnero salvaje*, traducción del japonés de Gabriel Álvarez Martínez, Barcelona, Tusquets Editores, 2016.

MURAKAMI, Ryu. *Azul casi transparente*, traducción de Jorge G. Berlanga, Barcelona, Editorial Anagrama, 1997.

NAVARRO TOMÁS, Tomás. *Manual de pronunciación española*, Madrid, CSIC., 1991.

OCAÑA, Javier. "‹Sushi› al estilo Penedès", *El País*, 28 de agosto de 2009, p. 48.

PAZ, Octavio. *El arco y la lira*, México, Fondo de Cultura Económica, 1994.

RIVERA, Maica. "‹El boom› de la literatura japonesa: la ambigua seducción de un mundo ajeno", *Leer*, febrero de 2012, pp. 16-25.

RODRÍGUEZ-IZQUIERDO, Fernando y Gavala. *El haiku japonés. Historia y traducción*, Madrid, Hiperión, (4.ª ed), 2001.

RUBIO, Carlos. *El Japón de Murakami*, Madrid, Aguilar, 2012.

RUIZ MANTILLA, Jesús. "Una cena gallega con Murakami", *El País*, 14 de marzo de 2009, p. 42.

RUIZ ZAFÓN, Carlos. *La sombra del viento*, Barcelona, Planeta, 2006.

——. *El juego del ángel*, Barcelona, Planeta, 2012.

SALADRIGAS, Robert. "El señor de las alas desplegadas", *La Vanguardia*, 15 de junio de 2001, p. 4.

SOTELO, Justo. *Los mundos de Haruki Murakami*, Madrid, Izana editores, 2013.

VARGAS LOSA, Mario. *Cartas a un joven novelista*, Barcelona, Planeta, 1997.

WALLIS, Ethel. "Intonational Stress Patterns of Contemporary Spanish", *Hispania*, XXXIV, 1951, pp. 143-147.

図版出典

図1　筆者所蔵
図2　筆者所蔵
図3　筆者所蔵
図4　Pablo Casals, *Pablo Casals Conducts Bach, The Six Brandenburg Concertos. The Four Orchestral Suites*, Sony Music Japan International Inc., 2009.（ジャケット表紙）筆者所蔵
図5　Julio Iglesias, *Nathalie. The Best of Julio Iglesias*, Sony Music Japan Inc., 2010.（ジャケット表紙）筆者所蔵
図6　The Museum of Modern Art Nueva York, *Pablo Picasso: Retrospectiva*, editado por William Rubin, Cronología de Jane Flugel, Barcelona, Ediciones Polígrafa, S. A., 1980, p. 231.
図7　The Museum of Modern Art Nueva York, *Pablo Picasso: Retrospectiva*, cit., p. 44.
図8　Robert Descharnes, Gilles Néret, *Salvador DALI 1904-1989 The Paintings*, Köln, Taschen Bibliotheca Universalis, 2016, p. 204, num. 455.
図9　Robert Descharnes, Gilles Néret, *Salvador DALI 1904-1989 The Paintings*, cit., p. 461, num. 1024.
図10　Billie Holiday, *The real… Billie Holiday. The Ultimate Billie Holiday Collection*, Sony Music Japan Inc., 2011.（ジャケット表紙）筆者所蔵
図11　筆者所蔵
図12　バルセロナ市立ジャウメ・フステール図書館（Biblioteca Jaume Fuster）所蔵

図13　筆者所蔵
図14　筆者所蔵
図15　筆者所蔵
図16　筆者所蔵
図17　筆者所蔵

あとがき

本書は様々な偶発的な出会いを通して生まれた。何よりまず、本書の筆者自身が村上春樹と同じく阪神間、より正確に言えば、芦屋と神戸で幼少期を過ごしたことに端を発している。村上春樹の原風景はそのまま筆者の原風景と重なり響き合う。別言すれば、『風の歌を聴け』に登場するテニスコート、『羊をめぐる冒険』の結末部分で主人公「僕」が辿りつく芦屋浜の小さな海岸線はそのまま筆者の原風景なのである。自らの原風景がそのまま登場する春樹文学に愛着の念を感じていた筆者は、結果的に春樹文学に関する研究書を上梓することになったのである。ではここで、本書が生まれるに至った具体的な経緯を明らかにしながら、本書作成に手を貸してくださった方々に謝辞を表明しておくことにする。

スペイン文学と比較文学を専門とする筆者は村上春樹によるスペイン語とスペイン文化への偏愛ぶりとその関係性を二〇一〇年に二十頁ほどの批評的エッセイとして綴ってみた。このエッセイを関西外国語大学名誉教授で当時、同大学大学院教授であった恩師の田尻陽一先生に読んでいただいた。同エッセイを読了後、田尻先生は以下のようにおっしゃったのである。「非常におもしろいエッセイですね。このままエッセイで終わらせるのではなく、村上春樹の文学作品におけるスペイン語とスペイン文化の文学的機能を考察して、論文にまとめてはどうですか?」筆者は田尻先生の言葉をそのまま深く受け止め、実際に「春樹文学におけるスペイン語とスペイン文化の呪術的機能」と題した論文を二〇一四年に発表したのである。筆者はこの論文を起点として比較文学の観点から春樹文学とスペイン語及びスペイン文化との関係性をさらに究明していき、二〇一六年に本書を刊行するに至ったのである。そういった意味で、田尻先生の学術的なアドバイスが本書作成のきっかけとなったといっても過言ではない。田尻先生自身も、村上春樹と同様、関西・阪神間出身で兵庫県立神戸高校出身である。神戸高校の永田實先生を紹介してくださったのも田尻先生である。田尻陽一先生に深く感謝いたします。

同様に、兵庫県立神戸高校史書室の永田實先生にも感謝いたします。二〇一二年一月に筆者が本書作成のため、神戸高校を訪問した際、永田先生は神戸高校の校内における村上春樹ゆかりの場所に連れて行ってくださり、村上春樹に纏わるひとつひとつの空間を丁寧に説明してくださいました。神戸高校内で永田先生が御教示くださった事は本書作成に大いに役に立ちました。永田先生に感謝いたします。

そして、『1Q84』や『色彩を持たない多崎つくると、彼の巡礼の年』の翻訳等で知られる、スペイン語版春樹文学専門の翻訳家であるガブリエル・アルバレス・マルティネス君に深く感謝いたします。ガブリエル君とは二〇一一年に神戸にて知己を得て、その後ずっと親交が続いている。筆者がお願いしたアンケートにも懇切丁寧に回答してくださり、サンティアゴ・デ・コンポステーラにおける村上春樹との出会いのエピソードなども詳細にわたってお教えくださいました。ガブリエル君の回答なしに本書は成り立ちません。ガブリエル君と一緒に芦屋川沿いを下り、村上春樹の愛する芦屋浜の小さな海岸線まで散歩したことは筆者にとってすばらしい思い出となっている。ガブリエル君に心から感謝いたします。

スペイン・ガリシア県カルバジーノ第一高等学校国語担当教員であるホセ・ルイス・ガルシア先生にも感謝いたします。ホセ・ルイス先生は筆者のサラマンカ大学留学時代の親友で大学寮のルームメイトだったアルフレッド・ガルシア君の父親であり、アルフレッド君を通じて知り合いになった。ホセ先生は村上春樹が訪問したロサリア・デ・カストロ高等学校に筆者が調査のため訪問した際、同行してくださいました。また、先述した春樹文学の翻訳家であるガブリエル・アルバレス・マルティネス君を筆者に紹介してくれたのは、他ならぬホセ・ルイス先生である。ホセ・ルイス先生の尽力がなければ本書が完成することはなかったのである。ホセ・ルイス先生に深く感謝いたします。

スペイン・バルセロナ市立ジャウメ・フステール図書館長であるカルメ・ガルベ・モントーレさんにも感謝いたします。ガルベ・モントーレさんは、ジャウメ・フステール図書館において二〇〇九年に開催された村上春樹とイサベル・コイシェの座談会の内容に関して、その告知のチラシを直接、電子メールでお送りくださいました。貴重な資料をお送りくださったカルメ・ガルベ・モントーレさんに感謝いたします。

静岡県立大学の森直香先生にも感謝いたします。森先生の論考「スペインにおける村上春樹の受容に関する予備的考察――『ノルウェイの森』を中心に」（二〇一二）は日本における村上春樹とスペインの関係性をめぐる研究の嚆矢となった論文であり、森先生が便宜を図ってくれたお蔭で二〇一四年四月から二〇一五年一月まで筆者は静岡県立大学で働くことができたのである。筆者はスペインには合計七年在住したが、日本では関西・阪神間でしか暮らしたことがなく、言語環境的には関西弁の言語世界に生きてきました。だが、静岡で標準語の言語世界に身を置くことができたお蔭で、標準語と関西弁を同時に使いこなす村上春樹の言語世界を深く理解することができました。この経験は最終章第二節における「言語の三角形という磁場」に直接、生かされている。森先生に心から感謝いたします。

南山大学教授の佐竹謙一先生にも感謝いたします。『スペイン黄金世紀の大衆演劇』（二〇〇一）や『スペイン文学案内』（二〇一三）等で著名なスペイン文学者の佐竹先生は私がスペイン語で書いた博士論文を日本語に翻訳して二〇一三年に出版した拙著『ガルシア・ロルカと三島由紀夫　二十世紀　二つの伝説』を高く評価してくださいました。そして、佐竹先生は私に「一冊で終わらせるのではなく、二冊目も執筆していきなさい。これからも刊行物を出すよう精進してくださいね」と激励の言葉をかけてくださいました。この言葉に触発されて、筆者は本書を完成させることができたのである。佐竹先生に感謝いたします。

関西外国語大学学長、谷本義高先生に心から感謝いたします。谷本先生は大きな心で筆者を大学教員として育ててくださいました。また、同大学の諸先生方にも感謝いたします。とくに、スペイン文学教授法を熱心に指導してくださった同大学教授の井尻直志先生と、スペイン語教授法を丁寧に指導してくださった、同大学教授の辻井宗明先生に深く感謝いたします。

筆者のことを見守り続けてくれている家族、父悦一、母茂美、弟光生にも感謝いたします。彼らの精神的援助のお蔭で、本書を上梓することができました。三者に感謝いたします。

そして、村上春樹氏に感謝いたします。村上氏が本書の筆者と同様、幼少期を芦屋と神戸で過ごしており、スペイン語学習に勤しむなどしてスペインとスペイン文化に強い関心を示し、優れた文学作品を数多く輩出してきたからこそ、本書を執筆することができたのである。村上春樹氏に心から感謝いたします。

最後に、本書を出版させてくださいました国書刊行会の清水範之さんに感謝いたします。清水さんは本書の出版を快諾してくださり、編集を担当してくださいました。本書出版に際して、清水さんは編集者の視点から多くの示唆に富んだ助言をしてくださいました。本書出版に御協力くださいました国書刊行会の清水さんに深く感謝いたします。

二〇一五年二月、筆者は本書作成のためバルセロナの郊外を歩いていた。バルセロナ自治大学のそばの林道を歩いていると、カラン、カランという鐘の音が遠くから聞こえはじめ、その音が次第に大きくなってくると、羊の群れが姿を現したのである。スペイン人の羊飼いが小さな鐘を片手で鳴らしながら、数匹の犬と共に羊たちを先導して歩いている。その羊の群れとすれ違った時、村上春樹の『羊をめぐる冒険』に記されている次の一節が筆者の脳裏をかすめたのである。「十六世紀のスペインでは羊追いしか使えない道が国中にはりめぐらされていて、王様もそこには入れなかったんだ」。そして、羊たちが完全に通りすぎた後、茫然としながら筆者は即興で次のような俳句を一句作成したのである。

王さえも通れぬ愛の羊道

本書を村上春樹の文学作品とスペイン文化を愛する全ての人々に捧げます。

人名索引

ア

イ

ウ

エ

オ

カ

ツ

テ

ト

ナ

ネ

ノ

ハ

ヒ

フ

ヘ

ホ

ワ

書名索引（文学作品、文芸雑誌、論文、新聞、絵画、楽曲）

ア

イ

ウ

エ

オ

コ

サ

シ

ス

セ

ソ

タ

チ

ツ

テ

ト

ナ

ニ

ネ

ノ

ハ

ヒ

フ

へ

ホ

マ

ミ

ム

メ

ヤ

ユ

『弓と竪琴』 *El arco y la lira* 26, 58, 193
『夢を見るために毎朝僕は目覚めるのです　村上春樹インタビュー集　1997-2009』 194, 195, 197
『ユリイカ』（総特集　村上春樹——『１Ｑ８４』へ至るまで、これから…） 194, 198
『ユリイカ』（総特集　村上春樹の世界） 187, 201
『ユリイカ』（総特集　村上春樹を読む） 195

ヨ

『夜のくもざる』 54, 192
「ヨーロッパ共通参照枠とセルバンテス協会のカリキュラムプラン——日本のスペイン語教育への応用」 24, 191

ラ

『ライフ』 *Life* 65
『ラ・セレスティーナ』 *La Celestina* 69
『裸体と衣裳』 155, 157

ル

「るつぼのような小説を書きたい」 117, 197

レ

『レキシントンの幽霊』 188

ロ

『ロルカ』 *Lorca* 202
『ロルカ・スペインの死』 *La represión nacionalista de Granada en 1936 y la muerte de Federico García Lorca* 203
『ロルカ選集』 *Obras selectas de García Lorca* 155
『ロルカ全集』第一巻（詩） *Obras completas de García Lorca, I, Poesía* 202
『ロルカ全集』第三巻（散文） *Obras completas de García Lorca, III, Prosa* 202, 203

ワ

『若い小説家に宛てた手紙』 *Cartas a un joven novelista* 121, 198
「わが心のスペイン」 24, 189
『若死にするには年を取りすぎて』 *Demasiado viejo para morir joven* 94
『私という小説家の作り方』 175, 202
「私は『１Ｑ８４』でもって、存在する全てを暴き出したい」 "Mi novela *1Q84* quiere descubrir todo lo que existe" 187, 189

小阪知弘　こさかともひろ

一九七六年兵庫県生まれ。関西外国語大学外国語学部スペイン語学科卒業。スペイン政府給費生として、スペイン国立サラマンカ大学大学院博士課程に入学。スペイン国立サラマンカ大学大学院博士課程修了。スペイン国立サラマンカ大学文学博士（Doctor en filología hispánica por la Universidad de Salamanca）。現在、関西外国語大学特任助教。専攻、現代スペイン演劇、スペイン映画、比較文学。著書に『ガルシア・ロルカと三島由紀夫　二十世紀　二つの伝説』（国書刊行会、二〇一三年）、訳書に『現代スペイン演劇選集Ⅲ』（カモミール社、二〇一六年、共訳）、主な論文に「記号論の視座から読むミウラ演劇のユーモア――『三つの山高帽子』（1932）を中心に――」（*HISPÁNICA*、54号、二〇一〇年）、「ガルシア・ロルカの前衛劇におけるシュルレアリスムの実践」（『関西外国語大学研究論集』、103号、二〇一五年）などがある。

村《む》上《らかみ》春《はる》樹《き》とスペイン

二〇一七年三月一〇日初版第一刷印刷
二〇一七年三月二〇日初版第一刷発行

著者　**小阪知弘**
発行者　**佐藤今朝夫**
発行所　**株式会社国書刊行会**
〒一七四―〇〇五六
東京都板橋区志村一―十三―十五
電話〇三―五九七〇―七四二一
ファクシミリ〇三―五九七〇―七四二七
URL : http://www.kokusho.co.jp
E-mail : sales@kokusho.co.jp
装訂者　**伊藤滋章**
印刷所　**株式会社エーヴィスシステムズ**
製本所　**株式会社ブックアート**
ISBN978-4-336-06142-3 C0095

ガルシア・ロルカと三島由紀夫　二十世紀　二つの伝説

小阪知弘

A5判／四〇〇頁／四四〇〇円

二十世紀の詩的な伝説、ガルシア・ロルカと三島由紀夫。両作家の作品の比較検討を通じ、知られざる文学的側面の発見、東洋と西洋における文化的出会いの地平の開拓、その伝説としての解明を試みた画期的論考。

ドン・キホーテ——人生の名言集

佐竹謙一・誉田百合絵編訳

四六判／三一四頁／二〇〇〇円

世界文学の傑作のひとつ『ドン・キホーテ』から、「人生」「幸せ」「逆境」「嫉妬」「美徳」「仕事」「結婚」「美」「言葉」などをテーマに、人生に豊かで奥深いいろどりを与えてくれる230の名言をセレクト。

ウルトライスモ　マドリードの前衛文学運動

坂田幸子

A5判／二五二頁／二八〇〇円

ダダ、未来派と同時代に展開したウルトライスモ。ボルヘスとその妹ノラも参加し、ガルシア・ロルカら後代に影響を与えた、一九二〇年前後のマドリードにおけるスペイン前衛文学運動の全貌を明らかにする。

メルヴィル——〝真実の語り手〟になった鯨捕り

五十嵐博

A5判／四二四頁／四六〇〇円

モービィ・ディックはなぜ「白い」のか——？　メムノンの石とは何か？　クラーケンとは何なのか？　メルヴィルの謎と神秘を解き明かし、象徴性の深層へ潜行して、メルヴィル文学の本質を開示する書。

税別価格。価格は改定することがあります。